木村政樹

青土社

革命的知識人の群像

近代日本の文芸批評と社会主義

革命的知識人の群像　目次

革命的知識人の群像　近代日本の文芸批評と社会主義

凡例

・研究対象となる資料の引用は、原則として初出に拠った。何らかの必要がある場合にのみ、初出以外から引用した。
・先行研究や回想等の参照・引用は、単行本・全集等に収録されているテクストがある場合、多くはそれに拠った。論考の発表時期や発表媒体、改稿前のテクストを重視する場合等は、適宜初出を参照・引用した。
・引用に際して、原則として旧字は新字に改めた。ルビは基本的に省略したが、必要な場合は残した。傍点は省略していない。
・漢数字は、原則として「十」「百」「千」等を用いずに記した。
・書籍・新聞・雑誌のタイトルは『　』、記事のタイトルは「　」で示した。
・書誌情報としてではなく、作品名を示す際には、『　』を用いた。
・タイトルとサブタイトルの区別については、あいだに——を付ける形式で統一した。
・引用文を省略する記号として、[…]を用いた。
・引用文の改行を示す際は、／を用いた。
・引用文中で引用者が注記する際は、〔　〕を用いた。ただし、記事タイトル中に使われている括弧類は引用者によるものではない。
・引用者が傍点や傍線を付した場合、（傍点引用者）（傍線引用者）と記した。

序章　革命的知識人とことば

1　はじめに

露西亜でインテリゲンチヤが偉い働きをしたから、日本でもインテリゲンチヤが働くのに何が悪いなどとの議論も聞くが、そんな事をいふ人があつたら現在の日本では大抵は自ら恥づべきだと僕は思ふのだ。露西亜の人達は凡ての所有を賭し、生命を賭して働いたのださうだ。日本にもさういふ人がゐたら、その人のみがインテリゲンチヤの貢献のいかによきかを説くがいゝ。それ程の覚悟なしに口の先きだけで物をいつてゐる位なら、おとなしく私はブルヂョアの気分が抜けないから、ブルヂョアに対して自分の仕事をしますといつてゐるのが望ましい事に私には見えるのだ。近頃少し或る事に感じさせられたから遂あんな宣言をする気になつたのだ。[1]

これは有島武郎が一九二二年に書いた文章である。

『白樺』派の一人である有島は、社会主義の影響を受け、革命の未来について考えていた。自分のような、恵まれた環境に育った人間は、これからいかに生きるべきなのだろうか。そのことに本気で思い悩んでいた。

『改造』一九二二年新年号に発表した「宣言一つ」で、有島は次のように主張した。「社会問題の、問題として又解決としての運動」は、「所謂学者若くは思想家の手を離れて、労働者そのもの〻手に移らうとしつ〻ある」。「こ〻で私のいふ労働者とは、社会問題の最も重要な位置を占むべき労働問題の対象たる第四階級と称せられる人々」、「第四階級の中特に都会に生活してゐる人々」のことを指している。この「第四階級」こそが、運動の主体である。翻って自分はどうだろうか。「私は第四階級以外の階級に生れ、育ち、教育を受けた。だから私は第四階級に対しては無縁の衆生の一人である」。「従つて私の仕事は第四階級者以外の人々に訴へる仕事として始終する外はあるまい[2]」。

この有島の意見は、猛烈な反発を招いた。それに対して有島は、続けざまに反論した。いわゆる「宣言一つ」論争である。冒頭の引用文は、その論争のなかで書かれたものだ。

「宣言一つ」論争関連の文章をよく読んでみると、ひとつの大きな特徴に気づかされる。それは、社会科学の専門用語と、日常的に使われる言語が、綯《な》い交ぜに使用されているということだ。たとえば、「インテリゲンチャ」や「ブルジョア」、「第四階級」といったことばは、社会主義関連文献に登場する科学用語である。これらの語を適切に運用することによって、日本社会の階級分析が可能になることが期待されているはずだ。他方で、有島の主張のなかには、「自ら恥づべきだ」「それ程の覚悟なしに口の先きだけで物をいつてゐる位なら」「近頃少し或る事に感じさせられたから遂あんな宣言をする気になつた」という、感情剥き出しのことばも並んでいる。他者を論難し、自らの言動を弁解するような口吻である。

有島が行ないたいのは、社会科学の知見にもとづいた議論のようにも、身をもって知る現実感覚に根ざした自己表明にもみえる。自らがどのような階級に属し、その階級はこれからどうなっていくのか。それは有島にとって切実な問題としてあった。だが、科学的な認識にこそ信を置いているのか、それとも体感的で情動的な理解こそが重要なのか、そこのところは不分明だ。このあと有島は、北海道の有島農場を解放し、小作人たちの共有地とした。そして翌年、『婦人公論』記者の波多野秋子と軽井沢で命を絶った。

＊

社会主義が世界的に大きな影響力を持ったのは、一九世紀から二〇世紀にかけてである。貧困や戦争、劣悪な労働環境や植民地における暴力といった過酷な現実を前に、新しい社会を希求する運動が各地で展開された。

日本の社会主義運動の歴史は、「社会問題研究会」が結成された一八九七年から始まるとされる。[3]片山潜、高野房太郎らによって労働組合期成会が結成され、雑誌『労働世界』が創刊されたのも同年である。日清戦後には労働者のストライキが続発し、現実的な課題として労働問題に注目が集まっていた。翌年には、村井知至《ともよし》、片山潜、安部磯雄、幸徳秋水らが「社会主義研究会」を組織している。

社会主義運動は、社会主義に関連することばの紹介・普及とともにあった。なかでも、society の訳語としての「社会」に関連することばは、政治運動を進めていくうえで欠かせないものだ。一八九〇年前後には、欧米の社会運動の高まりを背景に、論壇で「社会問題」が論じられるようになった。[4]

社会主義に関する活動は、国家権力によってたびたび弾圧を受けた。関連文献は発禁にされることもあり、集会・結社は厳しく取り締まられた。そうしたなかでも、一九〇六年には日本社会党が結成されるなど、果敢な活動が模索された。しかし、それもまた長くは続かなかった。幸徳秋水らが死刑になった大逆事件を機に取り締まりは強化され、社会主義の運動は非常な困難を抱え込んだ。

　こうした状況は、一九二〇年前後に大きく変化した。一九一九年には『改造』『解放』『我等』などの雑誌が創刊され、ジャーナリズムでは社会問題をテーマとすることが流行した。政治運動も活発化し、一九二〇年には日本社会主義同盟、翌年には日本共産党が結成された。このように社会主義が勢いづいた背景には、国際共産主義運動の展開がある。一九一七年に起こったロシア革命は、社会主義が現実化するという希望をのちのちまで多くの人に与えることとなった。ソ連邦とコミンテルンは権威を獲得し、各国の共産党は国際的なネットワークのなかで活動した。

　有島が「宣言一つ」を執筆した背景には、こうした「社会主義」をめぐる状況があった。それは一九八九年に至るまで続く、マルクス主義の時代の始まりの頃だった。

*

　社会主義の影響を受けた文芸批評の多くは、階級論であると同時に文学論であるという性質を持っている。たとえば、プロレタリア文芸評論を代表する論考である、蔵原惟人《これひと》「プロレタリヤ・レアリズムへの道」には、次のように書かれている。「即ち、第一に、プロレタリア前衛の「眼をもつて」世界を見ること、第二に、厳正なるレアリストの態度をもつてそれを描くこと――これがプロレタリヤ・レアリズムへの唯一の道である」[5]。「プロレタリア」という階級用語を用いて文学の意義を訴える、というのは、プロレタリア文芸評論の標準的なパターンである。

　もうひとつ、蔵原のプロレタリア・レアリズム論は重要な特徴がある。蔵原は、自らが提唱する文学のあり方が、過去の文学といかに異なっているか、説明する必要があった。そこで、階級についての語りをともなった、ブルジョア・レアリズム、小ブルジョア・レアリズムについての歴史的な考察が要請された。つまり、蔵原のプロレタリア・レアリズム論は、文学史として書かれているのである。

文学史、というと、教科書用の通史的な本が連想されるかもしれないが、ここで文学史と呼ぶのは、そうした言説に限らない。歴史観を読み取ることのできる文芸時評や、歴史哲学と文学を重ね合わせる社会分析、文学史観が内包されている文学論など、文学と歴史認識が結びついたテクストは、広い意味で文学史であるといえよう。これもまた、蔵原の論考に限らず、プロレタリア文芸評論によくみられる特質である。

社会主義の影響を受けた文芸批評は、「プロレタリア」の文学の意義を唱えるための文学史、といった内容をその典型とする。厖大なテクスト群の多くは、この構図に収まるものである。ただ、それらを読んでいくと、陰に陽にひとつの論点が浮かび上がってくる。それは、自他の階級をめぐる問いだ。この問いが特に焦点化されるのは、「知識人」関連語群（「知識階級」「インテリゲンチャ」など）[6]に関して議論が行なわれたときである。

プロレタリア文学運動の参加者には、財産のある親のもとに生まれたり、高等教育を受けていたりする人が多く存在していた。文学や思想の読者も同様である。そうした人は、一般的に「労働者階級」の出自であるとみなされにくく、「知識階級」と呼ばれることが多かった。自他の階級的位置や、階級をめぐることばについて考えるとき、この種の階級概念は極めて重要になってくる。

本書で主に考察するのは、社会主義の影響を受けた文学史的な批評のうち、主として「知識人」関連語群をめぐって展開された言説である。この先の記述によって描かれるのは革命的知識人たちの姿であるが、分析を進めていくにあたっては、概念史という方法をとる。知識人とはなにか、と直接問うのではなく、当時において「知識人」関連語群がどのように用いられたのかを追いかけていくのだ。以下では、その考察のために必要な前提を整理していきたい。

2　革命的批評について

社会主義の影響を受けた文芸批評のことを、ここでは「革命的批評」と呼ぶことにする。

革命的批評には、社会科学のことばが用いられているが、それは科学的な知の内部で完結する言説ではない。その批評には、日常的なコミュニケーションで用いられることばの要素も混ざっている。批評が展開された場も、主としてジャーナリズムであり、研究者の共同体内部で専門家にのみ向けられたものではなかった。

科学的な知識と、日常的な知識。革命的批評は、このふたつが含まれた言説である。このことを、どのように捉えていけばよいだろうか?

まずは、科学的な知識について。科学、なかでも「近代」の科学とはどのようなものか、ということについては、これまで多くの議論がなされてきた。とりわけ有名なのが、ミシェル・フーコーの『言葉と物』である。[7]フーコーは、西洋の知の認識論的な場をエピステーメーの変化として捉え、「近代」のエピステーメーは「人間」によって成立するとした。一九世紀以降の「人文諸科学」は「人間」の登場のうえに成立したが、この「人間」もまたいつか終焉するだろうと予告されている。

フーコーによれば、「人間とは奇妙な経験的=先験的二重体である」[8]。「《人間とは何か?》《ヴァス・イスト・デア・メンシュ》」という問いは、「十九世紀初頭以来思考のすみずみをめぐり、カントがともかくもその分割を示した経験的なものと先験的なものとを、あらかじめ、ひそかに混ぜあわせ」ており、そのなかで「哲学」は「〈人間学〉の眠りをねむる」[9]ことになった。このフーコーの議論をふまえるならば、革命的批評における人文諸科学に由来する知もまた、「経験的＝先験的二重体」としての「人間」に属するということになるだろう。

また、ブルーノ・ラトゥールは、フーコーとは異なる考えを『虚構の「近代」』で提示している。[10]ラトゥールによれば、「近代」とはふたつの実践によって成り立っている。ひとつは「純化」であり、「非人間」と「人間」、「自然」と「文化」を独立したものとして分割する。もうひとつは「翻訳」であり、それは「自然」と「文化」を混ぜ合わせ「ハイブリッド」を増殖させる。近代論者は「純化」を試みるが、その営みは「翻訳」を伴っている。このラトゥールの議論をふまえるなら、革命的批評における近代論的な知もまた、「純化」することで世界を把握しようとするものだということになるだろう。

フーコーにせよラトゥールにせよ、キーワードは「人間」である。「人間」こそが「近代」のリミットとしてある。ただ、注意したいのは、両者が「人間」や「近代」ということばを通して問題にしているのは、科学の知についてである、ということだ。

ここでひとつの疑問が浮かぶ。そもそも批評という言説は、科学の知に回収されるものなのだろうか。たしかにフーコーは人文諸科学に「文学と神話についての分析」[11]を含めていたし、ラトゥールはジャック・デリダの「テクスト学」[12]を近代論者の主張に含めていた。だが、本書でみていく日本の文芸批評は、人文科学であろうと社会科学であろうと、特定の学問領域の言語に限定されるものではない。ラトゥールが新聞のトピックを列挙してハイブリッドについて語ったように[13]、ジャーナリズムの言語はそれ自体がひとつのハイブリッドなのではないだろうか。

ここで、科学的な知識とは異なる思考としての、日常的な知識について考えてみたい。これまでに、日常的な知識を捉えようとする試みは、多くなされてきた。たとえば、中村雄二郎はそれを、「臨床の知」という概念を用いて、「近代科学」と対比するかたちでモデル化している[14]。科学的な知識と日常的な知識をいったん区別したうえで、その関係について考えることは、さして突飛な発想ではない。社会学では、エスノメソドロジーによって「専門的概念」と「日常的概念」の複雑な関係が問題化されてきた[15]。

知識というものは、ふだんの私たちの生活のなかにもあるものだ。革命的批評には、科学的な知識のみならず、こうした日常的な知識も含まれている。したがってそれは、「近代」という問題に関連しているが、その枠組みに回収することはできない。科学の専門的な概念と、日常言語の概念の混合物として捉えられるべきである。

以上の認識は、フーコーやラトゥールの近代論の文脈だけでなく、いわゆるポストモダン論においても重要な論点を架橋してくれる。ジャン＝フランソワ・リオタールは、「《モダン》」において科学を「正当化」する言説を「大きな物語」と呼び、それへの「不信感」を「《ポスト・モダン》」と呼んだ[16]。社会主義、とりわけマルクス主義という思想は、リオタールのいう「大きな物語」の典型といえる。

こうした観点からみれば、社会主義の影響を受けている革命的批評は、「大きな物語」だといってよい。ただ、それは「大きな物語」を語るというマイナーな実践でもある。「大きな物語」に関わることばそのものが、曖昧さを孕んでおり、論争的な問題としてあった。

以上のような整理に対しては、反論もあるだろう。本書で検討されるのはマルクス主義を含めた社会主義の言説なのだから、それではマルクス主義に失効を告げるタイプの主張に対する、正面からの回答とはいい難いのではないか、と。そこで、これまでの文脈を整理しつつ、マルクス主義をめぐる議論のなかで、本書の位置づけを確認しておきたい。

『言葉と物』と『虚構の「近代」』というふたつの書物が出てきた背景には、マルクス主義がある。実存主義的マルクス主義と構造主義をめぐる論争的状況がフーコーの考察の前提にあり、一九八九年以降の社会主義崩壊の歴史がラトゥールの立場を規定していた。いずれもマルクス主義の危機に応接し、新たな思想の姿を描こうとした書物である。

マルクス主義への対峙の仕方に、書き手の政治性のみならず、思考の方法が現れてくることは間違いない。とりわけ、これまでのマルクス主義が勝利を収めたかどうかという判断は、書き手ごとに立場が分かれる問題である。だとすれば、この問題に対してどのように向き合うべきか、明示しておく必要があるだろう。

本書では、革命は敗北した、という立場をとる。もちろん、勝利と敗北の二分法を持ち出すことには慎重であるべきだ。特に、それが支配的な語りであるならば、なおのことそうである。そのことに留意したうえで、ここではあえて、革命は敗北した、といっておきたい。それは、本書が勝者の歴史ではないことを確認したいためである。

革命的批評を発掘することは、過去の栄光やこれまでの勝利を言祝ぐことではない。むしろそれは、埋もれてしまったもの、見捨てられたもの、忘れられてしまったものに眼差しを注ぐことである。

マルクス主義の時代は、世界的にみても終焉した。『左翼のメランコリー』の著者、エンツォ・トラヴェルソは、そのことを次のように述べている。「一九八九年の敗北」は、「二〇世紀を終わらせ、現実社会主義の崩壊を越えて、一九一七年に始まった革命のサイクルを閉じた」[17]。ヴァルター・ベンヤミンをふまえて表題に使われている「左翼のメランコリー」ということばは、こうした一九八九年以降の現状を表現するのに相応しいものだろう。

ただし、トラヴェルソによれば、「左翼のメランコリーは新しいものではない」。「それは控えめでひっそりと、しばしば隠れたままでつねに存在しており、大部分の場合、公的な言説からは放逐され、プロパガンダには検閲され、つねに白日の下に身をさらすことを避けている」。つまり、じつのところ、革命は敗北し続けてきたのだ。トラヴェルソは、一九世紀から続くこの「左翼のメランコリー」を、ハンナ・アレントのことばを借りて、「隠された伝統」と呼んだ。「左翼のメランコリーは社会主義と共産主義の規範的な物語には属さない。[…]むしろ、革命の歴史に次々に生じた敗北の伝統[…]に含まれる[18]」。

本書では、このトラヴェルソの概念を借り受けて考えてみたい。

革命的批評は「隠された伝統」である。革命の伝統を創り出すが、傍目には幾重にも隠されている。それはまずもって、発表された当時における社会主義弾圧によって隠された。治安立法による取り締まりや、拷問・虐殺といった暴力は、運動をくりかえし封殺した。また、言論においては、発禁の歴史、検閲との闘いの歴史でもあった。こうした状況のなかでは、社会主義に関連する用語を流通させること自体に抗争が生じる。ことばは権力によって隠される。それに対して、書き手は直截的な思想表明を隠しながら、統制を掻い潜ろうと格闘する。

だが、問題はそれだけではない。社会科学の基本的な用語の考察そのものが、隠されたテーマだったという歴史的な経緯がある。このことは、今日の研究においても重大な問題を孕んでいる。[19] ほかの数々の用語とともに、「知識人」関連語群にもまた、同様の問題をみてとることができる。

「隠された伝統」について考えるためには、学問についての自己言及的な問いかけをくりかえしながら考察を進めていかなければならない。したがって、本書は必然的に、文学研究についての研究、批評についての批評という性格を帯びることになる。ただ、それは内省的に自閉していくものではなく、研究・批評をめぐる言説の実践を記述することによって新たな関係性を発見し、「隠された伝統」の結びつきを見つけ出すものである。

科学的な知識と日常的な知識の混淆体としての「隠された伝統」。それが、革命的批評の特質である。その具体相については、本書全体を通して明らかにしたい。

3　丸山真男「近代日本の知識人」を再考する

「知識人」関連語群を考察するにあたって、まずは丸山真男の知識人論を手がかりにしながら、研究史的な文脈を整理していこう。

近代日本の知識人の代表的存在として知られる丸山真男には、その名も「近代日本の知識人」[20] という論考がある。一九八二年に刊行された『後衛の位置から――『現代政治の思想と行動』追補』に収められているが、丸山が「追記」で記すところによれば、「はなはだ込み入った成立事情」があったようだ。「直接の底本（？）としたのは、『学士会会報』の一九七七年特集号に載った同題名の稿」だが、そもそもは一九六六年にサルトルが来日したとき『レ・タン・モデルヌ』で日本特集号を出したいという提案があり、そのために書いた原稿が出発点になっているという。丸山はここで、「近代日本の知識人」について考えるうえで今もって重要な論点を、ふたつ提出している。

ひとつは、「知識人」ということばの問題である。丸山によれば、「知識人（intellectuels）というのは、社会主義とか全体主義とかイデオロギーとかいう言葉と並んで、現在、世界中いたる所の知的世界で頻繁に用いられながら、今挙げた言葉と同様に意味の曖昧な一連の言葉に属して」いる。それゆえに、知識人論はふつう「知識人とは何か」という定義の問題から始められる。だが、日本においては、そうはいかない。「まず西欧における intellectuels――英仏独何語でもよいのですが、それ等と多少とも意味連関のある多くの日本語の吟味から始めなければならない」という。丸山は次のように述べる。

試みに西欧において知識人論が論議されているのと同じような問題が議論される場合に用いられる日本語を、明治維新以来出て来た歴史的順序に従って主要なものを列記すると以下のようになります。A「学者」「学者先生」、B「学識者」、C「有識者」「有識者階級」。以上が明治時代に用いられた言葉です。大正になりますと、D「知識階級」、E「インテリ」が出現し、戦後に出来た言葉として、F「文化人」があります。これに「知識人」を加えますと、七種あるわけです。

丸山は「知識人」の類語の具体例を列挙して、「日本の場合、用語の吟味なしに intellectuels の問題に接近することが、いかに危険であるかということを強調」した。それは次の結論に収斂していくものであった。「こうして日本ではいろんな形でintellectuelsに対応する人々が実質的にはいたにもかかわらず、それらの人々の間において、一つの見えない「知性の王国」の住人であるという共属の意識はついに成熟しませんでした。それが冒頭にのべた「知識人」という一つのコトバのかわりに複数のコトバがあることに象徴されているわけです」。

ただし、丸山は「共属の意識」が日本に不在であった、と主張したわけではない。むしろ逆であり、この「共属の意識」こそが、丸山が取り上げたもうひとつの論点である。丸山は、「知識人が職場のちがいをこえてひとつの知的共同体を構成しているという意識が近代日本では成熟を妨げられてきたにもかかわらず、歴史を振り返ってみると、比較的にそういう意識が高まった時期が三度あった」という。「第一期は明治維新からほぼ明治二十年位までの頃」で、明六社に集った知識人などがそれにあたる。だが、これは長くは続かず、「明治の中期ごろを境として、維新で成立した知的共同体の解体」が生じたとされる。

「色色な閉鎖的空間に分化した知識人を精神的にふたたび結びつける第二の画期」として丸山が見出すのは、「一九二〇年代からの「思想問題」の登場」である。「思想問題」というのは「知識人みずからが提起した問題ではなく、「当局」によって造られた言葉」であり、「「思想犯」の容疑者となりやすい階層として、いわば他律的にひとまとめに定義されたのが、当時のインテリであった」という。他方で、労働運動の勃興に逢着した知識人は、「青白きインテリの「自己否定」を通じて労働者大衆と自分とを同一化しようとした」。このように、「思想問題登場の初期段階においては、職業や身分をこえた、知識人としての共通性の意識は、「上から」にせよ、あるいは「下から」にせよ、いずれにしても他発的な形でしか呼びさまされなかった」とまとめられる。

第二期について丸山が特筆するのは、一九三〇年前後におけるマルクス主義である。「二〇年代に、いわば他律的に一つの社会群として結びつけられた知識人に対して、もっと積極的な意味で、共通の基盤と役割とを自覚させたということ、そこに一九三〇年前後のマルクス主義の巨大な歴史的意味がある」。「マルクス主義の哲学と歴史観」は、「経済と法、政治との関連はむろんのこと、文学や芸術の領域まで孤立的にではなく相互連関的にとらえることを教え」、「社会体系の変動をトータルに解明することを、いわば知的に強いいた最初の思想であった」。マルクス主義によって、「学問と文化の個別的専門化」が克服されることになり、「職場と世代によって分断された知識人」が「知性の共通の基盤を意識にのぼせ」ることが可能となったのだ、と丸山は主張する。

続けて丸山は、「敗戦直後の時代」を第三期として位置づける。敗戦直後には、「大日本帝国の思想的に「閉じた」社会の厚い壁が一挙に崩れ落ち、「暗い谷間」を過した知識人に、三たび知性の王国への共属意識が呼び醒まされた」。この「共属意識」が生れた理由として、丸山は「悔恨」という「感情」を挙げる。これは、丸山の戦後「知識人」としての自己規定でもあったであろう。重要な箇所であるため、長めに引用したい。

戦後三十年ちかくを経た今日の日本では、戦争直後に民主主義の知的なチャンピオンとして活躍した知識人たちにたいし、つぎのような非難と嘲弄を浴びせるのが一種の流行になっております。――彼等は連合国による軍事占領というきびしい現実を直視せず、「ポツダム宣言」による「外から」の解放に有頂天になってバラ色の啓蒙主義に酔いしれ、呆然として衣食住をもとめて焦土にさまよう大衆に先覚者気取りで説教するのを事としていた、というのです。こうした非難に部分的にリアリティがないわけではありません。けれども、敗戦直後の知的風景をすべてこうした非難のタッチでぬりつぶすことは、誇張であるだけでなく、それ自体が一つの新らしい政治神話のために広告絵をえがくことになります。その神話とは、戦後民主主義の諸改革は「行過ぎ」であり、非武装を規定した新憲法は空想的＝欺瞞的であり、日本のすぐれた伝統は、祖国の悪口をいうことを商売にするこれら知識人たちによって踏みにじられた、という説を国民に信じこませようとする神話です。

けれども実際には、敗戦後、知識人たちをふたたび共同の課題と任務にまで結びつけ、立ち上らせた動機はもっと複雑なものでした。「配給された自由」を自発的なものに転化するためには、日本国家と同様に、自分たちも、知識人としての新らしいスタートをきらねばならない、という彼等の決意の底には、将来への希望のよろこびと過去への悔恨とが——つまり解放感と自責感とが——わかち難くブレンドして流れていたのです。私は妙な言葉ですが仮りにこれを「悔恨共同体の形成」と名付けるのです。つまり戦争直後の知識人に共通して流れていた感情は、それぞれの立場における、またそれぞれの領域における「自己批判」です。一体、知識人としてのこれまでのあり方はあれでよかったのだろうか、何か過去の根本的な反省に立った新らしい出直しが必要なのではないか、という共通の感情が焦土の上にひろがりました。

ここで丸山は、「新らしい政治神話」に対抗して「戦後民主主義」の価値を擁護しようと試みている。その際に持ち出されたのが、「日本国家と同様に、自分たちも、知識人としての新らしいスタートをきらねばならない」と考えた人々によって、「悔恨共同体」が「形成」されたという物語であった。

丸山のこの論考が収められた書物のサブタイトルは、『『現代政治の思想と行動』追補」であった。『現代政治の思想と行動』は、一九六四年に「増補版」が刊行されており、「追補」は、この「増補版」の「追補」として企図されたものだ。しかも、元々の『現代政治の思想と行動』にも補注がついている。丸山はこうした一連の補足作業を行なうことで自己解説をくりかえした。この丸山の知識人論は、戦後民主主義についてのひとつの総括でもあったといえよう。

一九六四年の『増補版　現代政治の思想と行動』の「増補版への後記」には、引用した箇所と対応する内容が書かれている。そこで丸山は、「新たな「戦後神話」」について語っていた。「新たな「戦後神話」」とは、「例えば戦後民主主義を「占領民主主義」の名において一括して「虚妄」とする言説[21]」のことである。それに対し、丸山は次のように述べている。

もちろん戦後民主主義を「虚妄」と見るかどうかということは、結局のところは、経験的に検証される問題ではなく、論者の価値観にかかわつて来る。そうして政治についてのどのような科学的認識も検証不能の「公理」を基底においている限り、そうした「虚妄」観の上にも学問的労作が花咲く可能性があることを私は否定しない。私が神話化というのは、そうした観点からの歴史的抽象が抽象性と一面性の意識なしに、そのまま現実の歴史として通用することをいうのである。私自身の選択についていうならば、大日本帝国の「実在」よりも戦後民主主義の「虚妄」の方に賭ける。[22]

この主張の連続性を考慮してみると、「近代日本の知識人」というテクストは、「増補版への後記」についての「追補」としての意味があったともいえる。

丸山の意見を整理すれば次のようになるだろう。「戦後民主主義」は「連合国による軍事占領というきびしい現実を直視せず」に「配給された自由」を謳歌していたようにみえるかもしれない。しかし、「実際には」「もっと複雑な」「動機」によって「戦後民主主義」は成立したのである。当時の「知識人」には、「将来への希望のよろこびと過去への悔恨とが」「わかち難くブレンドして流れていた」のであり、この「悔恨共同体の形成」こそが「戦後民主主義」の土壌となったのだ。

以上の丸山の主張は、戦後民主主義を「非難のタッチでぬりつぶす」「新らしい政治神話」への対抗策であった。だが、近年の研究では、丸山こそ「神話」を語っていたとする見解が提出されている。

丸山の「超国家主義の論理と心理」は、神権主義から国民主権主義への転換をポツダム宣言受諾にみる宮澤俊義の「八月革命説」と同時期に発表された。[23] 米谷匡史は、それが一九四六年の「憲法改正草案要綱」の発表直後であったことに注目している。米谷によれば、新憲法の草案は、「主権在民、天皇の象徴化、戦争放棄など、戦後日本の体制の骨格」を「ほぼ確定」させるものであり、丸山はその「占領軍の民主化政策をいわば後追いする形で自覚し」たという。「丸山真男と宮沢俊義という二人の代表的な戦後民主主義者は、新憲法草案に触れた時点で自覚された戦後民主主義の〈始まり〉を、ポツダム宣言受諾の時点の〈断絶〉として遡及させて提示し、〈始まり〉の神話づくりをおこなっていた」。このようにして「丸山や宮沢がおこなった〈始まり〉の提示は、戦後民主主義の〈起源〉の隠蔽と偽造ともいうべきもの」であったと、米谷は厳しく批判する。[24]

それはなにも丸山の問題意識とは異なる視点からの批判というわけでもないのかもしれない。丸山は「増補版への後記」で次のように述べていた。「特に最近の論議で私に気になるのは、意識的歪曲からと無智からとを問わず、戦後歴史過程の複雑な屈折や、個々の人々の多岐な歩み方を、粗雑な段階区分や「動向」の名でぬりつぶすたぐいの「戦後思想」論からして、いつの間にか、戦後についての、十分な吟味を欠いたイメージが沈殿し、新たな「戦後神話」が生れていることである」[25]。現在、この丸山の「神話」批判は、そのまま丸山にも当てはまるものとして問い返されているかのようである。

丸山は、「私が神話化というのは、そうした観点からの歴史的抽象が抽象性と一面性の意識なしに、そのまま現実の歴史として通用することをいう」として、戦後民主主義と「神話化」を区別しようとした。しかし、それがあえてする「虚妄」への「賭け」であったとしても、それは十分に「神話」という語で再審されうるものである。佐藤卓己は、「八月十五日」＝「終戦記念日」という認識がメディアによって構築されたことを論じた『八月十五日の神話』の増補版のなかで、丸山についても同様の視角から検討している[26]。

丸山の「悔恨共同体」論は、戦後民主主義を支えたとされるひとつの「共同体」を透視しようとした作業である。日本において「知性の王国」の「住人」であるという「意識」は「成熟」しなかったといいつつも、丸山は戦後思想家たちを一括りにする枠組みを提出せずにはいられなかった。しかし、それは丸山自身のことばでいえば、「戦後歴史過程の複雑な屈折」を捉え、「個々の人々の多岐な歩み方」を論じることとと相違してはいないだろうか。

丸山に限らず、知識人論という言説は、ある「知的共同体」の歴史を語る場合が多い。この点で、知識人論は世代論とも似ている。それは「知的共同体」や「世代」といったイメージ上の集団を、歴史の主要な軸に据える語りである。こうした語りは、論者自身が過去にその「共同体」への「共属の意識」をもっていたと想定されるとき、「自己批判」的というよりむしろ、自己の来歴を支える単一の共同体イメージを作り出そうとする営みとなる。それは知識人像を整合的な物語のなかに鋳造しようとする試みである。

それに対して、本書が丸山の知識人論から学びたいと考えているのは、「知識人」に関連することばが複数ある、という概念史的な指摘の方である。丸山にとってそれは、「知識人」の「共属の意識」が「成熟」しなかったという負の側面において認識されていた。しかし、それはむしろ、思想の積極面とみなすこともできるだろう。整合性の保たれた知識人の理念型の提出ではなく、ある歴史的局面において分散し断絶する知の様態を記述することが、ここでの狙いとなる。「知識人」に関連することばがどのように用いられ、個々の状況のなかでどのような自己規定ないし他者規定が行なわれたのか。その考察を通じて、革命的知識人たちのことばを捉えてみたい。

4 「知識人」関連語群について

丸山は「知識人」関連語群を七種類に分類した。しかし、丸山はこれらの語について、実証的な検討を行なっているわけではない。分類や時期区分の妥当性については、反論が考えられる。[27]

まず、丸山は「インテリ」という「後略語」[28]は挙げているが、なぜか「インテリゲンチャ」という語を数え入れていない。この語については、先行論では二葉亭四迷の一九〇四年の用例が注目されてきた。[29]

二葉亭は次のように述べている。「彼得大帝の大改革の結果として露西亜の社会に一の勢力を生じた、それは露西亜語でインテリゲンチヤと申して翻訳して見ると、まづ「有識者流」とでも申しませうか、二、三取除の場合は有りとして、まづ貴族出の子弟で、それが大改革後西欧の文明に接して全く其感化を受けて了ひ、貴族の子弟でありながら平民主義を主張し、平民の味方となつて戈を倒まにして貴族を攻撃するに至つた、是が即ちその「有識者流」といふ名の下に一大勢力と成つたので有ります、かの虚無党などいふものも詰り此派の過激なるものが集まつて組織したものだと謂つても宜しい」。「此の如くでありますから所謂「有識者流」は我国で謂へば先づ志士で有ります」[30]。

このように、二葉亭は日本でインテリゲンチャに対応するのは「志士」であると捉えていた。なお、中野重治は、「インテリジェント」ということばを最初に用いたのは、『シベリヤ日記』一八七八年八月二九日に「インテレヂェント」と記した榎本武揚ではないかと述べている。[31]

「文化人」という語に関しては、戦前からあったことが指摘されている。[32]竹内洋は、「文化人が知識階級にかわって使用されるようになったのは、昭和一〇年代の戦時期からだと思う」とし、「「知識人」は「文化人」と同じく戦時中に使用されたものである」[33]と述べた。しかし、それ以前から「知識人」の用例はあるため、「知識人という言葉は「インテリゲンチャ」（ロシア語）を起源とする日本語訳であり、一九二〇年代に登場する」[34]という理解の方が一般的かもしれない。

坂本多加雄は、「近代日本で、「知識人」という言葉そのものが生まれたのは、大正期の、それも後半になってからであ」り、「それも、当初は、「知識人」というよりは、「知識階級」という言葉の方が用いられていた」と主張した。[35]この認識をふまえて立論した、近年の知識人論も存在する。[36]竹内洋は、「日本に「知識階級」という語が誕生したのは、大正時代半ばである」[37]、「知識階級という言葉が誕生したのは、新人会や與国同志会の誕生のころである」[38]と主張している。「知識階級」という語の誕生は、大正の中期に見定めることが通説化しているといえよう。[39]

その他、「知識階級」論の歴史については、いくつかの成果が蓄積されている。[40]概念史的な先行論でよく挙げられてきたのは、一九一九年の用例である。[41]「知識階級」が問題化された背景としては、学校教育との関連のほか、俸給生活者の失業、労働運動の進展、社会問題を扱う雑誌メディアや各種組織・団体の存在などが挙げられる。

後述するように、「知識階級」の用例は明治期にすでにみられる。したがって、この通説は再考されなければならないのだが、それは単に時系列の問題ではなく、「知識階級」概念を分析する際の方法的な問題でもある。竹内は「知識階級」という語の誕生にふれて、次のように主張している。

したがって知識階級は支配階級のなかの被支配的フラクションである。知識階級は特権性と従属性に宙吊りにされた階級である。明治時代末に「高等遊民」という用語、大正時代に「知識階級」という用語が誕生したことは、高等教育機関在学者や卒業者のそうした事情――文化資本は豊かだが、経済資本は乏しい支配階級のなかの被支配的フラクションの誕生――を反映している。[42]

ここでは、「支配階級のなかの被支配的フラクション」として知識階級が定義され、その社会的現実が登場した「反映」として、「高等遊民」や「知識階級」という用語の誕生が捉えられている。

こうした竹内の議論は、ピエール・ブルデューの理論を応用して展開されている。ブルデュー社会学の系譜では、フランスintellectuelについての研究も蓄積され[43]、こうした視座は知識人研究において大きな成果を残してきた。また、社会学に限らずとも、ある語が流通したことを考える際に、その語によって表される事象やそれをめぐる社会状況の変化を想定してみることは重要である[44]。だが、概念史的な観点からみたとき、右の竹内の理解は、ある文脈を掘り下げることを困難にしてしまう。

それは、「知識階級」が翻訳語として定着したこと、社会主義関連の用語として日本の社会主義者たちに運用されていたこと、ロシア文学に関連して日本の文学者にも用いられたことなどである。これらは自明のことに思えるが、じつはいまだ研究が進んでいない。こうしてみたとき、「知識階級」が大正中期に誕生したという通説は、再考される必要があるのだ。

「知識階級」「知識人」という語は、社会主義をめぐる知識が日本でどのように形成されたのかという問題、いわば「社会主義事始」[45]の問題を孕んでいる。これまでの研究では、一九一九年以降、「知識階級」が論壇的なテーマとなったことが論じられてきたが、同年は「社会問題関係の雑誌の創刊ラッシュ」[46]にあたっている。「社会」を問う言論全般が拡張していくことと、「知識階級」論の隆盛が見定められてきた時期は、同時期なのだ。であるとすれば、語が流通するジャーナリズムの変容もまた、視野に入れるべき問題となるであろう[47]。社会主義用語の翻訳・定着という問題もここに関わる。

もちろん、「知識人」関連語群がロシア語интеллигенция、フランス語intellectuel、ドイツ語intelligenz、英語intellectualなどの翻訳かどうかが判然としない事例もある。ただし、これらの語が定着するに際して、翻訳語としての使用が大きな意味をもったことは間違いないだろう[48]。インテリゲンツィアということばは、一八六〇年代のロシア思想界で流行したことで知られる[49]。日本語の「インテリゲンチャ」「知識階級」は、ロシア語の翻訳語として成立したと考えるのが一般的だが、ロシア語から英語に取り入れられたintelligentziaないしintelligentsiyaが「インテリ」となったのではないかという説もある[50]。

以上にみてきたような「知識人」関連語群についての言説を、本書では「知識人論」と呼んでいる。当然のことながら、個々のことばによって意味が異なる場合もあるが、一括することでその差異を消去しようとする意図はない。できる限り個々の用例に即して読み解いていくことをめざしている。「知識人論」という語は、煩瑣を避けるための便宜的な措置だと理解されたい。

5　本書の構成

革命的批評の書き手は、自己やネットワークに関する可変的な認識をいかにして繰り込んだのだろうか。本書ではそれを知識人論と文学史に注目しながら分析していく。「知識人とはなにか」「文学史はいかなるものか」という問いは、書き、出版する者のこれまでとこれからに関わる課題をしばしば孕んでいる。それはある共同性や連帯の可能性を創り出す。これらの批評を考察することでみえてくるのは、書いて出版することの臨界において生じたことばの動態である。

本書は概念史の試みであり、社会科学と文芸批評の用語の辞典であるともいえる。ただ、単にその用例を列挙したものではない。ことばが用いられる現場に立ち戻り、批評の論理を解読することで、どのような歴史認識の下で問題が構成されているのか、いかなる文学史が作り出されたのかを明らかにする。

「知識人」関連語群は、非常に不思議な運用のされ方をする。こうした批評言語の特質について考察するにあたっては、ヴァルター・ベンヤミンの議論が参考になるだろう。仏文学者の横張誠によれば、ベンヤミンの「アレゴリー」という方法は、「人が陶酔したときに、別の二つのものがひとつに見えたり、逆にひとつのものが二つに見えたりすることを経験するのに着目して、そうした状態をそのまま記述し、記述者自身が歴史の中で起った陶酔と覚醒を体験することによって現象を理解する」ものである。「ベンヤミンが方法としてのアレゴリーを適用した最もわかりやすい例は、「ボードレールにおける第二帝政期のパリ」第一章「ボエーム」に見られる」、と横張はいう。[51]

一九世紀フランスにおいて多義的に用いられた「ボエーム」概念を「アレゴリー」という方法によって捉えるベンヤミンと横張の考察は示唆に富むものだ。それは、科学的な知識と日常的な知識の混淆という本書の問題系からみても興味深い。[52] ともあれ、私の関心は、日本において「知識人」関連語群がどのように用いられたか、その運用の実態にある。「知識人」関連語群は革命の歴史のアポリアを凝集するパラドキシカルなことばであった。それは日本における初期社会主義からマルクス主義の思想圏域に生じた、特異な言説だったのである。

以下、この序章に続く本書の構成を示しておこう。

第Ⅰ部では、初期社会主義と革命的批評の関係について考察する。ロシア文学受容に伴って知識人論としての文学史が生み出されたことや、大逆事件後に雑誌『近代思想』の寄稿者や弁護士の平出《ひらいで》修《しゅう》によって知識人論が書かれたこと（第1章）、『月刊新社会』で「知識階級」と文学について論じる場が形成されていたこと（第2章）を明らかにする。

第Ⅱ部では、有島武郎の「知識階級」論をめぐる議論を検討する。有島の「宣言一つ」をめぐる論争が「知識階級」概念を争点として展開されたこと（第3章）、有島の主張が同時代のアナ・ボル提携の動向と関わっていることを示す（第4章）。また、山川均や福本和夫の理論や、藤森成吉の戯曲「犠牲」を、有島との関係で位置づける（第5章）。

第Ⅲ部では、プロレタリア文学運動と文学史の関係について論じる。徳永直《すなお》『太陽のない街』の価値づけに関わる言説（第6章）、宮本顕治「「敗北」の文学」（第7章）、平野謙「プティ・ブルヂョア・インテリゲンツィアの道」（第8章）、中村光夫のプロレタリア文学論（第9章）を取り上げ、文学研究・批評の孕んだ政治性について考察していく。

第Ⅳ部では、戦後文学で大きな役割をはたした、『近代文学』同人の批評を中心に分析する。戦時期の荒正人《あらまさひと》のロシア文学受容（第10章）、平野謙の「昭和文学のふたつの論争」（第11章）、本多秋五のプロレタリア文学論（第12章）を検討することで、プロレタリア文学運動から変質していく革命的批評のリテラシー形成について論じていく。

最後に、終章で全体の総括を行なう。

第Ⅰ部　隠された伝統

第Ⅰ部では、「知識階級」ということばが大正期の半ばに誕生したという通説を、実証的に問い直す。そのため、以下ではそれ以前の「知識階級」の用例がたびたび取り上げられることになる。

その作業を通じて明らかにしたいのは、知識人論としての文学史がもつ独特の政治性である。明治から大正のはじめにかけての日本では、社会主義的な政治活動が過酷な弾圧を被った。すると、直接的な政治活動ではなく、言論活動に戦いの局面がシフトすることとなる。しかし、その言論活動もまた検閲の対象となった。そこで、文芸領域も含めた、直接的な政治的主張を迂回した言論形態が模索されることになる。このような言論環境において、社会主義用語は暗号化していった。知識人論としての文学史は、ここにおいて「隠された伝統」となったのである。

近代日本における интеллигенция 関連の外国語の翻訳にあたっては、大別して二通りのパターンがあった。ひとつは「知識階級」「知識人」などの漢字を用いた翻訳であり、もうひとつは「インテリゲンチヤ」「インテリゲンツィア」などの外来語としての翻訳である。いずれも明治から大正期にかけては訳語が安定していなかった。たとえば、占部百太郎『近世露西亜』（開拓社、一八九九年）では「『有識者』」、ブランデス『露西亞印象記』（中澤臨川訳、中興館、一九一二年）では「インテリヂエンチア」と表記されている。

両者ともロシア・ナロードニキに関連して用いられていることから推測できるように、「知識人」関連語群はしばしばロシアの革命運動についての言及を伴って使用された。明治期には「虚無党」

に関する言説が多く流通したが、それはロシア関連の情報をめぐる知的土壌を形成した。その後も一九世紀ロシア革命運動のイメージは、日本の文学・思想界においてくりかえし召喚されることになる。

また、「知識階級」は、ロシアのインテリゲンチャを指すだけでなく、日本の現実を指すことばとしても使用された。たとえば、一九〇六年に北輝次郎（北一輝）は、社会主義の古典的著作である『国体論及び純正社会主義』のなかでこの語を用いている。[1] あるいは、山川均は一九〇七年に、議会政策派と直接行動派が衝突したことで知られる日本社会党第二回大会について記した文章で、次のように述べていた。「今日迄で社会主義は、兎にも角にも少数なる智識階級の手に育て来た、然して此社会主義を労働者自身の手に受取る可き時が今や来たのである」。山川によれば、社会主義には「少数の智識的専門家をも要しない」。なるほど「恩人としてマルクスを尊崇」してはいるが、あくまで社会主義は「純粋なる労働階級の革命運動」たらしめるべきである。そう考える山川は、「社会主義が主張の時代より、実行の時代に進み、真個の生命に触れんとするものなることを信じて喜ぶ[2]」。

山川において「智識階級」は、「労働階級」なるものが特権化される構図のなかで、社会運動に連なり得る位置にありながら、革命の主体としての資格を剥奪される集団として措定される。このような歴史観を伴った知識人論もまた、のちのちまでみられるものである。「知識階級」とは矛盾を抱え込んだ位置にあり、過去と未来を蝶番のように結び付けている現在的存在である。この歴史哲学的な構図のなかにおける「知識階級」が、現実的な対象としてはしばしば、作家やジャーナリスト、その読者や高等教育を受けた者などの（ときに「読書階級」ともいわれる）存在に対応するものとしてみなされる。

だが、「知識階級」とは誰なのか。インテリゲンチャはなにをなすべきなのか。革命の敵なのか、味方なのか。滅びゆく存在なのか、それとも未来を切り開く存在なのか。インテリゲンチャ性は批判されるが、そもそも自分はインテリゲンチャなのではないか。それはつねに固定化せず、二重性や葛藤、矛盾を抱え込む。絶え間ない交錯と揺れ動きのなかで、「知識階級」についての思弁は形成される。

以下では、その運用の実態に迫っていきたい。

第1章 大逆事件前後　ロシア文学と社会主義

1 知識人論としてのロシア文学史――チェーホフの位置

本節では、知識人論としてのロシア文学史について考察する。ロシア文学といえば、インテリゲンチャをテーマにしたものだ、というイメージは、今日においても根強いだろう。ただ、こうしたイメージもまた、歴史的に形成されたものである。ロシア文学は、文学作品の翻訳だけではなく、その解説や文学史的知識を伴って受容された。その際、作家や作中人物がインテリゲンチャであると語られたことが重要である。

ロシア文学の翻訳者・研究者として知られている昇曙夢《のぼりしょむ》は、一九一〇年に次のように書いている。「インテリゲントと云ふのは訳して智識ある階級とでも云ふ可きか。つまりあらゆる社会から種々の思想を以て出て居る無職若しくは自由職業の一種の遊民である」。それは「露西亜に於てはインテリゲンチヤアと云ふ一個の独立した社会階級を形づくつて居る」。そして、「此の階級の事が能く判つて居なければ、露西亜の近代社会思潮や、近代文学の研究と云ふ事は畢竟無意義に畢つて了ふのである」[1]。

ロシアにおいては、「近代社会思潮」や「近代文学の研究」という問題は、「インテリゲンチヤア」についての理解を抜きにしては語れないというのだから、この概念がどれだけ重要視されていたか、わかろうというものだ。それはまさに知識人論としてのロシア文学史であった。

この論考で曙夢が述べているロシア文学史は、次のようなものだ。「インテリゲンチヤア」という階級は、「中等社会」と「平民社会」の対立のなかで、「独立階級としての地盤と勢力とを失ひ、而して二つの階級の中何方かに就かねばならなくなつて来た」。そうしたなか、「従来の自己の階級的地位を固持」した「小部分のインテリゲント」は、「次第に廃滅する様になつた」。その「第一期」を描いた作家が「チエホフ」であり、「第二期」を描いた作家が「アンドレエフ」である。[2] このようにして曙夢は、ロシア文学史を綴り、「インテリゲント」ないしは「インテリゲンチヤア」の問題を扱った作家として、チェーホフに言及している。

これより先に、「チエーホフ論」のなかで曙夢は、チェーホフについて次のような文学史叙述を行なっていた。

若し一千八百八十一年から一千九百四年までの露国の政治生活を総称してボベドノスチエフ時代と言ふことが出来るならば、社会文学的方面からは此期間をチエーホフ時代と言ふことが出来やう。此時代は諸種の社会的理想と其実現とに湧返つた一千八百七十年代の興奮的生活の反動として、社会、倫理、道義其他の方面に冷淡の風潮を来し、何処を見ても同じ秋の夕暮と言つたやうな調子で、疲弊困憊、優柔不断、薄志弱行、殆んど意志の無い時代であつた。一言で言へば幻滅時代であつた。チエーホフはこの幻滅時代の代表的文豪である。夫故に一千八百八十年代に露国の知識社会《インテリゲント》を支配して居た厭世思想はチエーホフの作物に消しがたき痕跡を留めて居る。是等の知識階級《インテリゲント》は一千八百七十年代の甲斐なき奮闘に疲れ果て、今や全く周囲社会の頑愚と戦ふの元気も尽きて仕舞つて、自分等の抱いて居る理想と現実社会との間には非常な距離があると云ふことを自覚するに至つた。[3]

このように曙夢は、「インテリゲント」というルビが振られた「知識社会」「知識階級」ということばを使用しながら、「幻滅時代」としての「チエーホフ時代」について語っている。曙夢によれば、「チエーホフの文学は露国の社会的記録であ」り、「チエーホフは即ち此の醜汚なる旧生活に依て汚され、辱しめられたる人々の心を泣き悲しんだ煩悶の人である、悲哀の詩人である」。「チエーホフの創作的生活を通じて著るしく眼に立つ点は」、「為すこともなく徒らに懐疑、煩悶、痛苦に耽つて居る衰残のインテリゲントに対する同情である」[4]。

ここでは、まさに一時代を体現する存在として「インテリゲント」が語られている。それはロシアの革命運動における「社会的理想」が喪失した「時代」を代表する。いわば、左翼のメランコリーとしてのチェーホフ、という問題がここに浮上しているといえよう。

また、曙夢は「チェーホフの芸術を論ず」で、次のようにも述べている。チェーホフが好んで描いたのは、「世間からは寧ろ余計者と見做されてるやうな人々」であり、「概して荒々しい感情や際立つた変化を彼は本能的に避けて居る」[5]。そして、曙夢はこの論考を次のように締め括る。

想ふ、前世紀の九十年代からかけて、新らしい労働者の階級に蹴落されながら脆くも滅び去つた露国インテリゲント（仮りに高等遊民と訳して置く）の情調も矢張り斯んなものではなかつたか。〔…〕滅び行くインテリゲントの詩人——とは何時の頃、誰が言ひ初めし言葉かは知らねど、今では露国文壇に於けるチェーホフの代名詞となつて居る。[6]

チェーホフという作家についての文学史的な語りは、このような滅びゆく知識人イメージに彩られたものであった。ただ、この時点では訳語が安定していない。「インテリゲント」は、ここでは「仮りに高等遊民と訳して置く」とある。なお、一九〇七年に刊行された『露西亜文学研究』所収のオストロフスキー論では、曙夢は次のように書いていた。「恰も此時代に於て露西亜文明社会《インテルゲント》をして騒然たらしめたる幾多の智的問題と社会的運動とはモスクワ府に集中し、数多の雑誌は茲に発行せられたり」[7]。この文章の初出は一九〇四年に発表されているが、そこでは「文明社会《インテルゲント》」にあたる箇所は、ルビなしで「教育ある社会」となっている。[8]「知識人」関連語群の訳語について、さまざまな試行錯誤がなされていたことがわかるだろう。

ところで、こうした曙夢のチェーホフ論は、ロシア文学受容研究の観点からみても、興味深い知見を与えてくれる。柳富子は、明治・大正期における日本のチェーホフ紹介の歴史を整理し、大正期には「一見静かな、しかし強い人間像」と結びつけられていたことなどを論じている。[9]他方で、柳の研究を批判的にふまえた李碩は、一九二〇年代の文学者たちが、チェーホフを「インテリゲンチャ」の問題などの社会的なテーマを扱った作家として捉えていたことに注目した。[10]だがそれは、今確認したように、一九二〇年代に限られた現象ではない。

管見の限りこれまで注目して考察されてこなかったことだが、明治期から大正の初期にかけて、インテリゲンチャを描くチェーホフ、という作家像が、曙夢によってロシア文学史のかたちをとって認識されていた。このようなチェーホフ像は、これまでチェーホフ受容研究で知られてきた他の資料にもみることができる。

一九〇八年、『文章世界』誌上で「近代三十六文豪」という企画が組まれたが、その三六名のなかに「チエホフ」も登録されている。そこでは、「チエホフの唯一の特色」は「「聡明なる者」の敗北」を描き出したことにあるとされている。[11] こうしたチェーホフ論の翻訳や紹介に加えて、翻訳された作品が与えた印象も見逃すことはできない。島崎藤村は、作中で「知識のある人間」が話題となる小説、「六号室」(『露国文豪チエホフ傑作集』瀬沼夏葉訳、獅子吼書房、一九〇八年所収)を読んで、「智識ある人が現実に接触して、心気沮喪する光景が物凄く顕はれて居る。あれを読むと、行き止まる処まで行つたやうな気がする」[12] と述べている。ここでは、「智識ある人」の問題を描いた作家として、チェーホフは捉えられている。

こうしたチェーホフ像の特質をみていくうえで、無政府主義者として知られるクロポトキンの、『ロシア文学の理想と現実』の最終章に位置するチェーホフ論は極めて重要である。同書はボストンでの講演をもとに英語で書かれ、一九〇五年に出版された。革命運動史と並行してチェーホフの描いた"intellectual"を捉えようとするその内容は、多くの作家に影響を及ぼしたと考えられる。

自然主義文学者の相馬御風《ぎょふう》による翻訳、クロポトキン「チエホフ論」が、『東京二六新聞』に一九〇九年九月二三日から一〇月一日にかけて断続連載されているが(全六回)[13]、そこには次のような文章がある。

チエホフはロシヤ小説家中最もよくロシヤの知識ある社会の根本的悪徳に通じて居る。彼等知識ある階級の人々はロシヤ社会の暗黒面を熟知しているのだが、その悪徳に対して戦ふ極めて少数の青年として伍して行く力がない。チエホフの描いたのはさう云ふ階級の人々である。[14]

「ロシヤ小説家中最もよくロシヤの知識ある社会の根本的悪徳に通じて居る」という言い方から明らかなように、このチェーホフ論は、ロシア文学史において、チェーホフを特筆大書したものである。チェーホフこそ「知識ある社会」の問題を見抜くことができたとされるのだ。

なお、この御風の訳で「知識ある階級の人々」とされているのは、英文では intellectuals にあたる。[15] この翻訳では、intellectual, intellectuals の訳語が、「知識ある人々」「知識ある階級の人々」「智力」「識者」などと揺れていて安定していない。たとえば、次のくだりでは intellectual が「智力」と訳されている。

This defeat of the "intellectual" he has rendered with a wonderful force, variety, and impressiveness. And there lies the distinctive feature of his talent.[16]

此の如き「智力」の敗北を描くに彼は驚くべき力と多方面の観察と深刻な描写とを以てした。而して彼の独特なる面目は又此処に存するのである。[17]

もちろん、ポイントはこの訳語の今日的な是非にはない。御風によって当時、intellectual 概念の翻訳が模索されていたこと、そして御風が、intellectualの「敗北」を描いた作家としてチェーホフを認識していたことこそ、重要なのである。このように、用語そのものは揺れ動きながらも、「知識人」関連語群は徐々に定着していくこととなる。

一九一五年に刊行された、曙夢の『露国現代の思潮及文学』（新潮社、一九一五年）には、「チェーホフ論」「チェーホフの芸術を論ず」で書かれた内容を含んだ、まとまったチェーホフ論が見受けられる。曙夢はチェーホフに続けて、ゴーリキー、アンドレーエフといった作家についても考察しており、それはロシアの「インテリゲント」の歴史を軸にしたロシア文学史といった様相を呈している（ただし、この単著でも訳語は安定していない）。

なお、同書については、刊行されてすぐに「受売」であることが厳しく批判されていた[18]。そこでは、曙夢がクロポトキン『ロシア文学の理想と現実』のチェーホフ論の訳文を、自分の文章として記している箇所についても指摘されているが[19]、こうした点にクロポトキンのチェーホフ論が浸透していったさまをうかがうことができるだろう。

一九一八年の『露国近代文芸思想史』の「序」では、「智識階級」という問題は曙夢自身によって明確に意識化されたうえでロシア文学史が叙述されている。まず、同書が書かれた所以を確認しておこう。曙夢曰く、「ロシヤ文学史が我邦に移植されてから随分久しい星霜を経ている。随つて我が新興文学に於けるロシヤ文学の影響は甚大なものである。それにも拘らず、今までロシヤ文学史らしいものゝ一つも出なかつたのは、我が文壇の一大欠陥であつた」。そこで曙夢は、「一面我が文壇の欠陥を補はんと」としてこの書をものしたという。なお、その内容は、「大正四年九月より同六年五月まで、早稲田文学文科に於て講じた稿本を骨子として、新たに根本的の改竄推敲を経て出来上つたものである」と述べられている。[20]

曙夢によれば、その内容については、以下のような考えのもとに構想された。

著者は最初普通の文学史を作る考へで、随分浩瀚な稿本を準備したのであつた。が、翻つて考ふるに、近代ロシヤの如く、文学と時代思潮と智識階級の運動とが密接な交渉を有つて居る邦に於て、単に文学だけを切り離して示すといふことは極めて無意義なやうに思はれた。それよりも先づ最初には、近代ロシヤ文化の三大要素の発展とその相互の交渉とが、系統的に解るやうな総合的史論が必要なやうに思はれた。本書は即ち斯ういふ目論見の下になつたもので、随つてその形式も普通の文学史とは異つて、ロシヤ文学の三角関係を示さんとした全然新しい試みである。つまり文学と時代と社会との交渉史である。近代思潮の変遷を中心として、文学と時代精神と智識階級の運動とを併叙した所に、本書の特色と生命とが在る。それ故に本書は之を縦から観れば思想史であり、之を横から観れば文学史であるが、之を全体として観る時には、智識階級の運動史である。[21]

このようにして曙夢は、知識人論としてのロシア文学史を構築しようとしたのであった。その後も曙夢は、戦後に至るまで、ロシアの「知識階級」の歴史を紹介し続ける。[22]

戦前・戦後の日本では、ロシア文学といえばインテリゲンチャの物語であるという理解がひろく定着したため、かえってその具体相は見えにくくなっている。だが、こうしたロシア文学についての理解を自明のことと捉えてしまってはならないだろう。知識人をめぐる価値観の形成には、文学作品の翻訳もさることながら、曙夢のような解説による意味づけが大きく作用したと考えられる。そして、ロシア文学に体現されるこうした文学者像は、日本文学をめぐる語りにも広範な影響を与えていくことになったのである。

2　文学史との接続——自己歴史化する自然主義

本節では、自然主義と文学史という問題を、知識人論を伴ったロシア文学受容という問題と接続してみよう。明治後期の「自然主義」の時代において、文学者の社会的認知における地位向上とともに、ある明確なかたちをとった、見ようによっては今日にも通じる「文学史」的言説が形成されたのではないか、という考察は、さまざまなかたちで積み重ねられてきた[23]。

なかでも大東和重は、一九〇九年に発表された、『『太陽』の臨時増刊『明治史第七編　文芸史』（明治四二年二月二〇日）、岩城『明治文学史』の増補版（明治四二年六月）、早稲田文学社編『文芸百科全書』（隆文館、明治四二年一二月）に収められた「日本現代文学」（相馬御風執筆か）、の三種」が、明治の文学を「自我」や「自意識」の発達史」として語ったと指摘している。これらの言説には、「一つの史観に貫かれた文学史が、単なる時系列ではなく、日露戦後に確立された文学の概念にもとづいて作品や作家の選別を行い、評価を下し、作家を所属すべき思潮や時代に配置していく手つきを見ることができる」という。

また、大東は、御風の「明治文学講話」（『新文学百科精講』新潮社、一九一四年）について、「漱石・鷗外の両作家を除けば、ほぼ現在のわれわれの手にする文学史に登場する作家たちが、現在も貼られている肩書きのもとに配置され、極めて安定した記述」がなされているとし、「その思潮の捉え方だけでなく、個々の作家の評価においても、その後長く支配的となる文学史記述の範型を作ったと思われる」と述べている。そして、この御風の「文学史記述に見合う形で、同じ大正三年、新潮社から「代表的名作選集」の出版が始まる」ことを指摘し、「現在イメージされる明治文学の主要作家は、円本が出版される以前、ここでその地位を定めたといっていいだろう」としている。[24]

ここで大東は、一九〇九年から一九一四年にかけて「文学史」という言説の祖型が生み出されたと主張しているといえよう。本書の文脈からいえば、ここで相馬御風の名が挙がっていることが重要である。先にみたように、御風はクロポトキンのチェーホフ論の翻訳者であったが、ほかにも日本文学史、ロシア文学史に類する文章を書いていた。[25]自然主義の歴史化と、ロシアの文学者像を定着させようという試みは並行して行なわれていたといえる。また、ロシア文学を重要視する傾向は、御風に限った話ではない。

よく知られるように、自然主義の作家はロシア文学から多くを学ぼうとしていた。自然主義作家として最も高名な、田山花袋と島崎藤村もその例外ではない。文学史に特筆大書される花袋の小説『蒲団』には、「ツルケ《ママ》ネーフの所謂Superfluous man!だと思つて、其主人公の儚い一生を胸に繰返した」[26]という一文があることが知られている。また、登場人物の芳子が、「時雄の選択で、ツルゲーネフの全集を丸善から買つた」[27]というくだりを読んだ読者は、明治においてツルゲーネフが学習すべき重要作家であったことを感じ取っただろう。

あるいは藤村は、ロシアと日本の類似性について、次のように語っている。「ブランデスの『露国印象記』を読み、又クロポトキンの『露西亜文学に於ける現実と理想』を読んだものは、欧羅巴の文明に対する露西亜人と吾儕の位置の間に、容易く多くの似よりを見出すでせう」[28]。また、藤村はブランデスの『露西亜印象記』を引用して、次のように述べている。


彼は新時代の青年に就いて、斯様なことも言つて居る。

『然し是等の敏捷で快活な青年と、彼等がその為に働かねばならない人民との間の懸絶は如何に甚しからうとも、それは独自の道徳生活を営む「インテリヂエンチヤ」と、全露西亜の行政権と物質上の所有権を掌握する官僚生活との間の懸隔ほどにははげしくない。』

省思させられることの多い言葉ではないか。[29]

ブランデスを通してロシアの「インテリヂエンチヤ」について藤村が学んだことがわかる文章である。なお、早稲田文学社編『文芸百科全書』のなかにも、チェーホフ受容の痕跡を見出すことができる。チェーホフの『黒衣の僧』と『六号病室』の名著解題には「(雨雀)」の署名があり、秋田雨雀《うじゃく》の手になると思われるが、そこには以下のような記述がみられる。「就中ロシア一般の社会から一歩進んだ智識ある人々が周囲の無智の多衆の為めに解されず、煩悶し、憤怒し、苦闘し、絶望して、狂人の様になる光景は彼れが得意の筆に依つて最も真実に、痛ましい程自然に描写されて居る」「ロシア生活は、チエーホフにとつては無知な多衆に対する少数有識者の不利な戦闘に外ならないのである」[30]。このように、「智識ある人々」の「煩悶」や「絶望」を描いた作家としてチェーホフが認識されている。

また、同書でロシア文学史を担当したのは昇曙夢だが、その参考文献にもクロポトキンの『ロシア文学の理想の現実』が挙げられている。しかもそこで曙夢は、「有名な無政府党首領たる著者が英国に在つて英文で書いた講演でプーシキン以下近代の代表的作家を中心として明快な評伝を為してゐる」[31]と記している。曙夢は明確に「無政府党首領」としてクロポトキンを認識しながら、その文学史について語っていたことがわかる。

自然主義作家の周りでクロポトキンが読まれていたこと。[32]それは本書の視座でいえば、ロシア文学史と日本文学史という問題系を構成するためのひとつの知的資源としてあったといえよう。知識人論という問題と文学史という問題は、ここにおいて接近していく。この明治後期から大正初期にかけての知的土壌が、のちの文学史の前提になるとともに、文学史内の登場人物・舞台設定として語り直されていくことにもなる。

文学史のもつ言説効果の力も、文学者が語るに足るものとされるという価値の獲得と切り離せないだろう。広い意味において、文学者が知識人とみなされることと、文学の歴史が必要とされることが結び付いていることは容易に推察できる。本節で確認しておきたいのは、本書で問題にする「知識人」関連語群と文学史という問題もまた、この時期に隣接して観察できるということである。ここにおいて、社会主義をめぐる用語と運動の検討が不可欠となるのだ。

3 「知識階級」のディレンマ——文芸領域と『近代思想』

大逆事件のあと、社会主義者の大杉栄、荒畑寒村は、社会主義弾圧の状況に絶望せずに、『近代思想』の発刊をくわだてる。それは直接的な政治活動ではなかったが、文芸や思想の領域に活路を見出した言論活動であった。

この雑誌では、「知識人」関連語群はどのように用いられたのだろうか。[33] まず、『近代思想』第一巻第一号をみると、荒畑寒村のエマ・ゴールドマン「近代劇論」の翻訳と、山本飼山《しざん》の「新しい戯作者」に、「智識階級」の用例が確認できる。両方とも文芸に関する言説だが、初期社会主義的な政治性を帯びている。寒村の翻訳では部分的に「智識階級」が使用されているに留まるが、飼山の用例では「智識階級」概念が論の骨格に関わっていることが注目される。

飼山は、日本の「智識階級の若い人達」は「ルーヂンの徒、オブロモフの輩」であり、「早稲田派の或る文士」は「不徹底」な「オブロモフヰスト」だとして批判し、それと比較して、「露西亜のインテレクチユアルス」[34] を評価する。日本の文学者、「智識階級」は、ロシア文学・思想の対応物として見出されながら、ルージンやオブローモフといった例が挙げられることによって、その負の共通点のみが確認され、政治的に評価可能な特質を持ち合わせていないとみなされている。

ここには「知識人」関連語群についての正と負のイメージの両面が端的に表れている。日本はロシアとアナロジーされながら、ロシアにおける革命家が不在であることが確認される。ここに、大逆事件以後の逼迫した状況における文学、という問題が照射されていることはみやすいだろう。なお、この飼山の論考には同号で大杉栄が言及しているほか、[35] のちに寒村は「新らしい戯作者」ということばを自分の文章で用いている。[36]

その他の寒村のテクストにも、用語のレヴェルで飼山と共通する点を見出すことができる。たとえば、寒村は「『人民の間に』」を唱えたロシアの「インテレクチユアルス」について詩のなかでふれたり、[37]「智識階級」という語を用いてアレクサンドル二世暗殺以後のロシア史を記述したりした。[38]『生活と芸術』誌上でテロリスト評価をめぐる論争を楠山正雄と行ない、戦後には『ロシア革命運動の曙』

(岩波新書、一九六〇年)を上梓した寒村は、ナロードニキに関心を抱き続けた思想家であった。寒村は、「上流社会や智識階級に対する僕の偏見[39]」からか自分は『白樺』派にあまり期待しないとし、「文士だの智識階級だのと大きなツラをしてゐるケダモノ共[40]」には批判的だった。ここでも、日本の「智識階級」はマイナスイメージにおいて捉えられている。

この時期の大杉栄は「智識階級」ということばを用いてはいるが[41]、よく使っているのは「智識者」ということばである。[42]「主観的歴史論」では、ラヴローフのいう「歴史的生活」は「少数の智識者」による「批評[43]」によって始まるものだと解説している。この論考は、ラポポールのラヴローフ論の翻訳・抄訳であることが指摘されているが[44]、対応する箇所を確認するとintellectuelsとなっており[45]、この「智識者」は翻訳語だともいえよう。ここでは「智識者」は正のイメージによって捉えられている。

大杉にはほかに、「中等社会のintellectuels(智識者[46])」といった、フランス語由来を明示した用例もみられる。「智識者(知識者)」概念は日本の文学者に対しても用いられた。大杉は一九一四年に、『第三帝国』の野村善兵衛、『反響』の生田長江、『早稲田文学』の相馬御風に対して、「諸君の如き中等社会の知識者に対しては」「大した希望はもつてゐない[47]」と批判しているが、このような用法は先の寒村の用例と通じるものだろう。

「知識階級」関連語群に託されていたのは、正のイメージと負のイメージの双方であった。ただ、負のイメージは単純に負の価値を付与することに留まるものではない。同時代文学者を批判するという行為は、ある意味では、批判するに値する存在だと見込んで評価する行為でもある。さらにそれは、自らもまた直接的な政治活動を回避した言論人として、文学者たちと近しい存在であると認めることにも通じてしまう。この自家撞着的なディレンマを払拭せんとするかのように、大杉は「籐椅子の上にて」という論説で、『近代思想』もまた「intellectual masturbation」[48]であったという自己批判を遂行した。

だが、そうした大杉自身の価値判断はともかく、『近代思想』が「知識階級」をめぐる議論の場を押し広げたことは間違いない。相馬御風はこの大杉のテクストを読んで、次のように述べている。「実際大杉栄氏の『籐椅子の上にて』の一篇ぐらゐ僕の心のどん底までも沁み渡つた言説は近頃になかつた。中等社会のうちに育て上げられた平民主義的社会改革家の惨ましい、切実な告白——僕はどうしてもかのネヅダーノフを思ひ、バザロフを思はないでは居られないのである」[49]。このように、御風は、大杉とツルゲーネフ作品を重ね合わせて把握しようとした。

『近代思想』の廃刊から月刊『平民新聞』の創刊にかけて、「知識階級」や「中等社会の知識者」に負のイメージ、「労働者」に正のイメージを付与する概念連関が形成され、この二項対立の構図を鮮明にしようとする論理が働いたことはたしかだろう。月刊『平民新聞』の最初に掲げられた「労働者の自覚」は、「吾々は労働者である」[50]の一文から始まることから明らかなように、「労働者」概念を顕示するマニフェスト的な文章として書かれている。

とはいえ、この時期の社会主義者に、「知識階級」や「労働者」概念を規定する厳密な理論体系があったわけではない。こうした概念上の曖昧さは、ネガティヴには現状認識のずれや議論の不毛さの原因として捉えられるが、ポジティヴにいえば、思想の「星雲状態」[51]のなかで多様な言語運用の可能性が模索されたともいえる。大逆事件以後の政治局面における闘争主体の所在そのものを、曖昧さや矛盾も含めて表現しようとすることばとして、「知識人」関連語群は浮上していたのだ。

4 「日本の「智識ある者」」――平出修とロシア文学の読者

同時期に、大逆事件について意識していたのは、社会主義者だけではない。森鷗外や、雑誌『スバル』に集まった文学者たちが、大逆事件と文学というテーマを抱え込んでいた。そのなかでも平出修は、弁護士かつ作家であり、大逆事件にこのふたつの立場から応援したという点において、極めて重要な人物である。本節では、平出のロシア文学理解をみていこう。

おりしも大逆事件前後はロシア文学に関心が集まっていた。雑誌『露西亜文学』の創刊時に昇曙夢は「近代露文学の特質(露西亜文学の倫理的要素)」のなかで、ロシアでは「社会と文学」が極めて「接近して居」ると述べ、「露国の智識階級」の特徴に注目している。[52] 曙夢はこれ以前に、ロシア文学の「倫理的要素」について「露文学の倫理的要素」という文章を発表しているが、そこには次のようにある。「露国の知識階級は周囲社会の蒙昧な所からその精神を専ら智的方面に投写し、他に活動する余裕の無い特別の地位に在る」。[53] 当時、ロシア文学は「社会」と文学の関係を考えるための重要な参照項として活用可能だった。そして、それは「知識階級」の問題を伏在させていたのである。

平出とロシア文学については、大逆事件に材をとった小説「逆徒」の執筆にあたって、相馬御風訳のアンドレーエフ『七死刑囚物語』(海外文芸社、一九一三年)の影響があったと推定されてきた。[54] アンドレーエフはこの小説で、要人暗殺を試み捕まって死刑判決を下されたロシアのテロリストを描いている。『七死刑囚物語』は、ほかにも有為の文学者に大逆事件とも関連して読まれていたが、[55] 平出はそうした鋭敏な理解者の一人であったのだ。

平出は、一九一三年二月発行の『スバル』に発表した「事務局より」のなかで、翻訳された外国文学についての批評を書いている。平出は、「新年になつて読んだものの内で、私を最も興奮させ省察させたもの」[56]として、イプセン『復活の日』のほか、トルストイ『闇の力』、チェーホフの短篇を集めた『チエエホフ集』に言及している。こうした平出の外国文学の紹介活動については、「自己の見解を率直に展開した」ものであり、平出は「おざなりの上べだけの紹介はしたくなかった」[57]のだといわれているが、ここではその平出の「自己の見解」の内実について踏み込んで考察してみたい。

平出は、『闇の力』と『チエエホフ集』について以下のように論評している。

> ○「闇の力」は杜翁自ら「此度の人物程書きよい事はない。いつも眼の前に活々して居るので、これこれの境遇には斯うするだらう、斯う云ふだらうと云ふ事が容易く想像がつく」と云つてる如く、全く自然にして自由なる描写は読む人をして巻をおかしめない妙味がある。殊に「人生と自然と芸術と宗教とを渾一せしめて独得の啓示的色調を賦せる」（此点は森先生の序文の意味による）処は現代日本の如何なる作者にも見出すことの出来ない色彩であり傾向である。私は此書を芸術界には素人である多数智識階級者に推薦してその耽読を強ひたいと思ふ。
>
> ○チエエホフ集は短篇十種を収む。此作者の簡潔直截明快な文章と人生的心理的なる観察とが各篇の到る処に溌剌して居る。此集の巻頭に原著者の小伝を掲げてあるのは読者に採りては非常に便宜で且有益な事である。訳者も云ふ如く原作者はロシアの小説家の何人にも渡りてよく「智識ある者」の根本的欠点を理解して居た。それ故彼の作物は材をこの階級に採つたものが多い。私は更に此書を日本の「智識ある者」の机上に推薦せねばならない。[58]

このように平出は、森鷗外の序文を引いて、トルストイを「智識階級者」に「推薦」するとともに、訳者である前田晁のチェーホフ小伝にふれて、チェーホフを「日本の「智識ある者」」に「推薦」している。「智識ある者」は、「この階級」と呼ばれているように、階級的な存在として捉えられており、前段の「智識階級」ということばをふまえるなら、平出がトルストイとチェーホフの書を「推薦」している読者は、似通った属性を持つ者として考えることができるだろう。とりわけ前者については、「芸術界には素人である」という限定が付されていることが注目される。こうした読者に対して、平出は「人生と自然と芸術と宗教」の「渾一」について伝えようとした。これは、トルストイの小説が「芸術界」に留まらない社会的意義を持ち、「芸術」は「人生」「自然」「宗教」問題と関わるべきだと平出が考えていたことを意味するだろう。

　両書の題名は平出の図書目録にも確認できる。[59] このうち、『チエエホフ集』は、前田晁訳として、博文館から刊行されたものである。[60] 同書の「例言」には、「本書に収めた十篇の内、『二つの悲劇』、『家で』、『一事件』、『寝坊』及び『黒坊主』は、“THE BLACK MONK”の中から［…］訳した。すべて英訳からの重訳である」と書かれている。[61] R・E・C・ロングによるこの英訳は、チェーホフ作品を翻訳するときの「定本の一つとなり、大正五年以降、コンスタンス・ガーネット訳の全集刊行を見るまでは広く読まれた」[62]とされる。また、ロングの英訳本は、田山花袋の周囲で受容されていたことも指摘されている。[63]『チエエホフ集』の刊行は、当時の自然主義周辺におけるチェーホフ受容の重要な一齣《ひとこま》として捉えることができるだろう。

　「チエエホフの小伝」で前田は、チェーホフは「大体においては、「滅び行くインテリジエントの詩人」といはれる如く、「知識ある者」を描いたものが多い[64]」と紹介している。平出が「訳者も云ふ如く」として言及している箇所は、前田のこの小伝のうち、以下の傍線部にあたると考えられるが、それがどのような文脈のなかに置かれているか把握するため、その後に続く文章も含めて引用したい。

チエエホフはロシアの小説家の何人にも優りて、よくこの「知識ある者」の根本的欠点を理解してゐた。彼等はロシアの暗黒面を深く洞察しながら、しかも其れに抵抗すべく相共に結合すべき力を持つてゐなかつた。僅に二三の男女の例外を除けば、彼等はみな、願望の力の不十分なるに加へて意志が弱いといふ根底的短所を持つてゐた。〔…〕／〔…〕／

時はアレキサンデル二世が弑せられて、同三世が位に即き、事業の進歩も、希望の光明も、全く消え、全く絶えてしまつた時である。千八百八十年代はロシアの過去一世紀間の中でも、最も凄惨な時代であつた。まだ五十年代には、「知識ある者」も多少の希望を将来にかけてゐたが、今はそれさへ全く失はれて、世は徒らに暗黒、一点の光明さへも望むことが出来なかつた。千八百七十九年、十九歳にして始めて創作に筆を著けたチエエホフが、其の時代の気分を感じて、「知識ある者」の敗北の跡、破滅の姿を描き、同時に又、それを打破し、それを滅ぼした痴愚凡庸の徒をさながらに描き出さんとしたのは、寧ろ当然のことゝいはなければならぬ。かくて作者はそれについて、勿論何事も語つてゐないが、しかもそれら標本の数々は、やがてある一期間の文明の腐敗を暴露したことになつてゐる。[65]（傍線引用者）

この文章では、ロシア革命運動史とテロリズムの歴史のなかにチェーホフが位置づけられている。ここでチェーホフは、「知識ある者」を問題化したロシア文学史に特筆すべき作家として捉えられている。この前田の文章を、先に引いた御風訳のクロポトキンのチェーホフ論と対照してみよう。

チエホフはロシヤ小説家中最もよくロシヤの知識ある社会の根本的悪徳に通じて居る。彼等知識ある階級の人々はロシヤ社会の暗黒面を熟知して居るのだが、その悪徳に対して戦ふ極めて少数の青年として伍して行く力がない。チエホフの描いたのはさう云ふ階級の人々である。[66]（傍線引用者）

以上のことからもわかるように、平出が引いた前田の一文は、クロポトキンのチェーホフ論にほぼ等しいものである。

また、前田は次のように記している。「けれども、チエエホフは果して厭世観を以て終つたかどうか？　必ずしもさうでなかつたと見る者は次ぎのやうに云ふ」[67]。この後に二重鍵括弧で引用されている文章は、『ロシア文学の理想と現実』における『イワーノフ』『ワーニャ伯父さん』『桜の園』を並べて解釈したくだりを短縮し、「知識ある者」の位置づけを軸として再記述した内容になっている。「必ずしもさうでなかつたと見る者」は、クロポトキンを指していると考えられるだろう。[68]

なお、一九一三年には『生活と芸術』でも、「インテリヂエンチヤ」を書いた作家として「チエエホフ」が語られた。[69]この時期、社会主義と文学の接点において、知識人論としてのチェーホフ論が浮上していたのだ。もちろん、平出がチェーホフを「日本の「智識ある者」の机上に推薦せねばならない」といったとき、日本では壮絶な言論弾圧が行なわれていた現実があった。その前提として、暗殺といえばロシアの「虚無党」に関する言説がすでに流通していたこと、国家権力の側が天皇暗殺を恐れていたことはいうまでもない。
ここで平出はチェーホフを読むことによって、ロシアの「智識ある者」のみならず、大逆事件以後の「日本の「智識ある者」」の「根本的欠点」の問題にまで通じる射程を模索していたのではないだろうか。

5 大逆事件と発禁——平出修と『太陽』の読者

同年に平出は、大逆事件の裁判を批判的に描いた小説として名高い「逆徒」を執筆した。すぐさま弾圧が加えられ、掲載された『太陽』一九一三年九月号は発禁となる。『太陽』のような総合雑誌では、文芸雑誌とは異なる層の読者が見込まれる。『太陽』が発禁となったそのとき、平出はどのように応じたのだろうか。平出は、「発売禁止に就て[70]」のなかで次のように述べた。

穏健であつて保守に陥いらず、進歩を考へて、奇矯に趨らず、一代の名流を寄書家とし日本に於ける知識階級を読者とする処は、斯雑誌が、社会の信用を得来つた所以の賢き態度である。斯の様な歴史と態度とをもつた雑誌太陽が秩序紊乱の廉を以つて警察処分を受けた。それが余の作物を掲載したからだと云ふのである。余は自分一箇の都合だけを考へて黙つて居ることは出来なくなつた。

この文章では、『太陽』の読者は「日本に於ける知識階級」であるとされている。「発売禁止に就て」が『太陽』に発表されたものであることを鑑みれば、この文章自体が「知識階級」に宛てられたものであったといえる。

この時期の『太陽』について大和田茂は、『太陽』編輯主幹の浮田和民が、大逆事件をきっかけとした「政府の社会主義者への弾圧が常軌を逸し立憲国家にあるまじきものだという旨の堂々たる抗議」[71]を行なったことを指摘している。平出が自らの主張を、「穏健」「進歩」といった雑誌の性格の問題と併せて考えていたことは、その読者に対する認識を考えるうえでも前提としておく必要があるだろう。

そして、重要なのは、「発売禁止に就て」が、「芸術」と「政治」の関係を論じた文章であるということだ。ここでいう『太陽』の読者としての「日本に於ける知識階級」は、前節でみた「芸術界には素人である多数智識階級者」としての読者を含み込むだろう。文芸雑誌と異なり、『太陽』はこうしたタイプの読者が現実的に見込める発表媒体である。そして、「多数智識階級者」にトルストイを勧めた際の「芸術」認識が、同書にある鷗外の序文に肯定的に言及するものだったことと比べれば、ここではより詳らかに平出自身の「芸術」論が披瀝《ひれき》されていることが注目される。

まず、「第一」では、「芸術の存在其ものを否認する政治家は、現代に生きて居ない筈」であるという主張がなされる。「第二」では、メーテルリンクの「理性三界の説」によれば、「常識」「道理」の世界だけでなく「不可思議の理性」があるはずで、「芸術」はそこにおいて意味をもつと述べられる。平出は、「常識」「道理」の世界は「政治」が力能を発揮するが、「不可思議の理性」は「全く政治の力を以つてどうすることも出来ない」という。[72]また、ここで平出が、「余は虚栄心から出た芸術保護論と雖も保護の実さへ挙れば、ないよりは増しだと思ひ、先頃の時事新報紙上にあらはれた岡警保局長の芸術取締論なども此意味に於て敢て敬意を表して置く」と、具体的に検閲する側を見据えていることはおさえておきたい[73]。そのうえで、「第三」において「読者」の問題が導入される。

内務当局者は〔…〕文芸取締の方針を屡公示して居る。芸術が芸術として価値あることを敢て否定しない、けれども鑑賞者は俺の支配圏内にある。此者共は極めて焦躁で早呑込で、軽佻で、判断力が全くない。〔…〕内務当局者は文学に就いて云へば「読者」と云ふことをいつも取締方針の中に数へて置く。太陽はどんな読者をもつて居るのであるか。之を考に置いて太陽の内容の検閲をする。

また、別の箇所で平出は、「文芸対政治の関係」の理解に関しては、「余と内務当局者との間に意見の一致を看出し得るのみ」であると、「内務当局者」に同意してみせてもいる。にもかかわらず「行違」が生じたのはなぜだろうかと平出は問い、それは「内務当局者」が読者を「判断力が全くない」「軽佻」な存在だとみなしているからだとする。この問題は、「第五」で次のように再論される。

第五、それから余と当局者との間には、「読者」に対する観察が違つて居はしまいか。之も議論の簡明を計る為に、「太陽の読者」と云ふものに限つて見る。此「太陽の読者」と云ふことの観察に就いて、両者間に違があるのではあるまいか。太陽の読者は日本の知識的上流階級であると云ふことは恐く異論はあるまい。日本の知識的上流階級は、果して当局者の見る如く、白痴のやうな、色情狂のやうな、叛乱狂のやうな、消化不良患者のやうな人達であらうか。

冒頭で『太陽』読者を「知識階級」とした平出は、ここで新たに「知識的上流階級」という語を用いることで、「当局者」にも「異論」が出ないと判断した地点から議論を進める。『太陽』の読者は「叛乱狂のやうな」存在ではなく、「今の政府」を言論によって批判する明晰な存在だと平出は考えていた。[74]「「今の政府なら」と云ふ詞は「今の愚な政府なら」と云ふ意味であつて、知識的上流階級――太陽の読者達が政府を嘲笑する場合に用いる一種の符号である」。

そして、「第六」では、「余が此「逆徒」に於て採入れた題材は、如何に取扱はれ、如何に世間の誤解を招かぬ様に周到なる注意を加へてあるか。それを当局者は鑑査し得たかどうであると詰問」したいという。ただし平出はすぐ、「詰問したつて答弁なんどをする当局者」ではないとし、「此点に関し余は汎く本誌の読者の明敏なる理解に訴」えようと試みる。しかし、「第七」「第八」にあたるであろうその箇所は、「抹殺す」とあり、読む事ができない。「第九」は、ここまでの行論への自己言及である。「之れまで書いたことで、略余の云ひたいことの要点をつくした。聡明なる読者は、此一文を読んで、余及太陽編輯者の衷情を諒とせらるゝことであらうと思ふ」。

以上、ここで平出が戦略的に想定している『太陽』の読者としての「知識階級」は、前節でみたところの「滅び行くインテリジエント」、「敗北」する「知識ある者」とはイメージを異にしている、といえるだろう。それは果敢に政府を批判する読者であり、平出はそうした読者との協働関係が成立すると考えた。それは、読者と自らが、不当に犯罪者扱いされていると認識していたためでもある。平出は、「余を罪人扱にした」「内務当局者」に対し、「不思議の感じがする」という表現で異議を申し立てている。

平出がこの論考で問題化したのは、いわば「読者」のメディア・リテラシーであったといえよう。かれらは無気力や絶望感に染まることはなく、他方で自暴自棄になることもない。「知識階級」ならではの冷静な読みによって「当局者」の言論弾圧の不当性を批判し、自由に語り得ない状況のなかで「芸術」の意義を理解する「聡明なる読者」に、平出は期待したのである。

このような平出の主張は、「読者」「知識階級」をめぐるイメージ戦略として把握することができる。「叛乱狂」であることを否認する内容から推測するならば、日比谷焼打ち事件から第一次護憲運動に至る民衆騒擾も念頭にあったかもしれない。また、再び発禁にされないための文章の配慮も当然あっただろう。「知識階級」とは、そうした状況下で「当局者」を批判するためのリミットとして想定された「読者」だった。

もちろん平出は、大杉や寒村とは思想的にも社会的地位においても大きく立場を異にしていた。だが、「知識階級」をめぐる概念史的な観点からみれば、両者には同時代性を見出すことができる。それは、大逆事件以降の「智識階級」、「日本の「智識ある者」」の問題としてそれぞれが思想的に格闘せねばならないものであった。この時期、「知識階級」は、ただちに正・負のどちらかに意味づけることのできない、揺れ動く概念だったのである。

第2章 曖昧な思想の積極性　雑誌『月刊新社会』の論脈

1 階級論のゆくえ――堺利彦と社会運動出版

大逆事件以後、社会主義的な政治活動は激しい弾圧を被った。荒畑寒村はこの時代に生きた社会主義者たちの姿を、「逃避者」のなかで描いている。登場人物の「S」は、「此の頃よく文壇に」いわれる「逃避者の態度」についての話題をもちだす。それについて語る人々の話を聞いていた「A」は、政治運動から距離をとっている現在においては、結局「皆な逃避者」ではないかと感じる。散会したあと、「A」と「O」は帰りながら議論する。「O」と別れて一人になった「A」は、「中等階級の人間に依て導かれ、智識階級の青年に依て代弁せられるのでな」い、「彼等自身の哲学、理論、主義、理想」を今後実現せねばならないと考える。そして、「軍歌、『マルセイユ』」を、大声で歌い始めるのであった。[1]

この小説の「S」は堺利彦、「O」は大杉栄、「A」は荒畑寒村を示すとされている。これについて森山重雄は、「ここで使われているイニシャルを、実在した個人名に還元するのには、問題があるかもしれない」と留保しつつも、「O（大杉）やA（荒畑）がどういう態度をとろうとしているか」が

「後半に書かれている真の主題」であり、「OやAの前には、つねにS（堺利彦）が意識されている」[2]と述べている。

「逃避者」というテクストでは、「労働者」の優位性が語られ、「中等階級」「智識階級」が批判されている。それは、前章でみた『近代思想』での寒村の用語法と類似したものだといってよいだろう。寒村における「智識階級」批判の背景には、大逆事件以後の社会運動の状況が見据えられていた。「中等階級」「智識階級」はこれまでの運動を牽引した存在であるとみなされている。だからこそ、これからの運動の必要性から批判されているのだ。ということは、それは完全にネガティヴな存在であるとはいい難い。「逃避者」であるという自他の境地を脱すること。それが革命主体として希求されるとき、はじめて文壇に対する批判も抜き差しならぬものになるだろう。この寒村の小説は、堺利彦へのひとつの問いかけでもあった。

その堺は、一九一四年より雑誌『へちまの花』を発刊した。これは堺にとっての、大逆事件以後の社会主義活動およびメディア戦略のあり方に関する、実践的な回答であったといえよう。さらに、翌年には『へちまの花』を改題して『月刊新社会』を発刊する。では、こうした社会主義の知識を普及する「社会運動出版」[3]において、「中等階級」「知識階級」といった概念は、どのように使用されていたのだろうか。

2 社会主義者とその知識――『月刊新社会』の登場

『月刊新社会』は第二巻第一号（一九一五年九月）から第六巻第七号（一九二〇年一月）まで続いた。

社会主義の紹介・啓蒙を行なったことで知られており、とりわけその初期は、堺利彦、山川均、高畠素之らの執筆が目立つ。大逆事件以来の社会主義言論の困難を背景としつつ、「時機を待つ」堺の立場が反映されているが、当時においてそれは積極的な運動の実践としてあった、という認識がこれまでの共通了解だといえよう。[4]

ただし、この雑誌では執筆者たちの思想的見解が統一されていたわけではない。ここで注目したいのは、社会主義の啓蒙に伴って、社会主義関連の用語が流通していったことである。たとえば、『月刊新社会』では「紳士閥」という語が最後の号に至るまで使用されたが、同時に「資本家階級」「ブルジョアジー」等のほかの訳語もみられた。堺をはじめとして、執筆者の多くは「階級」中心の思想を展開したにもかかわらず、階級概念自体が不安定なまま運用されていたのである。同様のことがその他の用語にもいえる。いかなることばを用いて「社会」について語るのか。そのことが、そもそも「社会」という語をいかに用いるべきか、という根源的なレヴェルの問題として、理論的にも状況論的にも問われたのだった。

これはもちろん雑誌名にも関係する。「新社会」の名は積極的に選び取られたといえる。ただ、堺利彦に先駆けて、林毅陸《きろく》を主筆とする同名の雑誌の届け出が行なわれていたようだ。そこで、「新社会」を掲げる雑誌がふたつ出ることになることになった。堺はこれについて、「私の『新社会』と同時に林毅陸君の『新社会』が出た。私のは此通り見すぼらしいもの、林君のは堂々たるもの、固より比べ物にはならぬが、それでも多少のお目ざはりになるとお気の毒に存じて居ます」[5]と述べている。もちろんこれをそのまま受け取るわけにはいかないが、語調だけみればもう一方の『新社会』の方が高圧的である。

■本誌が警視庁へ発刊の届出を済まして後、堺とか云ふ人が同名の雑誌発刊を届出てた。従来は同名のものは勿論、間違い易い名称でも許さなかつたのであるが、どういふもの《ママ》警視庁は既に本誌が届出をして居るにも拘らず又復同名を堺氏に許した結果、新社会と云ふ雑誌が同時に二つ出来た次第である、読者諸君は何卒『主筆林毅陸』に御留意あつて御買求めの程を願ひます、[6]

これをみると、両者ともに同名誌と認識していたようである。従来の研究でもこの堺が発刊した雑誌は「新社会」と通称されてきた。

だが、第二巻第一号の表紙をみると、そこには「月刊新社会」と記されている。終刊時も同様に「月刊」付きである。これについては、「最初本誌を発行する時、外に『新社会』といふ雑誌の届出があつたので、此方は止むなく『月刊新社会』といふ題号にしました[7]」という言がある。また、第二巻第一一号（一九一六年六月）の表紙には「月刊」が付いていないが、次号では「月刊」の欠落について警視庁から注意された旨が書かれている。そこで本書では、『月刊新社会』と表記することとする。

『月刊新社会』は、社会主義に関する知を媒介することで、現実に対応するためのことばを模索していた。それは、社会主義文献の翻訳や紹介だけでない。英文書籍の取次も売文社（のちには由分社）が行なっており、誌面を通じて購入が促された。また、第三巻第二号（一九一六年一〇月）の「質問と応答」欄では、「社会主義の智識を初歩より組織的に得るに最も良き邦文及び英文参考書名及び定価を教へて下さい[8]」という質問に、山川均が英語の文献を並べて答えているが、こうしたコラムは実質的に広告の役割を果たしている。エンゲルスの「空想的社会主義と科学的社会主義」（堺訳）が掲載された際には、「右英書は一部三十二銭、申込み次第何部でも取寄せてやる」と英文書籍の宣伝がなされ、「和英対読すれば、幾分英語のたしになること疑ひなし。対読しても分らぬ所は、直接堺氏に質問すべし」[9]とされている。その他、出版された翻訳書の誤訳指摘等も後半には頻繁に行なわれた。『月刊新社会』では、社会主義文献を翻訳・受容する過程も含めて検討しながら、「社会主義の智識」を読者と共有しようとする実践がなされたのである。したがって、社会主義者の自己形成と、教育・知識の問題は切り離せないものだった。

堺は選挙制度をめぐる政府の動向を捉えながら、次のように観測している。「政府も政党も中流以下即ち国民の多数の人心を失つてゐる事だけは自覚してゐるのである」「中学卒業者に選挙権を持たせる事は更に一層六かしい問題になつてゐる。彼等が深く中流智識階級を恐れてゐる証拠である」[10]。ここでは、「中流」は多数派の一員として捉えられ、「中学卒業」という学歴と「中流智識階級」が結びつけられている。「知識階級」ということばは、しばしば非難的な文脈において用いられていたが、自己言及的な階級概念としての特質もまた備えていた。社会主義者の知識はその知識がもつ意義自体を問題化する志向を備えていたのである。

3 「面白い地位」——堺利彦の中等階級論

『月刊新社会』の階級論をみていくうえで重要なのが、堺の論考である。前述したように、当時にあっては階級について語る際の用語およびその定義が難題であった。とりわけその難しさは、二大階級に収まらない中間の階級の位置づけにある。たとえば、堺は次のように述べている。

『新日本』に大隈伯の論文が出て居る。今後に於ける社会勢力の中心は富豪と学者、即ち金権と学権との結合に在ると云ふのである。そして彼は此の結合を目して『中等社会』と称してゐる。Bourgeoisie《ブールジョアジー》と云ふ言葉を我々は『紳士閥』と訳して居る。時としては『資本家階級』とも訳して居る。或人々は之を『金族』とも訳して居る。然るに英和字書をあけて見ると、正に『中等社会』と訳してある。是は封建貴族と一般平民との中間に位する商工階級と云ふ意味で、此の言葉に対する百年前の用ゐ方である。然るに今日て《ママ》は、其の商工階級が実業階級となり資本家階級となり、権力階級となつて居る。彼等はもはや『中等社会』ではなくて、上流金族である、上流紳士閥である。[11]

堺の認識では、大隈重信が「中等社会」と呼んでいるのは、「Bourgeoisie《ブールジョアジー》」すなわち「金族」「紳士閥」のことである。[12]それは「上流」であるから、現在の「中等」とは区別されなければならない。そして、堺はこの中間的な領域に期待を賭けていた。

堺は著作家協会について論じた文章のなかで、「吾人は著作者組合、新聞記者組合、教員組合、事務員組合、技術者組合と云ふが如き、総て中等社会の裾廻りに属する、小紳士（若くは高等労働者）の経済的団体の今後続々成立せんことを希望する者である」[13]と述べている。「著作者」は、「小紳士（若くは高等労働者）」という階級的位置にあるとされるのだ。もちろんこの問題は、文学者に対する認識としても問われた。武者小路実篤について堺は、「華族の部屋住といふ身の上は余ほど面白い地位」[14]だと述べたうえで、次のように自らとの類縁性を語っている。

> 小生自身に就いて云へば、中等階級のあふれ者、新聞記者の出来損ひと云ふ点に於いて、華族の部屋住と多少の類似を有して居ります。従つて小生は其の意味に於いて武者君の地位に同情する事が出来ます。そして小生が中等階級出身として、労働階級の立場に立つて働かねばならぬ様になつたと同じく、武者君も亦純然たる平民階級の見方、考へ方をせねばならぬ様になるのではないか。否、なればよいがと楽しみにしてゐる次第であります。[15]

「中等階級のあふれ者」「新聞記者の出来損ひ」「華族の部屋住」は、既存の階級的自己に安住できないなにかを抱え込んだ、堺のことばでいえば「余ほど面白い地位」にある。堺は自らを「中等階級出身」としながら、この揺らぎに身をゆだねるのだ。この堺の自己規定を文字通りに受け取ってよいかは措くとして、このような階級論の位相を浮上させることを通じて文学者に働きかけようとする堺の戦略は注目に値するだろう。

　こうした曖昧な階級についての語りは、中間性についての分析に顕著にみられる。

> 所が、年齢の方では、青年と老人との間に中年があり、階級の方では上流と下層との間に中流がある。そして此の二つの『中』の方に属する連中が、思想上、最も怪しい者になる。[…]殊に中年の中流ほど曖昧な、不徹底な、鵺的な怪しい思想を持つてゐる者はない。
> 　そこで一番徹底した進歩思想は下層階級の青年の間に生ずる筈である《ママ》
> 然し下層の青年の中にも、中流若しくは上流の思想を注ぎこまれて、其の立場から物事を考へ

る者がまだ非常に多い。尤も其代り、中流人（極めて稀には上流人）の中に、純然たる下層人の立場に身を置いて考へる者がある。[16]

ここで堺は、「中年の中流」の「曖昧な、不徹底な、鵺的な」思想について語っている。しかし、その語りは、「下層の青年」のなかにも「中流若しくは上流の思想」を見出すことになり、さらには「中流人」「上流人」のなかに「下層人の立場に身を置いて考へる者」を見出すことにもなる。階級全般に「鵺的」要素が拡張されるのである。

このように、「中」について考えると、既存の「階級」に関する認識そのものが疑わしくなってくる。ここから、図式的なブルジョア／プロレタリアという二項対立や、端的に罵倒語・レッテル貼りとして機能してしまう「ブルジョア的」という用法とは異なる階級論の特質を読み取ることができるだろう。そして、この「中等階級」は、しばしば「知識階級」と共通性のあるものとして捉えられていた。以下ではそれを、文芸領域との接点に着目してみていきたい。

4 「ツナギ」「ボカシ目」——曖昧な文学者たち

『へちまの花』『月刊新社会』では、新刊紹介等を通じて、文学者に対して期待が寄せられていた。『白樺』については、「今に此種の人達の中から一人位は政治問題社会問題に触れて世の視聴を動かす様な人が出そうなものだと思つてゐる」[17]、『御風論集』については、「気障りも見え、不徹底とも思はれる点はあるが、［…］頗る人を動かすに足る」[18]とされている。

『月刊新社会』誌上で堺は、「『早稲田文学』の相馬御風氏は文士中に在つて近来著しく社会的傾向を示してゐる」「『白樺』の武者小路実篤氏も亦一種の進歩的態度を示して居る」「何にせよ、文芸社会の風気は近来大分変つて来た」[19]と、情勢の変化に目配りしている。この時期の官憲が、「文芸ノ社会的傾向」は社会主義者の活動を「助成スル」もので、「将来最モ注意ヲ要スヘキ」だとしていたことを考え合わせると、[20]堺のこの姿勢は運動上きわめて重要な意味を持っていたことがわかる。

しかし、堺の御風に対する評価は、御風が故郷の糸魚川に隠棲しようとした問題によって変化する。「文壇の人気者たる相馬御風君が田舎に引込むと云ふので大分評判になつてゐるが、是なども滑稽の一つである」「中流裾廻りの小紳士達が田園生活の真似事をやるのは、つまり大紳士の別荘生活に対するあこがれだと見る事も出来る」[21]。それは到底、進歩的・社会的とは認められないものであった。

御風を批判したのは堺だけではない。また、批判されたのは御風だけではなかった。『月刊新社会』は一九一六年に、同時代の文芸潮流を論難することでかれら文学者との差異化を図った。「流行文芸に心酔する現代青年の心理」（第三巻第一号）、「トルストイ論」（第三巻第四号）というふたつの企画がそれである。

まず、「流行文芸に心酔する現代青年の心理」では、この特集タイトル自体に書き手の注目が集まった。「流行」「心酔」という語のバイアスに執筆者が自覚的だったことが誌面からうかがえる。[22]また、「現代青年」といっても多様であることが指摘される。安成貞雄は次のように述べた。「現代青年」は階級にかかわらず存在しており、また、「大別すれば所謂、『知識階級』にも、『低級知識階級』にも」いる。だが、「紳士閥必ずしも知識階級に非ず、平民階級決して低級知識階級では」なく、さらに「『文芸』と云ふ趣味の問題が加はると、愈々混雑して」[23]くる。

このような曖昧な「現代青年」だが、そのうえで安成が分析の枠組として提示したのは、文芸が「現実」の「回避」として機能しているのではないかという説であった。この安成の論調は、翌月号で山川均が、「現今の文芸かぶれの風潮」や「トルストイの形骸を真似たる退遁生活と田園生活」は「明らかに智識階級の現実回避である[24]」、と述べるように、同誌上で拡張していった。念頭にはもちろん御風の存在があっただろう。

山川はさらにその翌月号で、この特集タイトルに対する模範解答のような論考を、トルストイ人気をテーマにして発表する。文壇の「流行」は、「呉服屋と文芸界とを押しなべて、如何に資本的商業主義《コムマシアリズム》が彌漫し、浸潤し、徹透して居るか」の問題であるとするのだ。商品を売るため、「彼等は文壇に於ける何等かの流行物を絶えず必要とする」。しかし、だからといって「一から十まで出版業者や雑誌経営者の独断的所産であるとは観做されない」。「店頭装飾としてシヨウヰンドウに飾られたトルストイ」は、「少くとも一般の人気に投ず可き何物かを具備して居たに相違ない」のである。

その「人気」の理由を山川は、トルストイの社会批判が「極めて大膽、正直、深刻であつて、現代生活に満足せざる彼等の内心に満足と快感とを与へつゝ而かも其結論が極めて不徹底、極めて浅膚、極めて容易、極めて安全であ」ることに求めている。これはこの種の青年読者の求めていたものに合致する。かくして、日本では「自己と社会との醜悪を暴露して冷かに振返つて見る自然主義」が「歓迎」されて以後、ゾラ・イプセン・ショー・ベルクソン・ドストエフスキー・タゴールが消費されたのであり、トルストイ人気もそれで説明がつくとされるのである。[25]

この山川と同様の主張は、その翌月号の特集「トルストイ論」で他の論者にもみられる。[26]「曖昧、姑息、不徹底に驚き呆れざるを得ぬ[27]」。「トルストイの研究のし直しは安全である[28]」。ここでは、トルストイ批判のかたちをとって、「曖昧」「不徹底」が批判されている。前節でみた、「中」の階級の特質と共通する要素であり、ここで『月刊新社会』は、個々の論者による見解の差異はあれ、大勢としては自然主義以来の文学イデオローグとでもいうべき傾向を撃つ方向に動いた。

しかし堺は、御風の隠棲は批判したものの、こうした社会的な傾向の文学者たちを排除することはしなかった。「トルストイ論」の翌月号で堺は、武者小路実篤や生田長江に言及しつつ、次のように述べている。

兎にかく此種の思想家が、よしそれ以上の進歩を示さぬとしても常に我々と我々の敵陣との、ツナギであり、ボカシ目であり、緩衝国である事を認める。そして随分多くの場合、我々の為に間接の味方となり、利益となる事を感謝する者である。[29]

堺は、文学者たちの置かれた「ツナギ」「ボカシ目」としての位置それ自体を擁護した。文芸領域が抱え込んだ曖昧さに戦略上の意義を見出そうとするこの批評は、その「不徹底」性そのものもまた肯定的に捉えようとする理路を開いている。

この立場からすれば、御風の抱えた問題はトルストイズムというよりむしろ、ジャーナリズムから撤退することで「ボカシ目」から退場してしまうことにあるともいえよう。実際、御風が隠棲の理由を記した書、『還元録』を読んでみると、『月刊新社会』の一部の論調と類似した点を見出すこともできるのだ。たとえば御風は、「不徹底不充実極まる日常生活」に「改造的努力を加へず」誤魔化す方途として、「所謂「懐疑」の告白が最も都合よいものであつた[30]」と述べているが、ここだけ取り出せばほぼ山川の主張と一致している。

『還元録』で御風がくりかえしているのは、「真実」を「回避」する「虚偽」の学生・文筆家生活、という論理である。御風は、「私と云ふ者の虚偽な、やくざな、からっぽな、殆んどもうゆるしがたい妄想者である」ことを「告白」する。[31]「卑しい模倣心、劣悪な虚栄心、[…]ずるく且臆病な修飾心」といった、「卑しい欲情」が文筆活動の動機だったのであり、投書や文学団体への加入、文壇勢力への参加や雑誌の発行もそのためだったとする。[32]それにうんざりした自分は「平凡人たるべし」と主張したが、それに対して次のような読者の反応がきた。「私はあなたが平凡人になれと云はれたことよりも、「平凡人になれ」と云ふやうな事を書いて居るあなたのやうな文学者になりたいのです」。御風はこれを「怖ろしい事」だと批判する。[33]

このように、御風は自己批判的なかたちで、実質的に「流行文芸に心酔する現代青年の心理」を撃っていた。前述の山川ほか、「独りよがりの夢想に耽って譫言を吐く誇大妄想狂[34]」、「芸術家に志す人達は多くは懶怠であり、卑怯[35]」といった『月刊新社会』誌上の批判は、御風と共通する点をもっていたのだ。ただし、御風は社会改造の主張もまた「真実」の「回避」であるとし、逆に、『月刊新社会』の側からみれば、文壇から離れ田園生活を送ろうとすることが「流行」として捉えられるねじれが発生している。

5 「面白い傾向」――思想と文学の関係

御風は『還元録』のなかで、自らが隠棲する根拠を次のように綴っている。曰く、自分の故郷には

「平和と親善と健康と幸福」に溢れた人が住んでいるが、「所謂知識階級の人達に云はせれば、彼等の多数は無自覚な者共であり、謂ふところの衆愚であり、無学者である」。しかし、そのような「所謂無自覚な、無学な生活のうちに」こそ、「相互の幸福を求めつゝ生きて行く事の出来る強い力がある」。だが、「所謂知識ある人々」は「多く之れを見ない」だけでなく、「自分達の知識から得た抽象的真理によつて、徒らに彼等をその真理の自覚に導かうとまでする」。そして、「彼等にとりては彼等の生活の破壊となるやうな、なまじいな知識や、ひねくれた反抗心を彼等の胸に植ゑつけることによつて、彼等を向上させてやらうとなどゝたくらんで居る」。だが、「若し彼等をして真により善き生活に向はしめんとならば」、「真に彼等のうちにある善きものによつてます〳〵彼等の生活を幸福なものたらしめなければならぬ」のであつて、「謂ふところの民衆宗教も、民衆芸術も、此の一点を離れては凡て無意味である」。そして、このような「無自覚」性の肯定は、ドストエフスキー、トルストイ、法然上人、親鸞上人の再評価に結び付けられる。[36]

これは内在的な「知識階級」批判であると同時に、「民衆芸術」論批判でもある。[37]加えて御風は、「自覚」を優位に、「衆愚」を劣位に置く価値体系を反転させ、「衆愚」の立場から倫理を打ち立てようと試みた（もちろん、こうした批評の宛先のひとつには大杉栄が想定される）。それは、「知識階級」／「衆愚」という対立図式を「所謂」ということばをつけて借り受けながら、言論人と言論に関心のない者の価値観の乖離に着眼するものだった。前節でみたようなジャーナリズム場が孕む問題を、社会主義的な言論の特質に焦点を当てつつ、先の山川の論考とは別の角度から問うたものだといってもよい。

民衆芸術論争のきっかけとして知られる、本間久雄に対する安成貞雄の批判は、御風のこの「知識階級」の用例をふまえたものだった。御風によれば、「労働者」の「自覚」は「知識階級」が「徒に之れを導いた結果」だという。だがそれは、「労働者」が「自然に得た自覚」だ、というのが安成の立場である。そして、「労働者階級の一人として、『私たち』と云ふ立場から、民衆芸術の問題を考へて貰ひ度い」[38]と、民衆芸術論を説いた本間に階級問題を突きつけた。

御風と安成は対立していたが、「衆愚」への「還元」にせよ「労働者階級」という立場にせよ、早稲田派の文学者への批判において方向性を同じくしている。また、一九一七年になるが、『月刊新社会』は大杉栄訳のロマン・ロラン『民衆芸術論』を次のように紹介している。「所謂民衆芸術を称へる人々の態度が、[…]智識階級から無智識階級に特権階級から平民階級に身分相応の芸術を与へよといふの態度である」のに対し、ロランは「民衆芸術と民衆運動との完全なる融合一致に到着[39]」している、と。こうした「知識階級」に対しての認識は、「民衆」「平民」の文芸に評価を与える論理を用意した。

たとえば、「平民的短詩」を評価した論考のなかで、堺は次のようにいう。和歌は「貴族的態度」だったものが、明治に入って「中等智識階級の趣味態度を代表する」ものへ変化した。俳句は「最初中流社会の間に生じた」のが「無学階級の玩弄」となっていたところを、「之れを再び新中等智識階級の玩弄に引上げた」。だが、次第に「平民階級、労働階級、下層階級が、其の智識と実力とに於いて稍や独立の自覚を生じて来た」。そこで、「古い中等階級の、世棄人、風流人と云つた様な趣味態度」「新らしい中等階級の、逃避的、高踏的、神秘的、冥想的な趣味態度」に代わる、「平民的短詩」が生まれたのだとされる。[40]かくして、「中等」ならざる階級に文学の可能性が見出されるのだ。

また、堺は大石七分らの雑誌『民衆の芸術』について、「大体上、我々の思想に合する芸術観が現はれてゐる」[41]と評価している。大石自身の民衆芸術論がそのようなものであったかは措いて、たとえば同誌に掲載された西村陽吉の次の主張は、用語の点からみても堺の主張と類似している。「今日の歌壇は中等智識階級の智識的玩具に化した観がある」「平民芸術を樹立しなければならぬと思ふ」[42]。西村は今後現れるべきものとして「平民芸術」について語っているが、論敵を「中等智識階級」に設定する視座は共通している。

このように『月刊新社会』は、「中等階級」ないし「知識階級」を文学者との関係で捉えたうえで、かれらの存在意義を担保する言説も掲載しながら、くりかえし批判を遂行していったのである。そしてそれは、論者によって立場の差異はあれ、ある共通した論調を雑誌のなかで形作っていった。

こうした文学者が抱え込んだ欠点は、堺によれば「逃避者」の問題に関わっている。「彼等はまだ自己の境遇について明瞭なる自覚を生じて居らぬ」状態にあるため、「直接に二個の大勢力に接触せずして、其の中間に自己の安全の地位を保持し、或は『逃避者』其者を以て生活の道として居る」[43]とされるのだ。

「中間」に位置する文学者は、批判の対象となる一方で、批判に価する存在でもあるという価値もまた付与された。それは他者でありながら現在の自己と似通った面をもつ。曖昧さや両義性を抱え込んだ文学者という形象が、社会主義者にとってひとつの課題として認識されていた。それは積極的な革命家のヴィジョンが投影されたものではない。だが、「鵺的」な存在としてある種の期待がかけられてもいたのである。

その背景には、前章でみたようなロシア関連の情報の流通の効果もあっただろう[44]。「知識階級」の問題系を、当時の階級論の文脈のなかに持ち込むことは、当時の日本の「文学」という現実に対応しようと試みた、ひとつの思考実験だったといえる。

堺自身も、御風や武者小路に期待をかけながら、「勿論、それが滅多に本物にならうと信じた訳ではないが、兎にかく其面白い傾向を看過する訳に行かなかつた」[45]と述べている。「冬の時代」の情勢は複雑であった。本章ではふれることができなかったが、当時はいわゆる大正デモクラシーの思想動向が活発化しており、そうしたなかで文学者たちとの共闘が現実的に模索されてもいた。[46]文学者と政治の関係がどのようなものになっていくか、まだ見通しがついていたわけではなかった。そうしたなかで堺は、「面白い傾向」がどのような変革へと発展するか注視しながら、自らが語るべきことばを追求していった。『月刊新社会』は、こうした当時の過酷な言論状況下において、文学者の可能性と限界をめぐる思索と実践の場として機能したのである。

第Ⅱ部　知識階級の意味

社会主義「冬の時代」が終わりを告げた一九一九年以降、ジャーナリズムにおいて「知識階級」論が論壇的テーマとなる。第Ⅱ部で扱うのは、この「知識階級」論流行の時代である。

この時期においても、社会主義が危険思想とみなされていたこと自体に変わりはない。それは、「クロポトキンの社会思想の研究」を発表した東京帝国大学助教授の森戸辰男が、一九二〇年に新聞紙法違反で起訴され有罪判決となった、いわゆる「森戸事件」ひとつをとっても明らかである。だが、第Ⅰ部でみた状況とは異なり、この頃は社会主義的な言論自体が広範に増殖していった。この意味において、第Ⅰ部と第Ⅱ部では、「隠された伝統」の特質が異なっている。

社会主義用語の使用が明るみにでた時代を象徴する雑誌として、『改造』を挙げることができるだろう。社会主義的言論は、総合雑誌における商品価値をもったコンテンツとなっていった。では、もはや社会主義は「隠された」問題ではなくなったのか。もちろんそうではない。

このことを考えるうえで重要な点をふたつ挙げたい。まず、日本共産党の活動が展開されたことである。非合法的な政治活動が「隠された」ものであることに加えて、その革命運動の存在を示唆するジャーナリズム上の言論もまた暗号化していった。

もうひとつは、ジャーナリズムで社会主義が論争的なテーマとなっていったことである。一義的な解釈に回収されない言論環境が常態化することによって、解釈するという営為そのものに重要な対話的価値が生まれた。この意味においてもやはり、社会主義用語は暗号化したといえる。さらに、文学の問題がここに交錯することによって、社会主義関係のテクストの解釈の位相は、複層化することとなる。

はたして、この時期の「知識階級」論にはどのような思想的意味があったのか。そのことに答えるためには、論者自身が当時の「知識階級」論のネットワークを追いかけ、潜伏している革命のメッセージを解釈しなければならない。

そこで、第Ⅱ部で焦点をあてるのは、「有島武郎」という固有名詞である。有島は一般に、『白樺』派の作家として知られている。他方で、同人雑誌を超えたその活動の軌跡をみると、有島が「ジャーナリズム」と「運動」の二点に大きく関わる存在であったことがみえてくる。

有島はベストセラー作家として活躍し[1]、その名はひろく知られていた。また、その衝撃的な死によって、没後も話題の人となった。「有島武郎」という固有名詞は、ジャーナリズム上で圧倒的に顕在化していた。他方で、有島をめぐる政治的文脈は「隠された」ものとしてあった。これまで知られてこなかったことだが、晩年の有島は、「アナ・ボル提携」という共同戦線的な運動のネットワークに関与していた。また、「有島武郎」の名は一九二〇年代中盤以降の運動においてもマルクス主義との関係でたびたび召喚された。有島のテクストは、複数の解釈のなかを揺曳しながら、後発する書き手へと継承されていったのである。

それでは、「有島武郎」をめぐる知識人論の道すじを辿っていこう。

第3章　更新される概念　「宣言一つ」論争

1　「知識階級」をめぐって——論争の意義

大逆事件以後、目立った文学集団のひとつに、雑誌『白樺』に集まったグループ、通称『白樺』派の作家たちがいる。一般に、貴族的・ブルジョア的でありながら人道主義的な社会意識をもっていた人々として、今日も知られている。

その『白樺』派の代表的なメンバーのひとり、有島武郎は、大正の半ばから文壇でも華々しい活躍をし、著名な人物となっていた。その有島が、「宣言一つ」を発表したことと、北海道にある有島農場を解放したことは、同時代の作家・批評家に多大な衝撃を与えた事件だった。それは当時、「知識階級」の問題と関連づけて認識された。秋田雨雀は一九二二年三月の時点で、有島について次のように語っている。

一体ブルジョアの階級に生活してゐるものゝの中に、ブルジョアの生活の不合理を知り乍ら自分の生活のためにその不合理な組織を保持しようとするものと、その組織を破壊し又自己の生活をも破壊しようとするものと二つの態度が生れるわけであるが、有島氏の態度は明かに此第二の自己否定の立場にあるものだと思はれます。［…］或る組織が内部から崩壊するといふことが、これだけで新興階級にとつてどれだけの利益だか知れないと思ひます。［…］仏蘭西革命を除いた大抵の革命に於て新興の階級運動に交渉して働いたのは実にこの崩壊して行く性質なのです。千八百七十年代のロシア及び西欧州の革命運動に参加した智識階級の人達の態度やその働き方を見ると、そのことがよくわかると思ひます。クロポトキンも実にこの崩壊しかけた智識階級の一人に過ぎないのだと思ひます。[1]

このように雨雀は、有島のとった「立場」を、ロシアの「智識階級」との類比において捉えた。「知識階級」の崩壊、滅亡のイメージが、いかに強力であったかを示す一文でもあろう。

晩年の有島の思想と実践はさまざまな解釈可能性を帯びたものだったため、一九二二年から現在に至るまで多くの議論の蓄積がある。なかでも、「宣言一つ」を「インテリゲンツィア敗北論」として読み解いた平野謙の批評は、有島研究を行なううえで決して無視できない重要なものである。平野は、「「政治の優位性」とは何か」のなかで、有島武郎の「宣言一つ」をめぐって生じた論争について、次のように述べている。

有島武郎の『宣言一つ』（大正十一年一月）は平林初之輔の『第四階級の文学』（大正十年十一月）を受け、その立論をいはば絶望的に肯定した地点で「宣言」せられたものであつた。インテリゲンツィアの社会階層的な位置づけはこのときにさだまつた。『第四階級の文学』は「文化は階級を超越したものであるといふ仮定と、知識階級は階級を超越した「階級」であるといふ仮定と」を力強く否定したおそらく最初の文献だが、そのやうな「中間階級思想」否定を受けて、『宣言一つ』はインテリゲンツィア敗北論を主体的に提出したエッセイにほかならぬ。「第四階級的な労働者たることなしに第四階級に何物かを寄与すると思つたら、それは明らかに僭上沙汰である」といふ結論の背後には、プロレタリアートに「移行」し得ぬインテリゲンツィアの宿命的な階級観念がひそめられてゐた。［…］

かかる『宣言一つ』は、いはゆる「労働貴族」発生を一契機とする当時の労働者運動内の知識階級排斥の声などを社会的背景としてゐただけ、当然おほくの論議をまねいた。広津和郎、片上伸、堺利彦、室伏高信らがそれぞれの立場から批判の筆を執つた。芸術の超階級的な視点を固執した広津を唯一の例外として、他の人々はすべて労働者運動におけるインテリゲンツィアの役割を強調することで有島を反駁した。しかし、『宣言一つ』の核心は、自己の肉体の不可変性を偏執せずにはゐられぬ文学者個有の立場に根ざしてゐた。[2]

この平野の記述を横に置きながら、「宣言一つ」論争について私なりにまとめてみたい。一九二一年、労働運動のなかで、「知識階級」を排斥すべきだという主張が起こっていた。その最中、『改造』一九二二年新年号に、有島武郎の「宣言一つ」が発表された。その主張の内容は、自分は「第四階級」ではないので、「第四階級」の人に対してなにかを「寄与する」ことはできない、というものだった。これに対して、さまざまな立場の論客が反論した。その多くは労働運動内の「インテリゲンツィア」の意義を主張するものだったが、有島はそれらとは異なる「立場」をとった。

あえてこのように説明し直してみたのは、先に引用した平野の文章には、この略述以上の、積極的な解釈が施されているからだ。この平野の批評からは、「宣言一つ」について現在でも通説となっている、ふたつの考え方を読みとることができる。

ひとつは、論争は不毛だったという認識である。平野は、「宣言一つ」の「核心」を、論敵の批判と切り離したところに見出した。有島が卓越した洞察を示したにもかかわらず、周囲は無理解であった、という見解は、多くの先行論にみられるものだ。[3]

他方で、有島に重要な批判を行なった論者、ないしは有島の内的な主題を見てとった論者が存在していたという指摘は、早くからなされていた。[4]だが、その場合、有島の方がしかるべく応じなかったとされる。渡辺凱一は、先行する研究を周到にふまえたうえで、こう述べている。「『宣言一つ』をめぐる論争は結果的に不毛なままで終った」。[5]この見解に対する決定的な反論は、いまだみられない。

もうひとつは、「宣言一つ」は知識人論として読むことができるという考えである。このことは、言挙げするまでもなく当然のこととみなされている。[6]しかし、立ち止まって先の平野の文章を読んでみると、気づくことがある。それは、平野が引いている有島のテクストのなかに、「知識人」「知識階級」「インテリゲンツィア」ということばは見当たらない、ということである。平野の主張の論理的な整合性を保証すると同時に、批評のテーマともなっている「インテリゲンツィア」という概念は、有島が自己規定したものではなく、あくまで平野の判断によるものだ。

とはいえ、このような手段を通して、「政治と文学」という問題設定のなかで、「宣言一つ」の文学史的価値がつくりだされたことの意義は大きい。さらに重要なのは、論争で書かれた他の評論を参照したとき、平野の文章はまったく根拠を欠いた主張でもないようにみえてくることである。というのも、幾人もの論争相手から有島は「知識階級」に属するとみなされていたし、批判に応答するなかでかれは、階級問題を意識しつつ自らの「芸術家としての立場」[7]について強調しているからだ。少なくとも、平野が不自然な記述を行なっているという印象は、ことさら概念に着目して検討を加えない限り、起こらないのである。

以下では、有島における「知識階級」概念が、論争と関わって展開されたものであり、この論争のひとつの争点が「知識階級」理解にあったことを中心に、有島の一連の批評を論じていく。それを通して、非生産的な論争であったという解釈を問い直したい。[8]

2 批判と応答――堺利彦

まずはこの評論が知識人論として読まれた過程を追っていこう。一九二二年、「宣言一つ」について批判が相次ぐなか、有島もまたそれを意識しつつ、「宣言一つ」のひとりの読み手として、自説に解釈を施した。他の読者もまた、増殖した評論群をふまえて、再解釈を行なった。こうした応酬のなかで、「知識階級」についての思考は形成されてゆく。[9]

「宣言一つ」が『改造』一九二二年新年号に掲載されてから、最も早い段階での反応である、広津和郎の論駁と中村星湖《せいこ》の文壇評を確認すると、意外にもすでに「知識階級」ということばが用いられていることがわかる。広津は、「我々ブルジア《ママ》乃至知識階級（一と先づ世間一般の慣用例にならつて、此言葉を使用して置くが）」と自分たちの階級を画定し、また次の機会には「プロレタリアと知識階級的指導者との関係」と呼ばれる論題について、自分の意見を明確にしたいと述べている。[10] 一方、中村はると評する。

有島の階級を限定するかたちで、「氏のこの種の言説は、今日の有産智識階級の苦悶[11]」を代表してい

こうした反応からうかがえるのは、有島の「宣言」に先立ってすでに「知識階級」を語る論理展開が整っており、その脈絡に位置づけられて「宣言一つ」が読解されているということである。特に広津にとっては、「知識階級」は暫定的に使った用語であり、この点について拘った意見が示されているわけでない。とはいえ、このことは逆に、有島が述べているような内容は、当時は通常こうした語を用いて主張されるものである、ということを示唆している。しかし、「宣言一つ」では、「知識階級」という概念が使用されていないのである。[12]

この後、論争を通じて他者のことばに触発されることにより、有島の用いる用語も変化を被る。まず、「広津氏に答ふ」で有島は、自らを「ブルジョアジーの生活に浸潤し切つた人間」として規定する。それとともに、わずかではあるが「知識階級」「インテリゲンチヤ」ということばも用いている。ただしそれは、ロシアの「啓蒙運動」での「インテリゲンチヤ」の達成を「反証」にして反論してくる人もいるだろう、と相手の反応を予想して述べた箇所にあたる。有島自身が使った用語というより、いわば括弧つきのことばとしてのみ言及されており、しかもそれは日本の「インテリゲンチヤ」についてではない。また、ロシア革命そのものについては、一見否定的に思える記述が続きながらも、「歴史的に人類の生活を考察するとかくあるのが至当なことである」という、肯定的にも取れることばを述べていた。[13]

ついで、翌月号の他誌に続々と反論が発表される。片上伸は「宣言一つ」とともに「広津氏に答ふ」を参照し、後者に書かれているロシアのインテリゲンチャ問題について、有島は片面的な見方を

していると批判する。また、片上は、「私はインテリゲンッィヤが、新文化建設の指導者を以て任ずるべきであるといふものでは必ずしもない」[14]と主張した。片上の批判は、有島の「指導者」についての考えというより、それを語る有島の態度に向けられている。一方、平林初之輔と堺利彦は、有島を「智識階級」（ないし中流・上流階級）とみなし、その「指導者」についての認識にも批判を加えた。[15]

これらについて、有島は「雑信一束」で応える。ここで有島は、自身を「ブルヂョア」だと位置づけ、「智識階級」「インテリゲンチヤ」については、前と変わらず、他者のことばとしてのみ使用した。ただし、次の文章にうかがえるように、堺の反駁を受けて、意見の修正がみられることは注目に値する。

> 次に堺氏が「ルソーとレーニン」及び「労働者と智識階級」と題した二節の論旨を読むと、正直の所、僕は自分の申分が奇矯に過ぎてゐたのを感ずる。[16]

このように有島は、堺の評論のうち、第二節「ルソーとレーニン」と第三節「労働者と智識階級」に言及し、自らの主張が「奇矯に過ぎてゐた」という反省を行なった。

ここで堺の論考のうち言及されていないのは、第一節「有島、武者、吉野、長谷川」と、第四節[17]「指導者排斥の問題」である。有島は堺の主張のなかでも、指導者の排斥に関する議論ではなく、「智識階級」論の方のみ、指摘の有効性を認めた。有島がここで「奇矯に過ぎてゐた」として反省したのは、第四階級者以外の思想から発した運動はすべて目的以外のところで停止する、または、労働者に第四階級者以外の思想は必要ない、という主張である。

そのうえで堺に対し、次のように弁明する。たとえ僕が「無一文の無産者たる境遇」に身を置こうとも、なお僕には「永年かゝつて植へ込まれた智識と思想とがある」。「これは僕が失はうとしても到底失ふことの出来ないもの」であり、それゆえ「内外共に無産に等しい」第四階級者の「感情」には入り込めない。この点からみれば、自説は「奇矯に過ぎた云ひ分を除去して考へるならば、当然また肯定さるべきものであらねばならない」[18]。

以上から、次のことがいいうる。「宣言一つ」は、堺によって「智識階級」論として読まれたあと、それを受けた有島によって「智識と思想」の問題として捉え直された。この対話を通じて、有島の力点の置き所は移動している。有島は次のように、時代認識を語り直す。

僕の言葉でいふならば第四階級と現在との支配階級の私生児が、一方の親を倒さうとしてゐる時代である。[19]

「僕の言葉でいふならば」、と有島は述べている。ほかの箇所で有島は、「第四階級」を「私生児的第四階級」と「純粋の第四階級」に区分してもいる。「僕の言葉」でいうところの「支配階級の私生児」「私生児的第四階級」に対応する堺のことばこそ、「智識階級」である。有島はここで、堺の指摘を汲んだうえでなお、「智識階級」を自分のことばとして用いずに、「第四階級」ということばに拘っている。この時点で、「宣言一つ」をめぐって多様な解釈の磁場が形成されつつあった。どのような用語を使用し、どの概念を際立たせてテクストを読むか。それによって、論者の立場もまた決定する。そうしたなかで、有島は再読による思考の更新を試みたのである。

3 概念の整理——室伏高信《むろふせこうしん》

有島と片上の論争を観察した田中純は、「文壇人」は「知識階級」に属する、としたうえで、では、われわれはブルジョアジーかプロレタリアートか、と問うた。そして、「今の文壇には、厳密な意味でブルジョアでない人間は、殆んど一人もゐない」[20]とし、そのことを露わにした有島を評価した。

他方で、それに対する反発も生まれた。平林は田中らを評し、かれらに共通するのは「知識階級は到底プロレタリヤに近附き得ないといふ主張である」[21]が、実際は異なる、と述べる。他方、加藤一夫は「プロレタリアに文学がないと云ふ事は嘘だ」[22]と断言する。なるほど、有島がブルジョアであることに偽りはないが、貧乏文士がブルジョアであるはずはなく、また、プロレタリアにも小説が読める者はいる。こう主張した加藤はプロレタリアを自任した。

いったい、誰が「知識階級」であり、「プロレタリア」なのか。理屈次第でどうとでもなるのか。こうした論議は単なる観念遊戯にもみえる。だが、当時有島が表象される文脈をみれば、これが抜き差しならない問題であったことがわかる。たとえば、『読売新聞』の有島の財産放棄についての報道は、「雑信一束」冒頭の引用から始められている。そこにある「A兄」を、この新聞記事は「足助素一」と特定する。そして、そこに書かれた「打明け話」とは、「私有財産を放棄し自ら働いて自ら食ひ一個のプロレタリヤとして社会に立たんとする事」[23]だと読み解いている。有島を語るにあたって階級概念は欠かせないものであり、それは小説家のアイデンティティにも関わる問題であった。にもかかわらず、その意味は錯綜しきっていた。

そこで整理役が登場する。室伏高信は二〇頁を超える評論を執筆、「知識階級」という語の定義を試みようとした。曰く、カウツキーによれば、「知識階級」もまた「教育」が「商品（eine Ware）」となる「現代社会制度のもとでは疑もなくプロレタリヤ」である。「職業的知識人に比べると全く別の地位境遇」にある有島は、ブルジョアであって「知識階級」ではない。ただし、有島のいうように、「知識と思想」は「原則としては、資本家社会の要求に従つて、それの生産と政治と社会生活とに適応するように養成されたもの」である。[24]

この室伏の論考には、いくつか問題もある。室伏は、有島は「知識階級」を自認したと考えた。また、有島が「知識階級」は必然的にブルジョアであると考えていると解釈した。だが、先にみたように、有島は自らを「知識階級」として明言していなかったし、「知識階級」をブルジョアだとも主張していなかった。

だが、こうした点に対し有島は明確に反論せず、むしろ室伏との共通点を確認して評価したようである。有島はこれを読んで、室伏に一九二二年四月一六日付で次の私信を送ったとされている。この書簡は、有島没後に室伏の著書に活字で掲載されたものであり、有島全集収録のものもそれに基づいている。[25] この書簡をみると、有島の思考の推移が浮かびあがってくる。「知識階級」についてのくだりを引用しよう。

知識階級はその経済関係において当然プロレタリアートに属するといふことは私も感じてゐました。然しながら、その教養なり思想なり、殊に感情なりが略奪階級のお役に立つやうに仕向けられて来てゐたとのあなたのお説を私はあなたのように実はいひ現はしたかつたのです。それ故その教養なり、思想なり、感情なりがプロレタリアートのために利用されたとしても、それは、体力的プロレタリアートによつて其内容が取捨選択された後にさうなるので、其功績は知識的労働者にあるのではなく、体力的労働者にあるのだといはねばなりません。[26]

このように、この書簡によれば、室伏の「知識階級」概念の定義は、「私も感じてゐ」たものとして了解されている。また、有島はこの書簡で、アメリカの詩人として知られる「ホヰットマン」が「ヱマソン」から学んだエピソードを持ち出しているが[27]、これは既存の「教養なり、思想なり」を「体力的労働者」が「利用」してもよいのだという主張を、補強するものであった。

ここで提示されているのは、啓蒙されるばかりの受動的な第四階級ではなく、能動的に解釈を行なう第四階級の姿である。「労働者と資本論の間に何のかゝはりがあらうか[28]」、とまで述べていた「宣言一つ」と比べれば、明らかに意見の修正がなされている。

この室伏宛の書簡の内容は、「ヱマソン」を読む「ホヰットマン」の話も含めて、『新潮』五月号に発表された「想片」と対応している[29]。先にみたように、「雑信一束」は堺に応答して意見修正がなされたテクストだが、「想片」ではさらに、室伏への応答が繰り込まれていると考えることができる。そして、「想片」で重要なのは、これまでは引用的な言及に留められていた「智識階級」という語が、自らの主張を唱える際に用いられていることである。「衝動」そのものがすなわち「芸術」ではない、と主張するくだりにおいて、有島は次のように述べている。

その衝動の醇化が実現された場合のみが芸術の萌芽となり得るのだ。然らば現在に於て如何すればその衝動は醇化され得るであらうか。智識階級の人が長く養はれたブルヂョア文化教養を以てその境界に到達することが出来るであらうか。これを私は深く疑問とするのである。単なる理知の問題として考へずに、感情にまで潜り入つて、従来の文化的教養を受け、兎にも角にもそれを受けるだけの社会的境遇に育つて来たものが、果して本当に醇化された衝動にたやすく達することが出来るものであらうか。それを私は疑ふものである。私は自分自身の内部生活を反省して見るごとにこの感を深くするのを告白せざるを得ない。[30]

このあとに続く文章で、有島は「第三階級に踏みとゞま」る存在として自らを規定している。[31] また、引用した箇所をみる限り、「智識階級」と「私」は等号によって結ばれてはいない。ただし、この文章では、「智識階級」も有島自身も、「文化教養」の保持者という意味では同じ立場であることになる。ここでは階級上の区別より、「教養」の有無が問われている。これは有島のめざした社会的位置、すなわち財産放棄後の文筆業の位置づけと関連している。室伏はまさにこの点に関して考察していた。有島にとって室伏の意見は、「雑信一束」に書いた「智識」論を理解したうえで、なおかつ「智識階級」という概念についてさらに教えをくれるものであったのだ。

このように、室伏宛の文面と、論争最後の文章になる「想片」からは、「智識階級」という概念の理解と使用に際して、「教養」論としての共通した認識を看取することができる。「雑信一束」での「智識」についての主張を、有島は「想片」において「文化教養」の問題として再提出したのである。

4 立場と論理——広津和郎

片上は「雑信一束」について、「調子も文句もだん〳〵に変つて来てゐる」[32]と述べる。また、室伏も「想片」を読み、「宣言一つ」以降の有島が、「凡てのことをあの結論へ引張つて行こうとする」[33]ことを指摘した。たしかに、有島による反駁や補足は、もともと抱いていた十全なる観念を補完する作業というより、批判を繰り込んで自説を正当化する、辻褄合わせの側面がある。

だが、これまでの研究では、論争が不毛だとみられてきたこともあり、有島の意見は大きく変わらず、当初の立場は堅持されたものだとされてきた。有島自身が、そう主張しているためもあるだろう。では、なぜ有島はこれだけ意見を変更しつつ、それを立場の維持として語ることができたのだろうか。

それは、「芸術」という語によっている。有島は自分の論考を「芸術」論だとし、「芸術家の立場」から述べたものだということによって、一貫したものとして提示しているのである。室伏は「想片」に対して、有島は「唯物史観を精神化」しようとするのではなく、「彼自身を精神化すべきである」[34]と反論した。室伏が「唯物史観」の「精神化」と指摘したのは、まさにこの「芸術」論に関わる問題である。「個性」や「衝動」という概念と合わせて「芸術」観が理念的に提起されることで、これまでみてきたような論旨の破綻は縫い合わされているのだ。

「宣言一つ」で有島は、「労働文芸」とそれを擁護する「批評家」についての、手厳しい批判を行なっている。後者について、有島は次のように述べる。

彼等は第四階級以外の階級者が発明した論理と、思想と、検察法とを以て、文芸的作品に臨み、労働文芸と然らざるものとを選り分ける。私はさうした態度を採ることは断じて出来ない。[35]

照準が定められているのは、文芸という観念に加え、「論理」と「検察法」、つまり、文芸作品を価値づける操作と、文芸作品として認定する方法と規則の階級性である。すると、「第四階級」の芸術なるものは、現在の批評家によって価値づけることができず、既存の文壇が定めることができないものとして想定されていることになる。だが、相手もおのれも、その芸術と思想が「第四階級」の産物でないという点においては等価だとすれば、いかなるかたちで有島は自己を肯定しうるのだろうか。

「宣言一つ」で有島は、他と比較して自説を特権化する方途を編み出す。それは、自身の「正当になされた言説」に対して、相手の主張を「馬鹿げ切つた虚偽[36]」とする論法である。政治運動のみならず、上記の「文芸」に対する認識もまた、こうした理路の延長線上に位置している。ここで争われているのは、「文芸」という価値そのものを導出する手続きの正当性である。

「広津氏に答ふ」にもまた、共通する論理がみられる。有島は、芸術は階級にとらわれないという広津の主張を、「お座なりの概念論」と述べ、芸術を語る芸術家からその資格を剥奪しようとした。有島は、特に社会問題を気にせず芸術に専念する泉鏡花のような存在を、「第一の種類に属する芸術家」として認める。他方で、そうしたことを気にかけなければならない「第二の種類に属する芸術家」として自分を位置づける。有島にとって広津は、「第二の種類に属する芸術家」であるにもかかわらず、「第一の種類に属する芸術家」がいうようなことを述べている存在だとされる。[37]

広津氏は私の所言に対して容喙された。容喙された以上は私の所言に対して関心を持たれたに相違ない。関心を持たれる以上は、氏の評論家としての資質は、私のいふ第一の種類に属する芸術家のやうであることは出来ないのだ。[38]

ここでは、芸術家はいかにして自らを芸術家たらしめるかという問題が問われている。本書の問題からいえば、ジャーナリズム等で流布した社会認識に関わる用語を導入しなければ、「芸術」を価値づけられないタイプの「芸術」概念の形成が、ここで志向されているのだといえよう。

しかし、このように文学者自身のアイデンティティに関わる重大概念であるにもかかわらず、階級用語は混乱しきっていた。他方で、だからこそ今みた論争の価値も生じたのだといえる。「知識人」関連語群を通してみえてくるのは、ジャーナリズムのなかで定義が明確化されない用語が使われることで、どのような思考が可能となったのかという問題だ。次章では、この問題を当時のアナキズムとボリシェヴィズムをめぐる論脈に接続していこう。

第4章　海を越える革命　有島武郎とアナ・ボル提携

1　運動史と有島武郎——アナ・ボル提携という問題

本章では、アナ・ボルをめぐる運動史的な文脈から有島を位置づけたい。有島の後期評論とアナキズム、ないしボリシェヴィズムというテーマは、従来の研究でたびたび取り上げられてきた。それらの論考は主に、アナキストである大杉栄と対比しながら有島の思想形成を論じたり、[1]「宣言一つ」をボリシェヴィズム批判として読み解いたりするものであった。[2]概括していえば、有島はアナキズムに親和的な作家だとみなされてきたといえるだろう。

他方で、この時期の社会運動において、アナ・ボルの提携（「共同戦線」「協同戦線」「統一戦線」）が企図されていたことは、有島研究ではとりたてて問題化されてこなかった。だが、当時の運動状況を理解するうえで、この動向はきわめて重要である。

革命の波は海を越えて波及し、国際的なネットワークが作り上げられていった。一九二〇年に大杉はコミンテルンと接触し、翌年にはアナ・ボル協同戦線を志向して第二次『労働運動』を発刊した。このようなアナ・ボル提携の背景には、国際的な社会主義運動の展開がある。山内昭人によれば、

「コミンテルンとその下部組織の側からの日本社会主義運動との接触、さらには日本共産党創設、極東諸民族大会への日本代表派遣などの試みは、モスクワを起点にいわば「西回り」と「東回り」で模索された」。日本の社会主義運動は、アムステルダム、ニューヨーク、メキシコシティの「西回り」のルートと、シベリア、上海の「東回り」のルートを経由して展開していったとされる。[3]

本章では、「アナ・ボル対立ならざるアナ・ボル提携」[4]の動きのなかで、有島を捉え直す。それを通して、従来のアナ・ボルの二項対立的なイメージに収まらない、有島のテクストの特質を見出すことをめざしたい。

2 アナ・ボルの臨界——有島と吉田一

まず、注目したいのは、労働社の一員であった吉田一である。[5]有島日記の一九二二年六月一八、一九、二〇日には、吉田の名前が登場する。山田昭夫[6]と高山亮二[7]は、「宣言一つ」の背景として吉田の知識階級排斥論に論及している。また、佐々木靖章[8]は吉田の経歴を紹介し、有島が吉田からなにかロシア革命の情報を入手していたのではないかと推測している。本節では、近年の社会運動史研究の成果をふまえつつ考察を進めていきたい。

労働社は高尾平兵衛《へいべえ》らによって結成されたアナ系の団体である。吉田は、『労働者』の第一号（一九二一年四月）から第四号（同年七月）までの発行兼編集人・印刷人を担当するなど、その中心メンバーの一人として活動した。松尾尊兊によれば、「労働社は、当時労働運動内部に盛んであった知識階級・指導者排撃の風潮の一つの産物であり、しかもこれが、この風潮をリードしてきた大杉

〔栄〕に対する、アナキスト内部からの批判勢力として生まれたところに特色があった」[9]。

しかし、高尾や吉田はその後、ボル派に舵を切ることになる。一九二二年一月、吉田はコミンテルンが開催したモスクワの極東諸民族大会に出席し、共産主義者となった。「帰国後アナ・ボル協同戦線の工作に奔走したが、アナ系から一線を画される一方、共産党にも離反された」[10]。

以上の経緯からしてすでに、吉田という人物が、アナ・ボルの激動のなかで葛藤を抱え、激しく揺れ動いた存在であることが推測できるだろう。さらに、近年の研究を参看すれば、それがより複雑な様相を呈したものだったことがみえてくる。黒川伊織は、*Comintern Archives: files of Communist Party of Japan* (Leiden: IDC, 2003-2004) に収められた資料を用いつつ吉田について論じているが、そのうち次の二点に注目したい。

まず、РГАСПИ, 495/127/36/1-2について。同文献は、一九九九年に加藤哲郎が紹介した際には[11]、「日本語手書き極東民族大会日本代表団「決議書　第三共産党国際同盟執行委員　同志ヂノヴェブ宛」吉田一、北村栄以智、和田軌一郎、小林進次郎の4名署名の無政府主義を放擲し共産主義者になる宣言、1992年1月23日付、梅田良三・水谷健一が連署」と題されている（梅田良三は高瀬清、水谷健一は徳田球一）。つまり、吉田ら四名が無政府主義を捨て共産主義者になることが書かれたもので、高瀬・徳田の二名の日本共産党員が連署しているのだが、その末尾には次のようにある。

日本に共産党があるけれどもその行動たるや私達の意に満たざることが多い。故に私達は下記二名の日本共産党員と相謀つた所彼等と意見の一致を見たので相団結して既存の共産党の態度如何に拘らず私達の運動を貫徹することを誓ふ。

黒川はこれを引いて、「これだけでは彼らが第一次共産党のどのようなあり方について批判的であったのかは判然としないが、しかし少なくとも彼らが山川〔均〕・近藤〔栄蔵〕の主導する第一次共産党の現状に対して批判的であったことは確認できるだろう」[12]と述べている。

次に、РГАСПИ, 495/127/32/2について。黒川はこの文献にもとづいて、「吉田と徳田の連名によるコミンテルンへの英語報告書（一九二二年六月五日付）では、吉田による労働社・労働運動社への工作が不調に終わり、「アナキストのグループと共産党の統一は失敗に終わった」と報告された」[13]と述べている。

以上をふまえ、吉田の行程の輪郭を示しておこう。一九二一年の吉田はアナキストであるにもかかわらず大杉を批判していた。それがロシアに行き共産主義者となるが、にもかかわらず現状の日本共産党に批判的であり、「既存の共産党の態度如何に拘らず私達の運動を貫徹する」と述べていた。そして、アナ・ボル提携のためアナキストへの工作を開始した。大杉栄にも日本共産党にも批判的な言動をとった吉田こそ、逆説的にも、というべきか、この時期のアナ・ボル提携の可能性を体現する人物となったのである。だがその試みも、六月五日には頓挫したと判断された。そして、有島日記の同月一八日の文章に、吉田の名前は登場する。

> 今朝早く吉田一来る。家主が彼れの居るヿに苦情を申立てたから手紙で注意したのでやって来たのなり。話せば話す程面白き男なり。又露国の内情をいふ。聞いてゐるといつでも涙を催させられる。高尾兵平《ママ》のぐうたら振りも聞く。早く生活をかへて思ふまゝのヿがいひたし。腹ふく

るゝ業なり。[14]

このとき、有島は吉田からなにかを聞いたはずだ。二〇日の日記には、「吉田一来り借家が見当ったとのヿで敷金と一月分の家賃を渡す」[15]とあり、有島は吉田の活動に対して好意的だったことも推測できる。佐々木靖章はこれについて、「露国の内情」「高尾兵平《ママ》のぐうたら振り」などについてさまざまな思案をめぐらせている。[16]

ここで私の見解を示しておけば、有島が吉田から、労働社メンバーの現在の状況や日本共産党の運動について、アナ・ボル提携の問題も含めて情報を得ていた可能性は十分にあると思われる。吉田は、『改造』一九二二年一二月号に「レーニン会見記」を公にした人物である。その吉田が、私的な会話において、自らが無政府主義者から共産主義者になった経緯を説明せず、運動の事情も一切省略して、ただ「露国の内情」のみについて語るということはいかにも考えにくい。それではロシアに渡った体験がどういう意味をもつのか説明することも難しいだろう。

吉田が有島に語った内容は、ロシアの現状に肯定的なものだったという傍証も存在する。有島の講演「独り行く者」[17]のなかには、「露国革命に際して余は非常に喜んだ一人である」という文章の後に、「モスコーの極東大会に出席した或社会主義者の報告を聞いた」ことと、その内容が紹介されている。「モスコーの極東大会に出席した」という箇所から、ここで語られているのは吉田から得た情報をもとにしたものだと推定できる。この「社会主義者」の「報告」とは、「新聞記者の発表した記事や官僚の報告などはホンノ一面を現すに過ぎないもので露国が現在の世界の文明より以上に立派な新しい理想国を建設する為めに努力して居るかは実に懸命である」ことを伝えたものである。

有島はそれについて、「彼の云ふ事は半分はヴイジヨンであるにしても新聞や官僚連中の報道通りではないのである」と述べており、その信憑性には警戒しつつも、現在報道されているロシア情報を相対化する一助としている。続けて、「レニン政府にもローフアーが居る」としてゴーリキーの名を挙げるなど、ロシアの現状について肯定的な面に注目しようとしていることがうかがえる。なお、この記事のもととなった講演は、農場解放宣言の翌日である一九二二年七月一九日に札幌で行なわれた。先の日記には、「早く生活をかへて思ふまゝの亊がいひたし」という一文もある。有島の生活改造は、こうしたロシア情勢を意識しつつ進められていたといえよう。

3　理論を利用する――知識階級排斥論という文脈

すでにみてきたように、吉田とアナ・ボルの関係は複雑なものだったと考えられる。本節ではアナキスト時代の吉田が『労働者』に発表した論考を補助線にすることで、「宣言一つ」論争における有島のテクストを分析していきたい。

「宣言一つ」は次の一文によって始められる。「思想と実生活とが融合した、そこから生ずる現象――その現象はいつでも人間生活の統一を最も純粋な形に持ち来たすものであるが――として最近に日本に於て、最も注意せらるべきものは、社会問題の、問題として又解決としての運動が、所謂学者若くは思想家の手を離れて、労働者そのものゝ手に移らうとしつゝある事だ[18]」。

『労働者』は、まさにそうした「運動」を標榜して出立した雑誌であった。これまでくりかえし指摘されてきたように、『労働者』の特徴は、大杉が主張していた「労働者」の自主性の論理を用いて知識階級排斥論を展開することで、大杉批判を行なったところにある。[19] そのことはきわめて重要だ。ただ、その意義は、大杉などの個別の思想家の批判に留まるものではなかったと考えられる。

「労働運動の分派」で吉田は、「現在行はれてゐる労働運動を大別すると、社会主義同盟、労働運動、荒畑を中心とする労働新聞一派、一般の労働組合主義の運動との四つに分れる」としたうえで、『労働者』をそれらとは異なる「純然たる労働者を中心とする」新しい運動として位置づけている。山川均や堺利彦らによる日本社会主義同盟の活動が停滞しているのは、「自覚した労働者が、見え透いた智識階級のおだてに乗つて彼等のお先き棒に使はれる事を、拒絶して来たからだ」という。この「社会主義同盟が存在を疑はれて来たと共に、大杉の労働運動が又起つた」が、やはりこの運動でも労働者は「智識階級のダシに使はれてゐるに過ぎない」。「本当の労働運動は、労働者自身の手で為されなければならないのだ。何んと言つても、ほんとの労働者の気持ちと、智識階級から出た労働運動者――指導者との間には何うしても一つに成り切れない或るものがある」。「もう指導者に手を引いて貰はなくとも、自分達の運動は、自分達の力でやれるといふ自信も出来た」。そこで、「この雑誌『労働者』を出すことになつたのだ」という。[20]

吉田はここで、既存の労働運動をマッピングし、それらと『労働者』を区別する論理を提出している。それは単に特定の論敵への批判に留まらず、思想ジャーナリズムにおける自身の位置取りをめぐる言説戦略としてなされたといえよう。同じ論考で、吉田は次のようにも述べている。

■今まで学者、先輩者等は、労働運動は労働者自身の手で為されねばならぬと教へてくれた。彼等の言ふように、自分達労働者は、今や全力を盡して自分達の運動をやらうと覚悟してゐる。それに対して今まで指導者面した諸先輩は、何んな態度をとるであらうか、興味ある問題であらうと思ふ。[21]

吉田は「学者」の論理をなぞることで「学者」批判を企図した。そうすることで、従来の運動の言説を評価しつつ労働社はそれを乗り越えたのだという論理を作り出している。この論理が、たとえば労働者のプリミティブな情動のみを力説するような主張と異なっていることは明らかだろう。読者の反応を強く意識した用語の選択となっている。同誌にはほかにも多くの知識階級批判、指導者批判の文章が掲載されたが、それらもまた、メディアとしての論争的な特質が顕在化したものだといえよう。なお、想定読者に関する記述は、編集後記に相当する「六畳の間から」という欄にもうかがうことができる。[22]

吉田は別の論考で、「俺達労働者はこれまで無自覚であつたから、先輩や学者に手頼つたりその説は何も彼も聴入れた。併し今は本統に目醒めた」、「労働者は、必要に応じて学者や先輩を、生字引に使つてやるんだ」[23]と述べている。「学者」主導の運動は、労働社グループが誕生する前史なのであり、そうした「学者」の説は現在においても、「労働者」によって「生字引」として積極的に利用されるべきものなのだ。

こうした論調は吉田だけのものではなかった。たとえば高尾平兵衛は、「知識階級」「指導者」と「労働者」のこのような関係を、「親」と「子」の論理で捉えた。親に育てられた子は、「親に反逆する」。「知識階級指導者等」は、そうした親の「悲哀を今感じつゝある」とされる。高尾もまた、「知識階級と称する、読売思想家や、紹介業者から教へられることの少くなかつたことを、否む訳には行かない、『サンジカリズム』『アナーキズム』等の哲学それから最近流行を極めて居る『ボルセヴ井キ』の理論それらは多く彼等から聞いた」と述べている。[24]高尾は「『ボルセヴ井キ』の理論」も含め、既存の「知識階級」の学説から学んだことを明示している。高尾や吉田がこのあと共産主義者に立場を変えることになったのは、こうした理論を摂取しようとする志向もひとつの要因であったかもしれない。

有島と労働社グループ、とりわけ吉田の主張は好対照をなす。有島は、自身が「労働者」ではないという切実な自覚のうえで「指導者」の立場をとる運動家を批判した。吉田は、自身が「労働者」であるという意識のうえで、周囲の「知識階級」「指導者」を批判した。こうしてみると両者のスタンスは、まるで合わせ鏡のようにみえる。吉田は「本当の労働運動は、労働者自身の手で為されなければならない」と書き、有島は今や運動が「労働者そのものゝ手に移らうとしつゝある」と記した。ただし、両者の見解には差異を見出すことも可能だ。

「宣言一つ」で有島は、「学者思想家」によらない「労働者」自身による変革を重視したが、その際に次のように述べている。「労働者はクロポトキン、マルクスのやうな思想家をすら必要とはしてゐないのだ」。「労働者と資本論との間に何のかゝはりがあらうか」。「第四階級者はかゝるものゝ存在なしにでも進むところに進んで行きつゝあるのだ」。[25]無政府主義とマルクス主義の代表的な思想家、クロポトキンとマルクスが「労働者」ではなかったという指摘そのものはともかく、そこから有島は、「労働者」はマルクスもクロポトキンも「必要とはしてゐない」という主張を展開した。

この点は、労働社グループの主張と大きく異なる点だろう。すでにみたように、吉田や高尾にとって、「知識階級」の理論は否定されるどころか利用されるべきものであった。堺利彦から有島が受けた批判もこの問題に関わってくる。堺は有島に対して、次のように反論した。

労働者の『独自性と本能力』は固より重要である。クロポトキンにも、マルクスにも、誤謬がないとは云へない。然し『独自性と本能力』の発揮に、無駄や回り道が決して無いと、どうして云へよう。労働者が自分の判断力に依つて、自分達の為に利益だと認め、有効だと信じた所の、思想家、（智識階級、若しくば諸方面の専門家が提案した）理論や戦術を採用するのに、何んの不堅実があらう、何んの不自然があらう、何んの不独自があらう、何んの悪い結果があらう。[26]

堺のこのような批判は、「宣言一つ」の問題点を明確化するものだった。先にみたように、有島は堺の批判を受けて、「正直の所、僕は自分の申分が奇矯に過ぎてゐたのを感ずる」[27]と反省し、自説を再構築するのだが、ここでは堺を含めた論争相手との対話を通して、有島が「想片」において次の認識に辿りついたことをみておきたい。

第三階級にのみ主に役立つてゐた教養の所産を、第四階級が採用しようとも破棄し了らうとも、それは第四階級の任意である。それを第四階級者が取り上げたといつたところが、第四階級の賢こさであるとはいへても、第三階級の功績とはいひ得ないではないか。[28]

前章で述べたように、有島は「第四階級」が既存の知を「採用」することを、ホイットマンがエマソンを読んだこととアナロジーすることによって、肯定した。こうした有島の考えには、「学者や先輩を、生字引に使ってやる」と述べた吉田との共通点を見出すことができるだろう。なお、「労働者と資本論との間に何のかゝはりがあろうか」と一度は述べた有島に対して、一九二三年に堺は、幸徳秋水が所蔵していた英訳『資本論』を贈っている。[29] こうしてみたとき、アナ・ボル対立の構図のみをもってしては、有島と堺の関係を捉えることができないように思われる。

既存の「教養の所産」を利用することは「第四階級の賢こさ」だといえるという有島の主張は、その論理を展開すれば、「労働者」が自らの意思でボリシェヴィズムを「取り上げ」たり指導者の指導を「採用」したりする可能性にも突き当たることになる。この点について、有島は「想片」で特に述べていない。そして、有島は「想片」をもって、論争をひとまず終りとした。だが、次節にみるように、その後の有島はこの問題についての考察を深めていくことになる。

4　「指導者」を利用する――アナ・ボルのなかの有島

堺による「宣言一つ」批判は、有島の主張を指導者排斥論の文脈で捉えたものだった。「実際、日本の自覚した労働者中に」、「智識階級の行動に対して深い猜疑の目を向け、謂ゆる『指導者排斥』の強い叫びを挙げてゐる者が少なくない」。この論考で堺は明示していないが、労働社グループの主張はその典型であろう。ただ、堺の結論は、「要するに、智識階級の一部が労働運動に加はる事は必然であり、又必要である」というものだった。[30]

堺にとって、労働運動における「智識階級」および「指導者」の意義を認めることは当然のことだろう。それに対して、有島は対極的な意見をもっていた。「宣言一つ」では、「思想家」や「学者」が

「自ら指導者、啓発者、煽動家、頭梁を以って任ずる」[31]ことを批判し、堺に対する反論では、堺は結局のところ「「自分の中流階級的立場から、自分の出来るだけのことをする」人々の一人となるのではなからうか」[32]と述べている。

しかし、じつは論争のあと有島は、限定をつけながらも「指導者」の意義を認める文章を残している。それは、一九二二年一一月一〇日付原久米太郎宛書簡である。この書簡についてはいくつかの先行論が注目して論じているが[33]、ここではアナ・ボル提携の文脈のなかで考察したい。

高瀬清と徳田球一は、片山潜宛の一九二二年六月五日の文書のなかで、次のように述べている。

(a)［…］彼等一派〔労働社グループ〕ハ運動方法ニ付イテハ異議ヲ挟マナイ。ケレドモ其ノ異議ヲ挟マナイト云フノハ、個々ノ問題ニ関シテノミデアツテ、一度共産党ノ唯一ノ根底トスル力ノ中央集中、即チ組織ト云フ点ニナルト、全然承認シナイ。ソシテ彼等ハ自由意思ニ依ル結合ヲ以テ唯一ノ信條トシ、総テハ其処カラ発生スベキモノトシテ居ル。［…］依是観是、彼等ハ全然「アナーキスト」デアツテ、到底共産党ノ組織ヲ承認スルモノデハナイ。

(d)前述ノ様ナ状態デアルノデ、無政府主義者ト共産主義者トノ合同ハ先ヅ失敗デアル。然シ遠カラヌ将来ニ於テハ、可能トナルデアロウ。唯ダ現在ノ時期ガ甚シク反動的ニナツテ居ル為メニ、コウシタ結果ニナツタニ過ギナイ。ソレデ時期サヘ到来スレバ、決シテ困難デハナイト思フ。[34]

高瀬・徳田によれば、労働社グループは「運動方法ニ付イテハ異議ヲ挟マナイ」ものの、共産党の

「組織」には同意しなかった。アナ・ボル提携の失敗の一因は、この点にあったと理解されている。

アナキストにとってアナ・ボル提携の誘いは、ボリシェヴィストが主導する運動にアナキストを引き込むものに映っただろう。[35]だが、もしアナキストの立場からアナ・ボル提携を利用するという観点があるとしたら、それはどのようなものだろうか。ひとつ考えられるのは、ボリシェヴィストと連帯しつつも、労働運動内部にアナキストとの潜在的な抗争関係を維持しておき、機を見計らってボリシェヴィストから権力を奪取する、というものである。

有島の主張は、まさにこうした論理に沿うものであった。一一月一〇日付原久米太郎宛書簡には次のようにある。

労働運動が労働階級全体の運動となる為めには少なからぬ年所が必要とされるだらう。即ち労働者自身の自覚が運動を引き起すまでには長い年月が流れなければなるまい。然しそれまでこの運動ハ少しの動揺も起さずにゐられるとは考へられない。必ず指導者若くハ煽動者の出現が余儀なくされる。それが已むを得ない事ならば彼等を働かせるもよい。而して彼等が彼等相応の働きをした潮時を計つて彼等から勢力を奪ひ取つてしまへばいゝ。どうも将来之運動之実際としてハさうするより仕方がないやうだ。彼等之勢力を適当の時期に奪ひ取る𪜈ハ純労働者之中ニ或る数之覚醒者があれバ出来ない事でハないやうだ。[36]（傍点引用者）

有島は、「潮時を計つて彼等から勢力を奪ひ取つてしまへばいゝ」と述べている。また、こうした「勢力」奪取は、「純労働者之中ニ或る数之覚醒者」がいれば可能だという。ここでは明らかに、「彼等」と「純労働者」のなかに、和解しがたい軋轢が認められている。そのうえで、あくまで一時的な方途として「彼等」を利用するという主張が展開されている。この有島の主張が「やうだ」という推定ないしは伝聞によっていること（傍点を付した箇所）も、「将来之運動之実際」を見込んだ戦略的判断だということを表しているだろう。

なお、一九二三年二月の『読売新聞』談話筆記では、「レーニン氏等の提唱するが如きボルシエヴイズム」は「純粋のアナーキズムに行く迄の一道程」であり、「ボルシエヴイズムの世界を経ないアナーキズムの世界を嘱望するとしても、その実現に就ては全く確信を持たない」と述べている[37]。アナキズム運動のみによる革命が困難であるという現状認識は、実現の可能性をもつ運動に対していかなる態度をとるべきかという問題を呼び寄せる。ロシアについての情報は断片的にしか伝わらず、限られた情報のなかで考えるほかない。有島はそうしたなかで、ボリシェヴィキについてどのように捉えるべきか模索していたのだろう。

「「静思」を読んで倉田氏に」におけるレーニン評価は、それをよく表している。有島はここで、「少くとも従来概念的に考へ慣らされてゐる指導者の型は、労働運動に取つての禁物だと思ひます」としており、「宣言一つ」で唱えた「指導者」批判の立場を堅持している。他方で、従来型の「指導者」とは別の、あり得べき「指導者」の姿について有島は思考している。有島によればそうした「指導者」は、「労働階級の運動の便宜の為めに、大多数者自身が作り出したといふ性質のもの」であり、「その指導者の存在の必要が無くなつた瞬間には、指導者も亦影を没してしまふ性質のもの」だという[38]。

用を果たせば消滅すべきものとしての「指導者」。この有島の考え方は興味深いが、レーニンについては明確な評価が保留されていることが注目される。有島によれば、「レーニンであれ、誰れであれ、その労働運動の指導者としての資格は、彼れが労働運動そのものゝ本当の意志に自分の意志が遵合しなくなつた瞬間に亡失せねばならぬ」ものだが、「労働階級の意志そのものは（地方及び時代によつて特色を有するが故に）容易に看取され得るのではなく、従つて指導者の所為も正当であつたか否かは、容易に決定されるものではありません故、例へばレーニン一人を非難するに当つても、綿密に事情を調査した上でなければ決してなし得るところではない」という。[39] つまり、レーニンが否定的な意味での従来型の「指導者」か、肯定的に評価可能な「指導者」かについて、決定を避けているのである。

また、有島はさらに踏み込んで、次のように主張している。「労働問題が時代の中心問題となつてゐる現在」では、「運動の指導者」が「階級と共に働かねばならぬのは当然」のことであり、「レーニンの如きが彼れの属する運動を指導するに当つて、自ら社会的色彩を濃厚にしたのはそれが為めで、レーニンが労働階級の意志を遵奉してゐる限り、［…］そこに何等かの病ましさやひけめを感ぜねばならぬ理由は存在しないと私は信ずるものです」。[40] 有島はこのように留保を置きながらも、「指導者」レーニンのもつ可能性を評価する方向性を示している。

「「静思」を読んで倉田氏に」で有島が提出した、あり得べき「指導者」の姿、すなわち「存在の必要が無くなつた瞬間」において消滅する「指導者」とは、従来型の「指導者」の否定のうえに構想された理想像であった。だが、有島が原久米太郎宛書簡で述べているのは、「指導者」を利用しつつ「純労働者」によってその権力を奪取するプログラムである。これは、当時の日本の労働運動の状況をふまえた有島にとって、ぎりぎりの判断を示したものだったといえるだろう。このような戦略が成功した暁には、この「指導者」は「労働者」の便宜によって暫定的に採用されたものだった、ということにならないわけではない。しかし、それは後付けの説明によるものだ。将来においてそれが実現するかは定かではなく、さしあたっては「指導者」による運動を容認することとなる。しかも、このような内紛を前提とした戦略は、連帯のスローガンとして公言できる体のものではない。あくまで隠されたプログラムに留まるのだ。

以上の有島の思索が、どれだけロシア帰りの吉田と共鳴するものなのかは難しい問題である。ただ、明らかなのは、「宣言一つ」論争以降の有島の一連の主張が、アナキズムとボリシェヴィズムをめぐる状況への複雑な応答となっているということだ。「宣言一つ」以降の有島は、他者との対話的交流という点でも、また主張の内実という点でも、アナ・ボル提携という問題と密接に連関していたといえるだろう。

本章では、当時の革命運動の状況のなかで有島のテクストを位置づけることに重点をおいた。アナキストであった吉田が共産主義者宣言を行なったことや、有島が労働運動の実際としては「指導者」の意義を認めた書簡を残していることは、一見すると不可解なことに思える。だが、吉田にとって共産主義への転換は、既存の日本共産党に疑義を呈しつつ遂行されたものであったし、有島にとって「指導者」は、「労働者」による運動を実現するために一時的に認めるべきものとして考えられていた。これらはいずれも、当時のアナ・ボル提携という文脈をふまえたとき、あり得べき革命運動の形態と戦略を模索するという難問に踏み込んだ、挑戦的な思考として捉えかえすことができるだろう。

第5章　残された課題　マルクス主義と「有島武郎」

1　「語義の曖昧」と「思想の混乱」――階級論の流行

『解放』一九二二年三月号の特集「中間階級の研究」のなかで、島中雄三は「中間階級」という語をめぐって、次のように述べている。「之と略ぼ同じやうな意味でつかはれる言葉に、中等階級或は中流階級といふ言葉があり、中産階級といふ言葉があり、知識階級といふ言葉があり、更にまた有識無産階級などといふ言葉もある」。それらの正確な意義は「甚だ曖昧」であり、「それの意義の曖昧なところから議論の紛糾を醸すことが少くない」。「殊に現今に於ては、所謂知識階級 Intelligentia なるものが、此の中間階級の主たる勢力」とされているが、この階級は「過去の労働運動の歴史に於て往々忌はしい汚点を印する」ため、「労働階級と中間階級との間にしばしば反目嫉視」が起こる傾向がある。その原因のひとつは、「語義の曖昧が導くところの思想の混乱に在ると思はれる」[1]。

島中のこの認識は、「知識階級」などの概念が同時代的にみても「意義」や「語義」が「曖昧」であり、「議論の紛糾」や「思想の混乱」を招くものとして映ったことを示している。これらの定義の確定しない論争的概念は、社会運動とも関連しつつジャーナリズムで広がっていた。この問題は「有島武郎」と関連して、どのように問われていったのだろうか。

　本章では、有島の晩年からその没後にかけて、「有島武郎」という固有名詞の周辺で、階級概念の論理構造がどのように変移していったのかを考察する。まず、山川均の「方向転換」論を検討し、ついで福本和夫の「無産階級」論にみられる有島への言及を考察することで、日本共産党の理論的変化を階級概念の観点から把握する。最後に、有島をモデルにした藤森成吉「犠牲」を分析することで、『改造』誌上において文芸の領域で継承された「有島武郎」像の意味について考えたい。

2　もうひとつの宣言――山川均

　第3章でみたように、有島は自身を「芸術家」として意味づけた。しかし、「階級」をめぐる議論は、当然のことながら社会や歴史をどのように把握しているのかという問題に関わるため、単に「芸術」論の枠内に留まるものではあり得ない。また、それは社会運動と切り離すこともできない。この観点からみて、「宣言一つ」の発表媒体が『改造』であったことは重要である。黒川伊織は、「非合法の第一次共産党が、その存在を秘密にしたまま自らの立場を宣伝する」「重要な舞台」として、『改造』を位置づけ、山川均・福田徳三によって「労農ロシア」およびボルシェヴィズムの紹介がなされていたことを論じている。[2]「宣言一つ」が発表されたのはちょうどこの時期にあたる。山川は一九二一年以降、毎号なんらかの文章を『改造』に寄せていた。一九二二年新年号には「資本主義は復活するか」を発表しているが、有島の「宣言一つ」はその次に掲載されている。また、同号には、山川も寄稿した「一九二二年以後の趨勢」についての二二名のアンケートが集められているが、有島の「宣言一つ」もまた、社会状況の現在とその行く末を見据えてのものであった。

この時期の山川が取り上げた論題は、「宣言一つ」の思想的背景として注目されてきた動向と重[3]なっている。指導者排斥の問題[4]、川崎造船所の労働争議[5]、そして当時の知識人論に対する批判[6]、といった論点がそれである。山川は革命の主体をあくまで「労働階級」にみて、「労働階級の歴史的使命の上から見れば、知識階級の嚮背の如きは、暫らく不問に附し得る数量である」と主張していた[7]。

こうした認識は、時事的な問題と切り離されたものではない。たとえば山川は、川崎造船所の労働運動について、次のように述べている。「工場の占領と労働者による管理――この資本家と私有財産権とに対する神聖の冒涜――が、資本階級と其有力な擁護者によつて寛容せられるかどうかは疑問である」。このように、運動がもたらす結果については留保しながらも、山川は「日本の労働階級」に芽ざしたこの「思想」を積極的に評価する。「この思想――否な此思想を事実の上に現はそうとした最初の試み――が、明らかに白熱した階級闘争の結果として生まれたことだけは、何人も否認することが出来ぬ[8]」。

有島はこの川崎造船所について、原久米太郎宛書簡で、「労働階級之人〻が自覚して行く有様の早いこと」、「指導者の役目をしてゐた智識階級からどん〱解放されて自主的になつて行く模様が観察され[9]」ることを指摘している。ここで、「宣言一つ」の有名な冒頭が、「社会問題の、問題として又解決としての運動」が、「労働者そのものゝ手に移らう[10]」とする現象に最大の注意を置いていることを、「労働者」概念に留意して改めて確認しておきたい。

こうした有島と山川の認識の類似点は、その後においても確認できる。有島は論争を「想片」で打ち切ったが、他の論者によって議論はその後も継続される。そうしたなかで、山川は「方向転換」論を提出した[11]。階級論の時代のなかで書かれた、いわばもうひとつの宣言として、「方向転換」論を捉え直してみよう。

山川は次のように述べる。今までの日本の無産階級運動は、「無産階級のうちの少数者の運動」であった。かれらは、「資本主義の精神的支配から独立する為に、先づ思想的に徹底し純化した」。だが、運動の第二期においては、「無産階級の大衆を動かすことを学ばねばならぬ[12]」。山川が掲げた有名な標語、『大衆の中へ！』」は、このような概念編制のもとに主張されている。山川は、知識人による人民への働きかけとしてではなく、「無産階級のうちの少数者」による「無産階級の大衆」への働きかけを提唱した。してみれば、少数の人々が思想的に純化した、という現状認識において、山川と有島は一致しているといってよい。では、有島と山川の差異はどこに見出せるのだろうか。

先にみたように、有島は「労働文芸」を批判する際、既存の文学を評価する批評言語による枠組の外部にある「第四階級」を想定していた。だとすれば、それは当時の流行である階級概念自体が、「第四階級」的ではない、ということになる。「第四階級」という語を用いて有島が試みたのは、このようにして階級論自体の階級性を問題化することだった。しかし、このような論理において、「第四階級」の内実は不可知でなければならない以上、それを「第四階級」として表象すること自体がもはや意味を持ち得ない。

とはいえ、同時にまたそのことばは、「宣言一つ」の冒頭にあるように、実際の「労働者」をも指し示していた。それゆえ、この語は論争のテーマとして流通しうるだけの共約可能性を保持していた。こうした事態は、用語の定義が曖昧であり混乱している状況だからこそ成立した。換言すれば、有島の主張がそもそも論外だとみなされなかった言論の場があったからこそ、「宣言一つ」は階級分析に関わる議論として認知されたのだ。

これと引き比べてみたとき、山川による階級概念の用法の特質が浮き彫りになるだろう。山川は階級概念を、社会的現実に対応させようとする。そして、社会を総体的に把握し、概念で名指される者を社会的に実体化しようとする。こうした論理が、かれの社会運動を支える思想的な支柱となっている。というのも、この論理によってはじめて、運動参加者を明確に「無産階級」として認定できるのであり、この言説の機能によって、「無産階級」という称号が与えられた人物たちの集団を、現実に形成できるからである。だが、山川の階級概念では、既存の言語によって構築された社会の外部を理論的に思考することができない。

他方で、有島の宣言は、名づけ得ぬ革命的な他者と、社会運動を行なう労働者としての他者を、「第四階級」という表象に二重写しにするものであった。別の位相に属するふたつの他者をひとつのことばに重ね合わせることによって、「第四階級」は概念のアポリアに直面しつつ、同時に実際の労働者を指し示すことのできる概念として機能したのだ。それは他者を抽象的に超越化してしまうのではなく、身近にいる具体的な存在にこそ、既存の現実を変革する契機を見出すための論理だった。

階級用語が、単一の指示対象を失い、複数の表象を孕み込んでしまう事態は、当時の言説状況そのものでもある。論争を通じて有島は、周囲の論客の錯綜した階級概念を受け止めつつ、この特異な他者像とともに、「第四階級」になれない自己像をも作り上げていった。

3 有島の書簡と「無産階級」論――福本和夫

一九二三年、有島は軽井沢で波多野秋子とともに死んだ。同じ六月には第一次共産党事件が起きている。翌年、第一次共産党は解党する。「宣言一つ」の時代と階級論の政治的文脈は、大きく変化していった。

その後、一九二〇年代の中盤以降、マルクス主義による階級論が広範に流通していく。再建された日本共産党では、福本和夫が理論的指導者の位置についた。いわゆる「福本イズム」が一世を風靡することになる。すでに小森陽一が考察していることだが、福本はその代表的な論考のなかで、有島に言及している。[13] これをふまえながら本節では、福本の「無産階級」論と「有島武郎」の関係をめぐって考察したい。

福本によれば、「労働者階級」の意識が、「真実の無産階級意識」にまで発展を遂げるためには、「新なる要素」つまり、「××的インテリゲンチヤ――真実に全無産階級的な知識階級の意識、すなはち、戦闘的唯物論、真実に全無産階級的な政治意識――を其の物質的生産過程の外部――経済的闘争の外部――から獲得すること」が必要である。[14] いわゆる外部注入論であり、それは「真実に全無産階級的な知識階級の意識」を必要とする。

福本が有島について述べたのは、疎外論を原理に据えたうえで、欧州における政党組織問題の歴史について書かれた代表的な論考のなかであった。ここで福本はまず、「無産階級」概念について、マルクス『哲学の貧困』の一節に言及しつつ、次のように述べている。「無産者団は、即ち、資本階級に対する、執拗なる闘争のうちに、其階級意識を意識し、階級形成を成就するのである。従つて、無産階級なる概念も、無産者階級意識も、闘争を通して展開するところの過程的なもの（ein Prozeßartiges）である」[15]。

それは「人間的自己疎外」を「意識」し、自分自身を「揚棄」するものである。福本によれば、「無産者階級が自己の階級利益を徹底的に主張する事は、同時に全階級利益を揚棄することとなる」。したがって、「社会全体の利益」を出発点に置く河上肇のような態度は、厳しく批判される[16]。

福本が有島を引用するのは、この文脈である。福本が、有島の主張を「其の個人主義より、晩年にいたり、極めて粗雑なる唯物史観に過渡せられたる」見解であるとしつつも、「こゝに今問題の点の結果的観察に関しては却つて正鵠を得てゐる」、つまり福本の認識と対応しているとしたのは、次の有島の文章を根拠とするものだった。

「……ブルジョア社会は、社会奉仕から出発して実は自己の為めといふ所に落ちつき、プロレタリヤは自己のためといふ所から出発して、実は社会奉仕の結果になるといはれるあたりは案を打つの思ひがしました。……それは私に力強い暗示を投げかけてくれました。河上さんの言説の凡てよりもこれは私に強い力でした」云々（「一九二二年五月牧山正彦氏への手紙」）（有島武郎全集第十巻一三九四頁）
（氏が、「私に」といはれることは、まことに重大な批判に値するところであると思うのだが、こゝには暫くふれないでおく[17]）

小森陽一はこれを捉え、有島と福本の差異について考察している。小森によれば、「有島の倫理と論理の核心」は、「「文化」や「智識」さえも、自己疎外を規定するもの」として捉えた点にある。福本はこうした有島の倫理を、「「疎外」という新しい概念のもとに、明晰に論理化」したとされる。他方で、有島とは反対に、福本は「知識階級」の意義を積極的に見出した。すなわち、「有島の論理はあきらかに転倒された」のである。[18]

この小森の指摘をふまえ、ここでさらに問うてみたいのは、有島の問題意識を継承したはずの福本が、いったいどのようにして「知識階級」の意義を主張することができたのか、ということである。

たしかに福本の視点から引用された有島の文章を読むとき、その「プロレタリヤ」ということばに、福本のいう「無産者」の姿がみえてくる。傍点を付されて二回ずつ用いられている「自己」「社会」という語は、前者と後者でそれぞれ意味内容が異なっている。前者の「社会」－「自己」は、河上肇にみられるような非無産者階級的な概念であり、後者の「自己」－「社会」は、来るべき革命に関わる「過程的なもの」の概念として捉えられる。

福本にとって「無産階級なる概念」は、いわば不断の闘争を継続するための鍵語であり、前もってその意味の空白を充填することが不可能な、反－概念である。福本は概念を「過程的なもの」と捉えることにより、実体化しない。ここで、前節での考察を思い起こしておきたい。有島の「第四階級」概念は、既存の言語によってその外部を表そうとするという逆説を孕んでいた。つまり、「第四階級」とはいまだ名付けられないものであった。この点においては、有島も福本も、ともに階級概念の臨界を示しているといえよう。ただし、有島が「第四階級」の内実を既存の言語の外側に置いたのに対し、福本は意識革命によって言語の制度を内側から食い破ることを提案した。

ここで、福本が引いた有島の文章の典拠が、叢文閣版全集に収められた、一九二二年五月七日付牧山正彦宛書簡であることに注意したい[19]。重要なのは、この有島の主張が、福本とは異なり、体系的な概念編制のなかで言明されたものではない、ということである。これはちょうど「宣言一つ」論争のただなかで書かれたものなのだ。そして、この引用された箇所は、牧山が提示した階級論について、有島が賛同した文章であることがわかる。ここでもまた、有島は他者との対話によって自説を更新しようとしているのである。

これをふまえて、今度は有島の視点から右の文章をみてみたい。すると、「プロレタリヤ」という語には、先にみた「第四階級」の二重の他者が込められつつも、そこから概念連関が再定位されようとしていることがわかる。福本が引用した有島の文章は、次のように続いている。「平気で他を顧みて居られない程自己に忠実であるといふあの境地も私には一番望ましいものに考へられます。早くあすこに行きたいものだと考へてゐます[20]」。「私に」という箇所を福本は論難するが（おそらくそれが、有島の「個人主義」に関わると認識されているのだろう）、このくだりをふまえれば、同書簡は、「第四階級」たりえない「私」による、「自己のため」の論理の可能性を模索するものであったことがわかる。それは、「プロレタリヤ」の「自己」が持つ他者性を消去せず、かといってブルジョア的な「社会奉仕」に居直ることのない言説を紡ぐために、これまでの自説と牧山説を交差させて再考する、動態的な概念構築の実践だった。

たしかに福本は、有島の主張を疎外論のもとに理論化した。そのことによって、有島の議論が内包していた可能性——それは全集を参照することによって、事後的に見出される性質のものだ——を引き出したのだといえよう。だが、それは福本が、あたかも自説の「正鵠を得てゐる」かのように、有島の文章を解釈していく行為でもあった。「知識階級」の意義を主張し得る理論的な布置は、こうして整えられた。「第四階級」になれないことに倫理的立場を置こうと格闘し、概念を練り上げようとする有島のことばは、福本の理論的なまなざしによって読み解かれることで、「無産階級」になるための原理へと、換骨奪胎されてしまった。そのことは同時に、先ほどみた有島の階級概念の二重性や可変性を捨象していく作業でもあった。

4 「有島武郎」で考える——藤森成吉「犠牲」

他方で、同じ一九二六年の文芸領域においては、「有島武郎」はまた独特なかたちで継承されていた。それを示すのは、『改造』六月号と七月号に掲載された、藤森成吉「犠牲」である。有島情死事件を題材にしたこの戯曲は、小山内薫によって賞賛され、築地小劇場で上演が計画されるが、あえなく禁止となってしまう。『改造』一九二六年七月号もまた、発売頒布禁止となった。[21] とはいえ、ほかならぬ小山内が評価したことは、「犠牲」が恵まれた読者を得たことの証しだろう。[22] 小山内は次のように述べている。

「犠牲」は一読何人にも頷かれるやうに、数年前に日本の或詩人の身の上に起つた或悲劇を材料としたものである。この悲劇を単なる痴情或は誘惑に対する敗北として解釈する人が、決して世の中には少くなかつた。併し「犠牲」の作者は主人公を死にまで導く苦悶にそれよりももつと大きな動機を置いた。それは社会意識に目覚めたブルジヨア・インテリゲンチヤの真剣な生活改造の苦悶である。[23]

有島という「詩人」の「悲劇」を解釈するにあたって、「インテリゲンチヤ」の苦悶という問題を読み取る。このような小山内の用語法は、ここではじめて提示されたものではない。一九二五年に築地小劇場でチェーホフの『桜の園』を上演した後、小山内は次のように主張していた。シェストフその他、「チエエホフを論ずる者の総て」が述べるように、「チエエホフは絶望の詩人である。悲哀の詩人である」。では、そのうえで、「今の日本に生活する吾々から見て、何が一番強く胸を抉るか」、と小山内は問いを立てる。それは「インテリゲンチヤの悲哀」である。小山内は『桜の園』の大学生トロフィーモフを「「インテリゲンチヤ」を代表する」存在だとし、そのせりふに出てくる「インテリゲンチヤ」の姿と自分を重ね合わせる。「インテリゲンチヤは、プロレタリヤの「友人」たり得る時はあつても終りにその「同輩」たり得る時はないのである」[24]。ここにみて取れるように、『桜の園』と「犠牲」の価値づけは、「インテリゲンチヤ」問題に突き当たった「詩人」、という共通する視座からなされた。

この小山内によるチェーホフ評価は、李碩の指摘によれば、一九二〇年代に翻訳が流布したクロポトキンのチェーホフ論を援用しつつ行なわれている[25]。小山内は「犠牲」を解釈する際、高名な作家である「有島武郎」イメージに加え、こうしたチェーホフ的な「インテリゲンチヤ」「詩人」イメージを持ち込み、重ね合わせている。そして、これらのイメージを作品に覆い被せたうえで、演劇メディアにおいて表象しようと試みていたのだ。

このように小山内を触発した藤森の「犠牲」には、少々興味深い点がある。それは、作中で使われている「犠牲」ということばである。主人公石川は、有島の言動を思い起こさせる人物だ。芸術家として行き詰まりを感じ財産放棄を試みるが、それでも自分がプロレタリアになれないだろうことに頭を悩ませている。最後は情死を決意し行動しようとするところで終る。とすれば、一見するとこの「犠牲」という表題は、石川の死を一義的に意味づけるもので、とりたてて不思議はないように思える。だが、この戯曲のなかで「犠牲」という語が使われているのは、次の二箇所にあたる。両方とも、波多野秋子の夫、春房をモデルとする片山正信が、石川に向かって発したせりふである。

　正信。僕は、無論まだ充分妻を愛してます。あれから離れるとすると、僕は一時どうなるか見当もつかない位です。[…] 然し、いくらどうなる事がわかつてゐても、その為めにあなたがたの幸福を犠牲にしやうとは決して思ひません。[26]

　正信。そうですか。ぢや僕は一切を犠牲にして、あれはあなたに差しあげます。[27]

正信は石川に対し、あなた方を「犠牲」にしたくないので、僕は一切を「犠牲」にする、と述べる。この、相手と自分に関する二重に偽善的な表明であると読める文脈で、「犠牲」の語は出てくるのだ（このあと続いて、正信は石川に一万円を請求する）。

　この対話の構図を鑑みれば、この作品が「犠牲」と題されていることが、きわめてアイロニカルな意味を持つことに気づかされる。石川がこのような言明を受けとる位置に据えられることによって、「犠牲」という語が持つ屈折した欺瞞性が、レトリックの位相で問題化されているのだ。

　藤森はこの戯曲について、「時代の犠牲」を表現したものだったと述べている。だが、この自作についての解説を、作品全体を意味づけ統御する高次の発話として捉えるべきではないだろう。藤森はこう述べている。この戯曲の上演は、「折角の築地小劇場の御骨折りを泡に、突然禁止になつた。踵いで、雑誌さへ厄を受けた。「犠牲」は「時代の犠牲」を表現したつもりだつた。が、思ひがけなくも、又自らそれになつたのだ」[28]。この戯曲は「時代の犠牲」を「表現」したものだという主張は、つづく一文で表現の弾圧に対するアイロニカルな抗議を行なうための布石として発話されている。ここでみるべきなのは、藤森の「犠牲」という語を用いたレトリックの戦略なのだ[29]。

当時の「知識階級」についての認識として、たとえば同じ『改造』に掲載された麻生久の論考には、次のような記述がみられた。「智識階級」が「その特権を棄て」、「階級闘争の陣列に加はる」のは、「真理を求むる心」と「人道的な心」による。したがって、「彼等の運動が真に犠牲の精神に燃えるとするならば、それはやがて、彼等の運動が純真な人道的感情の上に立てるを物語るものであらう」[30]。藤森が描いた石川の姿は、こうした理由で自らを「犠牲」にする「智識階級」像とは異なる。石川の「知識階級」についての認識は、自分はおそらくプロレタリアになれないだろうという苦悶のなかで語られていた。「ブルジヨア階級の根性とは云へないまでも、とにかく知識階級の根性からは容易に脱けられません。誰も脱けられないとは決して云ひません。が、すくなくも僕だけは、今までのいろんな事情から云つて、一生かかつても出来るかどうかわかりません」[31]。石川の主張は、「知識階級」の「根性」を抜け出ることの可能性まで否定するものではない。だが、その困難については、次のような観点から徹底して強調されている。「一ぺん或る階級に生れつけば、容易な事ではその階級の考へ方や感じ方から抜け出られるもんぢやありません。考へ方はとにかく、無意識的な感じ方に至つては、おどろくべき力を持つてますよ」[32]。

プロレタリアと同じような感じ方ができるのか、というテーマを、藤森は「有島武郎」に立ち返って作品化することによって、「無意識的」な水準においていかに階級性を克服することができるのか、というかたちで浮上させた。福本の有島解釈と同年に、文芸領域ではこのようにして「有島武郎」を異なる仕方で継承する試みがなされていた。戯曲という表現の形式を通して、「犠牲」や「知識階級」の論理を問題化すること。それはなんらかの回答を用意することによって問題を解決する性質のものではないが、「有島武郎」によって残された課題を、概念の位相において提出する行為であったのだ。

第Ⅲ部　文学史の整理

第Ⅲ部では、プロレタリア文化運動と転向の時代における文学史を中心に考察する。

プロレタリア文化運動が本格的にマルクス主義化するのは、一九二〇年代中盤である。運動は複雑な対立や分裂をくりかえしたが、おおまかに捉えるなら、『文芸戦線』を機関誌とする労農芸術家連盟（労芸）と、『戦旗』を機関誌とする全日本無産者芸術連盟（ナップ）のふたつの党派に分岐していったといえる。前者が社会民主主義的であったのに対し、後者は共産主義的であった。この後者の運動のながれをもう少し細かくみておこう。

一九二八年、蔵原惟人は左翼文芸家たちの総連合が必要だと考えていた。これは三月一三日に全日本左翼文芸家総連合として結実するが、活動は短命に終わる。そのあとすぐに、多くの共産党員が一斉検挙されるという重大な出来事が起こる。いわゆる三・一五事件である。その衝撃を受け、文化運動は抵抗のための組織を作り出そうとし、全日本無産者芸術連盟が結成された。翌年には、全日本無産者芸術団体協議会（略称は同じく「ナップ」）に改組し、盛んに運動を展開することとなる。一九三一年には、プロレタリア科学研究所などの団体も加えた新しい組織、日本プロレタリア文化連盟（コップ）が創設された。しかし、その勢いは長くは続かなかった。一九三四年には組織としてのプロレタリア文化運動は崩壊、マルクス主義という思想の放棄が一大テーマとなった。

プロレタリア文化運動をみていくうえでまず大枠として確認しておきたいのは、その運動が国家による弾圧を被るものであったこと、そしてこの時期のかなりの期間、日本共産党は非合法化していたことである。

立本紘之はそうした当時の状況をふまえ、プロレタリア文化運動は「共産党系左翼運動の合法面における顔であり、大衆に左翼運動を「魅せる」存在であった」[1]と述べている。立本によれば、当時の「左翼運動参画者」は、「現状見えない形になっているが、どこかに党があるものだと考えながら」「さまざまな運動に身を投じてい」ったのだが、「その結果共産党は見えないからこそ、逆に権威の対象として強く意識される」ものとなった。そして、「その影響がもっとも顕著に表れた運動こそが文化運動なの」[2]だという。

この認識をふまえ、本書の視座と接続するならば、次のようにいうことができるだろう。すなわち、プロレタリア文芸評論の文章は、国家権力の弾圧に抗しつつ運動を表象するとともに、党が見えないなかでそれを権威として表象した批評言語でもあった、と。この意味で、プロレタリア文芸評論の「隠された伝統」は複雑に暗号化されている。では、それを解読するにあたって、要点はどこにあったと考えることができるだろうか。私はその問題が、「プロレタリア」という語に集約的に表れていると考える。

なぜなら、プロレタリア文学運動において、「プロレタリア」という用語は特権的に重んじられていたからである。「プロレタリア」の語は、文芸ジャンル、文学運動の名称に使用されていた。なぜ「プロレタリア文学」ということばだったのか、ということは、のちのちまで議論されることだが、理由はともあれ、「プロレタリア文学」は「プロレタリア文学」でなければならず、「プロレタリア文学運動」は「プロレタリア文学運動」でなければならないということは、スローガンとして定まったものだったといってよい（戦後は「民主主義文学」「民主主義文学運動」という名称が用いられたが、これについては第Ⅳ部で考察する）。

こうしたターミノロジーのなかでは、「インテリゲンチャ」という概念が特権的な価値をもつことはできない。めざされたのは「プロレタリア文学」であって「インテリゲンチャ文学」ではなかったからだ。しかし、よく考えてみれば、「プロレタリア文学」は本当に「プロレタリア文学」なのか、という疑問も生じる。文学運動の担い手は、高等教育を受けていた者が多かったし、その人たちは出自としては「プロレタリア」ではなく「インテリゲンチャ」にみえるからだ。

この用語選択上の問題が、その後も長く尾を引くことになるが、ともあれ、当該期の「知識人」関連語群は、「プロレタリア」概念のもつ強い引力のなかで捉えられる必要がある。したがって、以下の分析では「知識人」関連語群以外にも焦点をあてた。具体的には、第6章では「プロレタリア文学」、第9章では「ブルジョア文学」「近代文学」という用語の考察がなされている。詳しいことは後述するが、いずれも「知識人」関連語群と無関係ではないことはあらかじめ断っておきたい。歴史哲学的な問いと運動論的な問いの錯綜という点においてもまた、これらのことばは知識人論と共通した論点を見て取ることができる。

もうひとつ重要なのは、「プロレタリア文学」ならざる文学の位置づけである。この頃、文学・思想ジャーナリズムは飛躍的に拡大した。そのことを象徴するのが、一冊一円の全集企画のヒット、いわゆる円本ブームである。改造社の『現代日本文学全集』をはじめ、厖大な数の「全集」が商品化されていった。それは、明治・大正期の文学が歴史化されていく過程であったともいえる。

「プロレタリア文学」以前の文学は、「プロレタリア文学」にとっては批判の対象であった。しかし、それは捨てて顧みなくてよいものではなかった。文学遺産として積極的な批判的摂取が求められたのである。しかし、「論争」ではいきおい論敵の罵倒が目立った。そうしたとき、たとえば「ブルジョア文学」といったことばは、党派的なレッテル貼りとして機能することになる。それに対して、単なる批難や切り捨てではないかたちで「プロレタリア文学」以前の文学が把握されたとき、それは硬直的な概念の変容を伴う実践ともなりうるだろう。そのことを第7章、第8章を通じて分析する。

この時期の文学史には、文学運動・文学研究・ジャーナリズムの複雑な絡まり合いが凝縮的に示されている。それはのちの視点からみれば、日本近代文学研究という領域の出発点にもみえるだろう。そうした把握が間違っているというわけではないのだが、本書が問題としたいのはまさにその混淆の様態であって、自律的な文学研究の系譜ではない。

この時期の知識人論としての文学史が「隠された伝統」であったのは、同時代的な弾圧も去ることながら、のちに自律していった（と自己をみなした）領域からしてみれば、不可視化されざるをえない動態的な知の交流が存在していたからにほかならない。すなわち、後発する批評ないし研究のパースペクティブが、この時期の言説のネットワークを捉えることを隠してきたともいいうるのだ。

以下では、その理論および実践を、テクストを追跡しながら解読していきたい。

第6章　出版企画と存在証明　刻印される『太陽のない街』

1　解釈環境の編制――プロレタリア文学のリテラシー

一九二九年、徳永直は共同印刷の労働争議に材をとった小説、『太陽のない街』を発表した。小林多喜二の『蟹工船』と並べて語られることの多いこの作品は、プロレタリア文学運動史において現在も記憶され続けている。

発表当時の評価をみると、徳永が「労働者」であるということが極めて高く評価されている。作家の階級的出自が強く問題化されるのは、一見するとプロレタリア文学としては当然だと思えるかもしれない。しかし、これまでみてきたように、文芸批評における階級論は込み入った問題を抱え込んできた。戦前期のプロレタリア文芸評論では、「インテリゲンチャ」的なもの、「インテリゲンチャ」性は批判の対象となった。だが、プロレタリア文学運動にコミットした作家であっても、その階級的出自は「インテリゲンチャ」（だとみなしうる）ことが多かったのが実情である。それは小林多喜二であっても例外ではなかった。そのなかで、「インテリゲンチャ」ではなく「労働者」の作家として徳永が評価されたことは、極めて重要な意味をもっていた。

ここでもうひとつ注目しておきたいのは、『太陽のない街』の発表前後が、文学史の動向において大きな転機となっていたことである。円本文学全集のブーム、明治文学研究熱の隆盛、プロレタリア文化運動の拡大、日本資本主義論争の展開といったさまざまな動向が、文学をめぐる歴史認識と批評の環境を整備した。そのなかで、特定作家を特権化・系列化する言説が、時代認識とリンクしつつ文学・思想のリテラシーを形成していった。この時期に「日本近代文学研究」の「起源」を見出そうとする論もあるほどだ。[1] このことは、プロレタリア文学をめぐる評価においても重要な問題を孕んでいる。

以上をふまえて本章では、徳永直の小説『太陽のない街』が発表当時どのように価値づけられたのか、文学史という観点から考察する。以下、同作について評価を下す言説にみられる歴史認識と批評の構造を解析し、テクストをめぐる解釈環境を含めた、複数的で動態的な現場の諸相を捉えていく。その際、一連の言説のシフトが生み出した論理を考察することで、次章以降に続く問題を見出すこともできるだろう。

2　メディア実践と対抗的文学史――『日本プロレタリア作家叢書』

まずは『太陽のない街』の書誌情報を確認しておこう。初出は、『戦旗』第二巻第六号（一九二九年六月）、第七号（同年七月）、第八号（同年八月）、第九号（同年九月）、第一一号（同年一一月）。その後、『日本プロレタリア作家叢書第４編』（戦旗社、一九二九年一一月三〇日）[2] として刊行される。『太陽のない街』の初出が『戦旗』に連載されるなか、同誌第二巻第九号に「定本日本プロレタリア作家叢書」[3]の広告が掲載された。「日本プロレタリア作家同盟」の名による文章が付せられている。先に述べたように、単行本『太陽のない街』は『日本プロレタリア作家叢書』として刊行された。第一篇は藤森成吉の『光と闇』、第二篇は小林多喜二『蟹工船』、第三篇は山田清三郎『五月祭前後』である。この時点では、『太陽のない街』は「以下続刊」のふたつ目に挙げられている。文章の前半部分は以下の通りである。

同志諸君！

我々が出版に関する希望を抱いたのはすでに早い頃であつた。我々は、日本におけるプロレタリア文学の成果をば、一定の系統に従つて編輯出版し、ひろくこれをわが労働者農民の間に配布することを欲した。だが当時我々の力はまだ未熟であつた。この希望は希望として止まり、なほ実行に移されるまでには立ち至らなかつた。

一方各種出版業者によつて無数の出版事業が展開されて来た。だがその大部分は旧文学の整理であり、新興文学プロレタリア文学等の名を冠するものもその編纂に何等の定見なく、両者とも終に出版資本家の営利事業に過ぎないことを暴露した。

しかるにわが労働者階級の成長――三・一五および四・一六のもたらした未曽有の苦痛にもかゝはらず、正にその苦痛のなかに起ち上つて来たわが労働者農民の階級的成長は、我々に向つて、日本プロレタリア文学の階級的出版を促すこと日ましに急切となつた。我々は決意した。我々はわが陣営のすべての文学作品を取り、これを厳密な規準に照して選定編輯し、これを継続的に出版刊行することゝした。定本日本プロレタリア作家叢書がすなはちそれである。[4]

ここで「各種出版業者」による「無数の出版事業」として「旧文学の整理」と呼ばれているのは、改造社の『現代日本文学全集』などの円本文学全集のことだろう。また、「新興文学」とある箇所は、平凡社の『新興文学全集』日本篇が示唆されていると思われる。[5] 両者への批判的な意識から叢書の刊行が企図されたことがわかる。

「出版資本家の営利事業に過ぎない」全集企画に対し、「日本プロレタリア文学の階級的出版」を対置する試みは、三・一五事件、四・一六事件といった共産党弾圧を機とする「わが労働者階級の成長」に後押しされたものである。ここには運動における喫緊の課題が提示されているが、それは単に「わが陣営」に資するといった党派的なものではなく、背景にマルクス主義的な歴史認識がある。すなわち、「資本家」と「労働者」の間の階級闘争による革命が前提とされるがゆえに、来るべき社会をつくる主体として「わが陣営」を規定することができるのである。

叢書刊行は、一般的な意味における文学史叙述とは異なる。「編輯」を通して選定し価値づけながら、複数の作品を並べてパッケージしていく営為である。ただしそこには、「編輯」作業を高次に意味づける歴史認識と批評が存在しうる。したがって、「わが陣営のすべての文学作品を取り、これを厳密な規準に照して選定編輯」することとは、「出版資本家」の文学史とは別の、もうひとつの文学史のあり方を志向するものであったといえる。そこで問題化されているのはリテラシー編制の位相である。

『戦旗』第二巻第一一号には、『太陽のない街』の広告が掲載されているが、そこには以下のような文言がみられる。「読め！　プロレタリア文学の真髄ここにあり！」「労資相対峙する二つの陣営に、筆を突き刺して、ここに作者は我が国プロレタリア文学史上かつてみざるほどの表現力を示した」「かくも大衆の心をつかんで離さざる作品はいまだなかつたのだ」「いふまでもなく作者は「太陽のない街」で活躍した闘士である」[6]。

以上の評価から、この作品が画期的なものとして語られていることがわかる。こうした論理は、『戦旗』での新刊紹介でもくりかえされる。「いわゆる、争議小説にして、かくもすぐれたる表現力を示し得たことは作者が事実この争議の中で骨をくだいた印刷労働者であるといふ点からも、まことに我が国プロレタリアートの誇りであり、わが日本プロレタリア文学史上に於ける画時代的なものである」[7]。なお、一九三〇年に山田清三郎は『日本プロレタリア文芸運動史』を刊行したが、そのなかには日本プロレタリア作家同盟の「同盟としての事業」が列記されている。そこに挙げられた七つの事業のなかのひとつに、「日本プロレタリア作家叢書の編輯刊行」がある[8]。

『日本プロレタリア作家叢書』というメディアは、特定の「日本プロレタリア作家」を優れたものとして組織的に認定していく機能を果たしていた。対抗的な文学史の実践としてなされたそれは、『太陽のない街』を画期とする「日本プロレタリア文学史」の語りを伴いながら、作者の「労働者」としての出自や、「大衆」性、「表現力」などの批評用語による評価の文脈を形成した。そしてそれは「日本プロレタリア文芸運動史」の達成としても確認された。刊行の予告、宣伝、紹介、総括を通じて、「徳永直」という固有名詞は、重畳する歴史化のプロセスに組み込まれていく。それを通じて、新たなステージにプロレタリア文学が入ったという認識が定説化していく。『太陽のない街』をめぐる一連のメディア実践は、当時における「プロレタリア文学」の存在証明としての意味をもっていたといえる。

『太陽のない街』については、多くの同時代評が書かれているが、それらもこの問題に関わっている。まず、よく知られた蔵原惟人の評から確認してみよう。六月一八日の文芸時評では、「自ら印刷工として兎も角も労働者が、このやうな長篇を書き始めたといふことそれ自身が一つの重要な事件である」「幾らかの欠点はあるにしても、現実を見る眼とそれを描きだすかなりの芸術的才能とをもつてゐる」[9]と述べられている。

蔵原の時評には、「労働者」「現実を見る眼」ということばが使われているが、これらはプロレタリア文学の価値づけに関わる語群だといえる。理論的には、プロレタリア・レアリズム論が背景にあるだろう。蔵原は、一二月一四日の文芸時評では、「この作の長所はそれが非常な大衆性をもつてゐるといふことである」[10]とも述べているが、この「大衆性」もまたプロレタリア文学の理論的評価に関わる語であった。

こうした肯定的な価値評価に関わる語群も重要である。が、ここで注目したいのは、この作品の執筆行為そのものが「事件」であり、作者の技術的な「才能」が認定されていることである。このことによって、文学者に対して論証を超えた価値付与が行なわれている。一般的に、文学の歴史として書かれるものの多くが、選ばれし傑作を並べて繋ぎ合わせていく物語である。その際、なぜこの作品が優れたものとして残され、別の作品は忘却されていくのか、ということについての確定的な根拠は見出しがたい。作品評価が論者によって正反対に分かれることもしばしばである。「才能」ということばは、評者の直感を普遍化し、対象となる文学者の名を歴史に刻印する役割を果たす。また、「事件」であると述べることは、最終的な意味内容を宙吊りにしつつ、その作家の登場が与えた衝撃をもって、記憶されるべき出来事としての位置づけを与える行為でもある。

蔵原のテクストは、指導理論家による評価として特別な権威を有していた。徳永を「事件」「才能」といった語彙で特権化する語りは、プロレタリア文学史の画期を語る論理とも相性がよい。そのほかにも、「この作品を読んで、始めて本当のプロ文芸らしい作品に接した思ひがしたのは独り僕のみではないであらう。これこそ我々の前に提示された、最初の本格的プロ文芸である！」[11]、「「蟹工船」と「太陽のない街」はその点に於て画期的なものであった」[12]というように、画期性を強調する時評がある。こうした言辞がくりかえされることによって、歴史が変わったのだというロジックが浸透し、その歴史を有する「プロレタリア文学」の存在証明が補完されていく。

3 《運動史》の論理――状況論的文学史

『太陽のない街』は、発表当時において、特定の体系化された文学史叙述によって定位されたのではなく、メディアとリテラシーの位相においてその歴史的意義があらしめられた。ここまで確認してきたこの認識からすれば、運動内部の問題を超えて、同時代のジャーナリズムのなかでその位置について考える必要もあるだろう。

この点で示唆に富むのが、大和田茂の「円本文学全集と自筆「小伝」」という論考である。大和田は、「一九二九年に山田清三郎がプロレタリア文学作家たちから採った経歴アンケート（直筆）」（『昭和戦前期プロレタリア文化運動資料集』所収）を検討しながら、「一九二九年前後に作家が自らの経歴を書く、あるいは書かされるという現象」について考察している。「一九二九年前後と言えば、いわゆる円本ブームが絶頂に達し、各社がしのぎを削って文学全集を刊行した時期であ」り、「戦前、改造社版を皮切りにした、五百頁を超える分厚な一巻が一円という全集廉価予約販売、そして作家別という巻立ての特色は、必然的に作家への大衆的関心を強く生みだし、巻頭に肖像写真と筆蹟、巻末には作者自身による年譜ないしは略歴が付される基本パターンが要請された」と大和田は指摘する。
大和田の論考でもうひとつ重要なのは、それが文学研究の動向と関わっていると論じていることである。大和田は、「昭和」に改元された直後から、これら文学全集が「明治大正」文学史再検討の機運をつくり、円本ブームのあとに本格的近代文学研究はその幕開けを迎えた」こと、「戦後の高度経済成長期、筑摩書房、新潮社、講談社などが出版した近現代文学全集では、文芸評論家などによる解説、研究者や弟子筋の作成による年譜が巻末に付されるという基本パターンが、ほぼ定着していった」ことを論じている。[13]
以上の説をまとめると、次のように言えるだろう。後年の多くの文学全集では、「文芸評論家」「研究者」が「解説」「年譜」を書くことによって、対象とメタ言説の担い手が分離されている。他方、一九二九年の文学全集では、作家自身による自己言及が機能していた。こうした言論環境を考慮してみれば、『太陽のない街』が作者自身の経験にもとづいて書かれた小説であるということも、作家が経歴を書くということの近傍にある営為として理解することができる。
このことは、小説の読者にとっても重要な意味をもっただろう。同時代の文学全集への対抗戦略としてなされた、当時のことばでいうところの「階級的出版」のひとつである『太陽のない街』は、自らの過去を作家が作品化するというかたちで訴求力をもったのではないか。このことは文学評価のうえで決定的な問題を孕んでいる。徳永の出自や運動に関わる経歴は、『太陽のない街』に価値を注ぎ込むうえでの一大備給点であったといえる。インテリゲンチャではなく労働者出身の作家として徳永は評価されたが、もちろんその作家情報は正しいものである必要があった。『日本プロレタリア作家叢書』のひとつとして『太陽のない街』が刊行されたことは、作家自身が経歴を書く、というメディア状況と相即したものとして捉えてみる必要があるのだ。

全集・叢書に加えて、講座というメディアも戦前期の文学・思想のリテラシー形成において大きな役割を果たした。一九三二年から刊行が開始された岩波書店『日本資本主義発達史講座』は、「講座派」マルクス主義者たちによる一大成果として知られているが、このなかで所謂文学史叙述にあたるものは、第三回配本の「文化運動史」[14]になる。

同書は、秋田雨雀「第一編　プロレタリア前史時代の文学　附、演劇運動概観」と、山田清三郎「第二編　プロレタリア文化運動史」からなる。このふたつの論考は、プロレタリア文化運動における文学史叙述のふたつのあり方を代表するものとして捉えることができる。雨雀の論考は、近代をめぐる問いを軸として文学を歴史化するものである。それに対して、山田の論考はこれまでの運動を総括するものである。ここでは、前者の特徴をもつ言説を《近代文学史》、後者の特徴をもつ言説を《運動史》ということばで呼んでおきたい。

『日本資本主義発達史講座』においてプロレタリア文学の歴史は、《近代文学史》ではなく《運動史》の論理によって価値づけられた。このことは、前節で『日本プロレタリア作家叢書』を対象に考察してきた問題と関連させて考える必要がある。どういうことか。すでにみてきたように、『太陽のない街』が同時代に価値づけられるにあたっては、プロレタリア文学以前の文学から貫通する明晰な理路が構築されていたとは言いがたい。また、豊穣な内実や厚みをもつ歴史が記述されたわけでもない。

『太陽のない街』は体系的な文学史叙述によって位置づけられたのではなく、諸言説の編制のなかでプロレタリア文学の歴史にその名を刻まれた。このことは、価値評価にあたって《運動史》の言説が有力であったことを示している。《運動史》はその特質として、ただその理論体系をもって通用するものではない。それは状況と切り離せない言説であり、本章でみてきた問題でいえば、メディアやリテラシーの位相と併せて解読される必要のある言説である。

もちろん《運動史》もまた、近代をめぐる問いを内包しており、論者はしばしば「封建」「ブルジョア」「プロレタリア」などの語を用いて歴史認識を提示した。ただそれらは、運動の総括という論理のなかで使用されている。そのため、組織のあり方を含めた状況論的な問題がつねに介在する。また、それは出版におけるメディア戦略の次元と連動する。したがって、『太陽のない街』が《運動史》の論理によって名作として認定された、とするのはミスリーディングである。叢書の刊行自体がジャーナリスティックな実践として《運動史》と組み合わさって展開し、諸言説の連接が対抗的な文学史を編制していったのである。

4　錯綜するふたつの論理——《近代文学史》と《運動史》

一見すると文学史叙述において《運動史》が力をもつのは、プロレタリア文化運動である以上、当然のことのようにも思える。しかし、一概にそうだともいえない。なぜなら、プロレタリア文芸評論は《近代文学史》の志向を内在させていたからだ。

すぐに思い起こされるのは、蔵原惟人の「プロレタリヤ・レアリズムへの道」である。この論考で蔵原は、「近代的レアリズム、云ひ換へればブルジョア・レアリズムは、自然主義と共に発生してゐると見ることが出来る」と述べ、自然主義のフランス、ドイツ、イギリス、ロシア、日本への思潮の伝播について語っている。それは、ロマンチシズムから自然主義へという文学上の流派の変化を前提としたものだが、この「転換の背後」には「没落しつゝある、地主階級と勃興しつゝある近代的ブルジョアジーとの階級闘争があった」とするところに、マルクス主義的な歴史認識がみられる。[15]蔵原は、ブルジョア・レアリズム、小ブルジョア・レアリズム、プロレタリア・レアリズムの三つのレアリズムについて中心的に論じたが、以上の主張が《近代文学史》の論理を構成していることはみやすい。

こうした《近代文学史》の論理は、戦後の文学史叙述のあり方を大きく規定した。いわゆる近代的自我史観もこれにあたるが、その問題提起は戦前において生起している。一九三五年、中村光夫は「ブルヂョア文学といふもの」はなく、「有るものはたゞ封建的な私小説だけであった」[16]、「逆説を恐れず云へば、我国のプロレタリア文学は文学のブルヂョア化（近代化）運動の表はれであった」と主張した。また、小林秀雄は、「わが国の自然主義小説はブルジョア文学といふより封建主義的文学」[17]だったと述べた。両者の主張は中野重治の批判を惹起するなど、論争となる。これらはまさに、近代をめぐる問いが不確定なかたちで現出したものであった（その具体的な展開は、第9章で検討する）。

既述したように、一九二九年以後のプロレタリア文化運動では組織的に「プロレタリア文学」の存在証明が志向されていた。プロレタリア文芸評論に内在していた《近代文学史》の論理は、「日本プロレタリア作家叢書」というメディア実践および《運動史》の論理によって補綴された。だが、そこには縫合し切れない亀裂が潜んでおり、運動が失調した文芸復興期において、《近代文学史》が「プロレタリア文学」の位置づけに関わる論争的な課題として回帰することとなったのだ。

このことは、「プロレタリア文学」に画期が見出された際の文学史の特質を逆照射する。『太陽のない街』が歴史的意義をもつ作品とされていくプロセスで起こっていた集団的批評行為は、近代文学はいつ成立したかという《近代文学史》的な思弁が、ある思想家によって深められ普遍化される類のものとは大きく異なっていた。その間隙を突いて、中村や小林による挑発的な言辞が登場したのである。とはいえ、一九二九年以降のプロレタリア文化運動において《近代文学史》が問われなかったわけではない。ここでは考察する余裕がないが、小宮山明敏や篠田太郎といった文学史家が、マルクス主義的な文学史叙述を構築してもいた。ただ、《近代文学史》が明治・大正文学からプロレタリア文学までを貫く物語として、プロレタリア文化運動において組織的に共有される包括的な体系となることはなかったのである。

そのことは、前述した『日本資本主義発達史講座』の「文化運動史」の構成に端的に表れている。雨雀による「プロレタリア前史時代の文学」が《近代文学史》に、山田による「プロレタリア文化運動史」が《運動史》に分裂しているのだ。同講座においては、前者と後者が連続的な論理によって捉えられていない。ただ、雨雀のテクストが講座に所収されていることは、この時期の《近代文学史》をマルクス主義の潮流のなかで捉えるにあたって重要だろう。以下、その内容をみておきたい。

雨雀は、「プロレタリア前史時代の文学」を、「我国に於けるブルジョアジーが、一八六八年のブルジョア変革の成功から」「帝国主義的形態に於いて階級対立の激化を招来した一九二一年（大正十年）頃までに発生した全段階の文学を指す」と規定している。「この時代の文学は、それ以前の全日本文学に対しては革命的な位置に立」つとされているように、雨雀は明治維新をメルクマールとして文学の「革命的」転換をみている。

ただし、明治維新が「ブルジョア変革」として明瞭に規定されているのに対し、[18]明治以降の文学がどのようなものであったのかは案外不明確である。マルクス主義の用語によって社会状況と文学の連関が語られているが、確固たる文学概念の規定がなされたうえでの記述とはいい難い。たとえば、「ブルジョア文学」という概念がこの論考でみられるのは、「序」にある次の一文だけである。「維新直後の文学、即ち、ブルジョア文学としての明治文学の発生は、全日本文学の歴史の上で最も特色的なものである」。だが、この後の文章をみても、「維新直後の文学」「明治文学」が具体的になにをどこまで指すのかはわからず、「ブルジョア文学」という用語の内実が深められることもない。

章立てとしては、「第一章　黎明期及び硯友社時代（一八八二―一九〇三年）」「第二章　自然主義文学及びその反動としての低徊趣味文学時代（一九〇三―一三年）」「第三章　人道主義文学及び民衆芸術時代（一九一一―二二年）」「第四章　演劇運動概観（一八八七―一九三一年）」からなる。叙述を支えている基本的な発想は、「反映」論的なものである。雨雀は、「自然主義文学」が「階級対立」や「戦争」といった「問題に正面から触れることはなかつた」のは、「この文学運動自体が明かにブルジョアの生産関係の反映として、ブルジョア社会建設の為めの要求に動員されて発生し発達したものに過ぎなかつたことを暗示してゐる」という。あるいは、「言文一致体の提唱」という「文章学上の革命」は、「日本の文学」が「この時代に於いて初めてブルジョアによつて指導されてゐる日本の社会生活を直接に反映し得る準備を為し終へてゐることを語るもの」だと位置づける。

このように雨雀は、文学が「ブルジョア」といわば共犯関係にあると主張している。ただ、その歴史は『種蒔く人』に到り、「従来の観念的な、小ブルジョア的幻想をすてて真に階級運動としてのプロレタリア文学運動を展開し始めた」とされる。こうした『種蒔く人』を画期とした語りにおいて、中村や小林が問うた、自然主義や私小説が「ブルジョア文学」ではないのではないか、という問いが深刻なかたちをもって現出することはない。

なぜなら、プロレタリア文学運動以前の文学は、そのイデオロギーの差はあれ、日本の「ブルジョア」ないし「資本主義」の進展に伴い登場してきた文学であるという意味において、また、それがプロレタリア文学運動たりえていなかったという意味において共通したものとして捉えられているからである。雨雀の《近代文学史》は《運動史》と齟齬をきたさないように作られていたのであり、《近代文学史》の論理展開によって《運動史》が危機にさらされることがないような距離が見定められていたのである。

一九二九年前後、文学史には大きな転換が起こった。プロレタリア文学史上の画期、本格的なプロレタリア文学の登場という物語は、メディア実践と《運動史》の連関によって押し固められていった。くりかえせば、それは体系的文学史の構築を基軸に成立するものではない。

プロレタリア文化運動に胚胎した《近代文学史》は、理論体系の構築より状況論的に流用されることが多かった。ただ、それが《運動史》の論理の優位を立証しているといえるかどうかは疑問である。もし《運動史》が単に特定組織の利益に資するものであったとするならば、それは「革命」という概念さえ必要としない。マルクス主義による運動であればこそ、世界の認識のあり方を大きく変化させることができ、多くの読者を巻き込むことができたのである。《近代文学史》は知的体系としては確立しなかったが、知的な認識を成立させる条件として《運動史》の担保となっていたともいえる。

本章では、《近代文学史》と《運動史》というふたつの理念型を提出することによって、オーソドックスな文学史の論理構成の両極を抽出することを試みた。ただし、それによってあらゆるプロレタリア文芸評論がスタティックに二分できると主張したいわけではない。むしろ逆であり、プロレタリア文芸評論は、この両者には完全に帰属することのない、特有の論理を生み出すことを可能にしたと考えられる。

そして、そうであるからこそ、ふたつの理念型をいったん抽出しておくことは、これから難解なテクストを読み解いていく際のよすがとなるはずである。《近代文学史》の破片と《運動史》の行為遂行的な特質が組み合わさり、増殖していく過程として文学史を捉えてみること。そして、それを当時の運動・ジャーナリズムの言論闘争の現場に差し戻していくこと。次章以降、その諸相を追及していくことにしよう。

第7章　亡霊の棲む書棚　宮本顕治「「敗北」の文学」

1　文学史としての「「敗北」の文学」――「芥川龍之介」という「遺産」

一九二七年七月二四日、芥川龍之介が自らの命を絶ったことは、有島武郎につぐ文学者の自殺問題として衝撃を与えた。有島も芥川も、その自殺が小説家の階級的な問題として語られる傾向があった。年月を経過するごとに登場人物を増やしていく文学史は、「芥川龍之介」をどのように組み入れていったただろうか。本章では、『改造』一九二九年八月号に発表された芥川論である、宮本顕治「「敗北」の文学」[1]を、文学史という観点から歴史的に位置づけてみたい。

これまでにも注目されてきたことだが、一九二六年以後、事後的にみれば日本近代文学研究の萌芽ともいえる情報の収集・整備が、改造社の出版企画において進行した。『改造』一九二六年一二月号では特集「明治文学の思ひ出」が組まれ[2]、同年一二月より『現代日本文学全集』の刊行がはじまる。[3]
芥川龍之介のジャーナリズムでの活躍と一九二七年の自死は、当時において現在進行形で数え上げられリスト化されてゆく作家名を索引とする物語を、急遽問い直すことを要請する出来事でもあった。
「「敗北」の文学」が、ほかならぬこの『改造』の「懸賞文芸評論」の当選作であったことを考えると、このテクストはこうした一連の文学研究的な動向のなかでこそ把握されるべきものであることがみえてくる。

宮本顕治については、これまでに幾多の議論が交わされてきた。しかし、日本近代文学研究という領域では、その本格的な考察はいまだ存在しておらず、「「敗北」の文学」も詳細な分析の対象とはみなされていない。とはいえ、もちろん文学史叙述においては特筆される評論であり、「大系」や「文学全集」にも複数回収録されている。そうした解説文のひとつで中野重治は、「過去の日本文学の総括的批判、それの歴史的領略の問題」[4]を扱ったものだと述べている。小田切秀雄もまた、「プロレタリア文学運動のなかからはすぐれた古典論が生れえない事情があったが」、その「例外をなすもの」[5]だという評価を与えた。蔵原惟人によれば、そのテーマは「文学遺産をいかに評価し摂取するかという問題」[6]にあったという。

以上の指摘からうかがえるように、「「敗北」の文学」の特質は、単なる芥川龍之介論とは異なり、過去の文学の歴史的な総括を試みた点にある。次節にみるように、ここで宮本は「文学的遺産」をプロレタリア文学の課題として認識している。この事実は、いわゆる文学遺産継承の試みとしてこの論考を読むことを可能とするものであり[7]、先の蔵原の指摘はその点において的を射たものである。

芥川龍之介が死去した年には、「二七年テーゼ」が発表されている。この年を境にして、プロレタリア文学運動の指導理論は大局的にみてコミンテルンの権威に追随していく。とはいえ、すべてが一色に塗りつぶされたわけではない。トロツキー研究者の志田昇は、「「敗北」の文学」の思想的源泉を、片上伸を介したトロツキーの文学論に求めている[8]。ソ連の文芸政策との関連で日本文学を再審する志田の一連の考察は、スターリン主義の動向とは異なるトロツキー的な文学論の系譜を炙り出そうとする営みだった(トロツキー『文学と革命』が、まさに文学史であったことは強調されてよい)[9]。それは戦後に遂行されたプロレタリア文学運動の再検討、ひいては「日本近代文学研究」という研究領域にも繋がる史脈として見出すことも可能だ[10]。以下、宮本が構築した文学史の論理を解読していきたい。

2　革命の陰画――ロシア文学と芥川

一九二九年、『改造』は創刊一〇周年を記念して「懸賞文芸評論」を募集する(締切は四月末日)[11]。八月号に「一等当選」として「「敗北」の文学」が掲載された。以上の経緯から予想されるように、この論考は当時の文芸思潮、とりわけプロレタリア文学運動の状況を意識して書かれている。

「プロレタリアートの眼からは、本質的に相敵対する所のイデオローグと、文学者の世界を正しい光明を以て照らすこそ、緊急事である」――フリイチエのこの言葉が、今私の前にある。
日本のプロレタリア文学も、やうやく、「内容の革命」から「形式の革命」にまで自己をたかめて来た。それは新しい困難な建設のために、可能な限りの文学的遺産を整理する必要のある段階に達してゐる。

宮本はフリーチェのことばを目の前に据え、「日本のプロレタリア文学」は「内容の革命」から「形式の革命」へと進展したこと、その現在においては「文学的遺産を整理する必要のある段階」にあることを明言した。こうした文章には、前章で述べたところの《運動史》的な論理の片鱗をうかがうことができるといえよう。

ここで「形式の革命」ということばで示唆されているのは、プロレタリア文芸評論における形式論の台頭だろう。たとえば蔵原惟人「プロレタリヤ芸術の内容と形式」は、「プロレタリアートは新しき文化の創設者として、決して過去の文化的遺産を拒否するものではない」とし、「過去の文化的遺産」から「形式」を学び取る姿勢を示した。ただし、それは既存の文化に自らの祖型を確認する行為とは異なる。「未来派」「表現派」「構成派」等を総じて「排斥」しつつも、その「形式的成果」は「批判的に摂取」せよ、というのが蔵原の提唱だった。[12] それに比して、宮本はここで「芥川龍之介」を批判対象として選択している。そうした決断に至った背景としては、以下のような説明が施されている。

「わがコムソモールの机の上には共産主義者のＡＢＣの下にエセーニンの小さい詩の本が横つてゐる」暗示するところのものを多く持つてゐるこのブハーリンのことばは、単にソヴエート・ロシアにおいてのみ考へられることであらうか。プロレタリアートの戦列に伍して、プロレタリアートの路を歩まうとしてゐるインテリゲンチヤの書棚に、党の新聞と共に、芥川氏の「侏儒の言葉」が置かれてゐないと誰が断言し得よう。[13]

「党の新聞」と「芥川氏の「侏儒の言葉」」は、「プロレタリアートの路を歩まうとしてゐるインテリゲンチヤ」の「書棚」で隣接している。「芥川龍之介」とは、当時、革命家の有すべき教養の配置に関わる問題だった。このあと続けて宮本は、「青野季吉」「林房雄」「中野重治」の名前を出し、かれらが「芥川龍之介」に拘泥していたことを付け加える。この評論はその宛て先のひとつとして、プロレタリア文学運動の関係者を数え入れていた。

　これに先んじて蔵原は「無産階級芸術運動の新段階」を発表している。「我々は死んだ芥川龍之介の如き典型的小ブルジョア作家の作品をも、時には利用することを知らなければならない」[14]と記したこの論考のなかで、蔵原はブハーリンを引いていた。これをみることで、宮本によるブハーリンの引用が孕んだ二重の文脈、すなわち、引用文前後の文脈とプロレタリア文学運動の同時代的な文脈の双方を再構成することができるだろう（傍線を付したのは宮本の引用箇所と対応する部分である）。

　『エセーニンは何故に青年を捉へたか？　何故に我々の青年男女の間に「エセーニンの媚」の会があるのであるか？　何故に、わが共産青年同盟員の机の上には「共産主義者の手引」の下にエセーニンの小さい詩の本が横つてゐるのであるか？　それは、われ等のイデオローグ達が青年の心の琴線に触れなかつたのに対して、セルゲイ・エセーニンは——たとへそれがその本質に於いて有毒な形式に於いてゞはあるが——それに触れてゐるからである。［…］／『此処に於いて私はわがプロレタリヤ詩人に向つて数言を費したい。［…］すべての詩人は生活を研究し自分を完成し、大衆と結びついて、その生きた詩的表現となる代りに、批評家、組織者、政治家になつてしまつた。だから彼等が生活の圧迫の下に「歌はん」とすると、例へば、彼等のリズムは、他人の声をかりた歌となつてしまふのだ！』（ブハーリン「文学に関する悪意ある覚書」一九二七年一月「プラヴダ《ママ》」紙所載[15]）（傍線引用者）

「組織者、政治家」として「他人の声をかりた歌」を歌う「わがプロレタリヤ詩人」に対し、「有毒な形式」であれ「青年の心の琴線」にふれるエセーニンを持ち出す。このブハーリンの主張をふまえて蔵原は、「わが無産階級芸術運動がその新段階への第一歩に於いて直面してゐる所の第一の重要なる任務は、過去の芸術作品行動の用捨なき自己批判であり、そのスローガンは「大衆に近づけ！」と云ふのでなければならない」[16]と結論づけた。

以上は、蔵原が求めた指導理論家的な位置から要請される言明であり、宮本の芥川論とは位相を異にする。[17]とはいえ、次節にみるような当時の状況に照らせば、きわめて実践性を帯びた提言であった。あたかも宮本はこの要請に応え、「芥川龍之介」を「利用」して「自己批判」しつつ自分の「声」で「歌はん」としたかのようだ。

ともあれ、宮本の真の意図を詮索することは棚上げするとしても、「「敗北」の文学」の論理構造は、蔵原への応答可能性を含んだものとして把握される必要がある。それは、一九二九年のナップの動向に寄り添いつつ、暗に蔵原に対して、当の蔵原が全左翼芸術家の統一戦線を志向した際に提起した課題を領有し、主体的に再提起する実践として解読可能なものだった。宮本の文学史は、きわめて状況論的な、プロレタリア文学運動の言説闘争の論理としてあったのだ。

さて、こうした宮本が文学史を紡ぐにあたって引証したのが、先のフリーチェの文章だった。この典拠となったのは、「文芸批評家としてのウォローフスキイ」の末尾の一文だと考えられる。該当箇所は以下のようにほぼ一致している。「プロレタリアートの眼からは、本質的に相敵対する所の、イデオローグと文学者の世界を正しい光明を以つて照らすことこそ緊急事である」[18]。

また、宮本はこの論考と同じ書物に収録されたウォローフスキーの「バザロフとサーニン」にも言及していると考えられる。宮本は、「ウオロフスキイーの評論した「バザロフ」における同じく「彼」の場合にも智識は、個人的に最高の享楽を附与したのだ」と述べている。これは、ウォローフスキーがバザーロフについて書いた「智識は彼に個人的に最高の快楽を附与した」[19]という箇所をふまえた文章である。つまり、ここで宮本は、『大導寺信輔の半生』に登場する「彼」と、ツルゲーネフ『父と子』のバザーロフを重ね合わせているのである。このように、宮本の文学史は、ロシア文学史を下敷きとして展開された。

この論考のなかで、ウォローフスキーは次のように述べている。「ツルゲーネフはスルチエフスキイへの手紙の中で、バザロフは——革命家である、と確言してゐる。これはたゞ in potentia（可能的として）、たゞロシヤの現実がバザロフを革命家に変じたらと仮定して信ずるに足りるのである」。つまり、ウォローフスキーの文学史では、バザーロフは革命主体であると評価されているのではなく、革命家ではないがその「可能」性があるものとして位置づけられている。「可能的として」の「革命家」バザーロフは、あくまで「町人的（小ブルジョア的）インテリゲンチヤの先駆的代表者」[20]だとされる。そして、このウォローフスキーに対しフリーチェは、「まことに彼の論文はロシヤ文芸の歴史の章と云ふよりも、ロシヤ・インテリゲンチヤの歴史の章である」[21]と形容していた。このような論理は、知識人論としての文学史という言説を考えるうえで、きわめて重要なものだろう。

以上をふまえれば、フリーチェのことば、「本質的に相敵対する所の、イデオローグと文学者の世界を正しい光明を以つて照らす」という一文がもった意味が浮かび上がってくる。バザーロフに象徴される、「町人的（小ブルジョア的）インテリゲンチヤ」は、「革命家」ではない。ただし、それは単に罵倒・侮蔑すればよい存在ではない。なぜなら、それは「可能的」な「革命家」であり、その「可能」は「ロシヤの現実」にかかっているからである。であるならば、行なうべきことはまず、その「文学者の世界」を正しく理解することであろう。

では、このような宮本に映った「芥川龍之介」の姿は、どのようなものだったのか。宮本は「芥川龍之介」を、プロレタリア文学という物語のいわば登場人物として造形した。だが、かれはこの物語の主人公、すなわち革命家ではない。ただし、革命家と無縁でもなかった。かれはプロレタリア文学運動の担い手の「書棚」に並べられ、運動家に感染するイデオローグであり、詩人「エセーニン」に相同するひとつの象徴でもある。ただし、このイデオローグ・象徴は、単なる打倒すべき敵役には留まらない。それは、革命家の似姿であり、そして自身の似姿でもある、亡霊として立ち現れる。[22] しかし、それは決して革命家たり得ない。割り当てられているのは、革命家の陰画としての位置だ。この死者はいわば登場人物ならぬ登場人物として絶えず登場し、来るべき革命家が到来するときに裏返される存在なのである。では、この文学史的構図はいかなる判断を帰結するのか。次節で文芸ジャーナリズムの文脈に照らしつつ検討したい。

3 「書棚」の組み換え——知の接合とジャーナリズム

芥川の死の翌日には各種新聞による自殺報道がなされ、以降、文芸雑誌、総合雑誌等では多くの特集が組まれた。同年より岩波書店から全集が出版されたほか、改造社『現代日本文学全集』の芥川龍之介集が刊行される。[23] これまでたびたび論及されてきた、この芥川龍之介現象をどのように捉えればよいだろうか。

ここでは、当時の総合雑誌において多数の書き手が芥川特集に寄稿した、という事実に注目したい。『文芸春秋』二八名、『改造』一〇名、『中央公論』一〇名の執筆が確認できる。作家の死が情報商品化し、いわば芥川龍之介動員体制が席捲する。その場で追悼がなされ、数々の逸話が披歴されることによって、「芥川龍之介」を結節点とした人的連関が雑誌上で仮設されていく。それは流動する文芸ジャーナリズムの自己象徴化運動であった。ここにおいて、「芥川龍之介」を総括するという一点において、文学史という物語を左派陣営において構造化しうるリテラシーの条件が整ったのである。

一九二七年の一年間を振り返って、大宅壮一は次のように述べている。「昭和二年は日本の文学史上永久に記憶さるべき年であつた。[…]それはいふまでもなく、かの円本全集による文壇的遺産の整理である[24]」。ここで思い出しておきたいのは、「「敗北」の文学」が「文学的遺産の整理」を試みたものだったことである。「円本全集」の「遺産」整理機能に着目した大宅は、「文壇的遺産の再批判」で「有島武郎」を取り上げた。大宅によれば有島は、「自我の自覚史」を生きた「代表的なインテリゲンチヤ」である[25]。

大宅によるこの文学史に先行して、一九二七年に蔵原惟人は次のように述べていた。「近代日本文学史は一方に於いて日本に於ける小ブルジョア的「自我の自覚史」であるとも云ふことが出来よう[26]」。そして、宮本は「「敗北」の文学」で、「「大導寺信輔の半生」は、一面、この小ブルジョア的自我の発展史であつた」としている。ここでは、「自我」の文学史が、「小ブルジョア的」すなわち階級的な問題として取り上げられている。

この大宅の論考は有島に対する批判に終始するが、とりわけ「現在尚知識階級の間」にある「労働運動に於ける知識階級の役割」の「無視、蔑視、若くは軽視[27]」を問題化するため、有島の「宣言一つ」を論じていることが注目される。宮本も「「敗北」の文学」で有島に言及したうえで、「智識階級の役割に関するその理論付けすら、認識のブルジョア性に起因する誤謬に立つて居ることも、今日においては明らかにされてゐる」としていた。これらの共通点からもわかるように、宮本が使用したことばは、同時代のメディア状況で流布した言説を反復したものだ。奇しくも翌月号の『改造』には、「二等当選」の小林秀雄「様々なる意匠」が掲載される。定型化した言説はそれ自体批評の対象として認知されていった。「「敗北」の文学」は、こうした文芸ジャーナリズムの特質のなかで定位される必要がある。

この視座から、「芥川龍之介」の乗り越えに関わる数々の言説を改めて確認、再記述したい。当時の言説空間変容のひとつの徴候として、同人雑誌『辻馬車』の左傾が挙げられる。同人の神崎清は、芥川の葬儀に関して、「当日の会葬者の悉くを挙げなくとも、それは日本の文壇関係の総和であつた」と述べる。「東京の市民、インテリゲンチヤ、それは日本の教養ある社会の六眼図であつた。——実に先生の芸術は、その六眼図の一線一画を美しく埋めて行つたものでなくてなんであらうか[28]」。「文壇」「インテリゲンチヤ」の「芸術」は葬送される。その後に期待されるのは、「芥川左派」の「派生[29]」である。

自殺直後に残されたテクストは、新聞に掲載された遺書であった。これをもとにして、生前の芥川との交流の有無によらず、多くの考察が行なわれる。大山郁夫「実践的自己破壊の芸術」は、「遺書」の記述から「小ブルジョア的イデオロギーを脱けることとの出来ない芸術家の行く道」をみて、「消極的にその矛盾に殉することでなくて、我々の積極的努力を以て、その矛盾を揚棄すること[30]」を提起した。神崎は遺書公開に関する「ブルヂヨア新聞」の遣り口を手厳しく糾弾したが[31]、大山のこの読解は、ほかならぬその「ブルヂョア新聞」の報道があって成立している。だが、より重要なのは、この大山の主張が、没後の特集に即応したものであるにもかかわらず、すでにして定型性を帯びているということだ。

雅川滉《つねかわひろし》「選ばれたる人々の選ばれたる意見」は題名通り、芥川の自殺についての「選ばれたる人々」の「意見」を「ジヤーナリステイツク」に記したものだ。いわば予想されるさまざまな芥川言説を先読みする論考である。うち、「五、社会運動家」は、芥川の死に「小ブルジヨアの消極的階級を代表する典型的な精神的破産」をみたうえで、その「小ブルジヨア的唯心的傾向を揚棄すること」[32]を唱える。このような芥川の乗り越えという解釈格子は強力に作用し、唐木順三「芥川龍之介の思想史上に於ける位置」では、「岩波刊行の全集」[33]の全面的検討を通じて反復される[34]。

新聞・雑誌・全集等のメディアで構築された「芥川龍之介」の解釈環境は、ほかならぬその「芥川龍之介」を揚棄せよという議題を流通させた。このことは、既存の文芸ジャーナリズムや文学者、そして読者の自己認識が再考に付されたことを意味する。とはいえ、逆説的にも、それは定型的な物語として消費された。もちろん、「「敗北」の文学」もその例外ではない。だが、そうした定型性のみに着目したとき、宮本がいかなる論証過程を通して芥川の乗り越えを文学史として構成したのかという問題が捨象されてしまう。剔出《てきしゅつ》すべきはその論理構造である。

「「敗北」の文学」において「芥川龍之介」は、革命主体の陰画として現像されている。前節でみたこの文学史の構図は、むしろ反転させることを予期して描き出されている。より正確にいえば、「芥川龍之介」に先行した革命家の陽画が予め用意されているわけではない。「芥川龍之介」を理解する作業を通して事後的に転覆は図られる。してみれば、「「敗北」の文学」から読み取るべきなのは、その反転の力学である。積極的・理想的な革命家の像そのものではない。

「芥川龍之介氏も亦あらゆる孤独な小ブルジョア的インテリゲントのやうに「善悪の彼岸」に立つことを愛してゐた」。そう述べたうえで宮本は、その論拠を芥川の書簡集から引いたあと、次のように論を展開する。


善悪と同一的範疇にみようとする心理的根拠を我々は、現在社会に対する小ブルジョアの絶望的な不調和の中に見る。果して超人たることは、小ブルジョアジイにとつて可能であらうか。又、我々はプレハーノフと共に次のやうに答へるだらう。

「善悪の彼岸に立つとは何を意味するのであらうか。これは一定の社会秩序の地盤の上に発生した善悪に関する一定の観念の領域において判断することが出来ないやうな偉大なる歴史的事業を遂行することを意味するのである[35]」


このように宮本は、蔵原惟人訳プレハーノフを援用することによって、「芥川龍之介」のテクストを媒介としつつ、ニーチェ(「善悪の彼岸」)をマルクス主義(「偉大なる歴史的事業を遂行すること」)へ領有しようと試みた。参考までにみておけば、蔵原惟人「作品と批評【二】」は、「超人」概念を「ブルジョア的」な「観念[36]」として、ただ否定的に捉えている。これと比して、宮本は明確に教養体系に関わる諸記号の接続と変換を目論んだ。ことは、前節でみたインテリゲンツィアの「書棚」の知の編成に関わっている。

小ブルジョアは「善悪の彼岸」を志向しつつ小ブルジョア道徳から脱却できない。宮本はこの逆説的論理を開示する。そのうえで、既存の「善悪」の体系では「判断することが出来ない」行為を通して、「善悪」の布置を組み替えていくことを提唱する。ここでは従来しばしばなされてきた、「「敗北」の文学」の主張を日本共産党入党と連結させる読みは放棄する必要がある。「芥川龍之介」を語ることにおいて固有に導出された文学史の構造から、変革の論理を読み取るべきだろう。

宮本は次のようにいう。芥川は、「冷然とした情熱の中に、自己の「敗北」を意識して進んだ意味において、文学における「敗戦主義」だと云へるであらう」。「彼等が敗北するのは習慣にそむいたためではない。徹底的に習慣にそむき得なかつたからだ」。このように、「冷然とした情熱」はつまるところ「徹底的に習慣にそむき得な」い。一方、よく知られているように、宮本は自らの主張を次のことばに集約させている。「だが、我々はいかなる時も、芥川氏の文学を批判し切る野蛮な情熱を持たねばならない」。

「冷然とした情熱」による「善悪の彼岸」への志向は、最終的にその倫理的な帰結を自らの死へと導いた。死んだ芥川の姿は宮本に回帰する。だが、その芥川の文学は、「徹底的に習慣に」そむくために、「批判し切」らねばならない。だとすれば、宮本が「野蛮な情熱」ということばで語ったことの遂行的意義は明らかだろう。それは、直面する善悪のあり方を前に、既存の言語体系を読み替え、価値を創出することを通して、我々は生き抜かなければならない、という宮本の「決意表明」[37]だったのだ。

そのような「表明」がなされた背景のひとつとして、芥川に影響を受けた人々の自殺が、当時新聞報道されていたことを想起しておきたい。死ぬ文学者より、生き抜く文学者の方が優れているのだ、という価値判断を文学史に刻むこと。そのような理想像を提出することによって、書き手と読み手の感性を変えること。それは、文学者像をめぐる闘争において重要な課題としてあり得た。生き抜くことの「野蛮」さ、それは一九二九年における、文学者像をめぐる感性と言論闘争の文学史が出来《しゅったい》させた論理だった。

第8章　文学研究という橋頭堡《きょうとうほ》　平野謙「プティ・ブルヂョア・インテリゲンツィアの道」

1　研究運動体を歴史化する――『クオタリイ日本文学』

『近代文学』派の批評家として知られる平野謙は満二五歳のとき、デビュー作とされる論考「プティ・ブルヂョア・インテリゲンツィアの道」を、荒木信五の筆名で『クオタリイ日本文学』第一輯（一九三三年一月）に発表している。[1] それは唐木順三の初の単著、『現代日本文学序説』（春陽堂、一九三二年）を対象とした新刊批評であった。とはいえ、「書評の形を借りながら、客観的現実の変革者にまで自己を高めていきたいという希求を語った評論」[2]だと言われることからもわかるように、平野の狙いは、単に同書の評価に留まらない。この批評で問題とされていたことをふたつに分けるならば、それは第一に、平野自身の政治的態度であり、第二に、めざされるべき文学史のあり方についてであった。よく知られているように、当時の平野はプロレタリア文学運動に連なろうとして、プロレタリア科学研究所（以下、「プロ科」と略す）の芸術学研究会に所属し、また柳田泉や木村毅らが集って結成された、明治文学談話会に入会していたとされる。平野の批評がもつ、上記のふたつの性質は、こうした集団との関係のなかで要請されたものだといえよう。

これまでの平野謙研究では、戦前・戦中期の平野の批評は、左傾化から転向へ、という思想の転換と照らし合わせて位置づけられてきた。[3] 亀井秀雄はその平野謙論のなかで、「プティ・ブルヂョア・インテリゲンツィアの道」について、次のように述べている。

思うに、当時の平野謙にとって最も緊急な課題は、「近代日本文学史を縫いとるひとすじの縦糸」を発見して、文学史を構成することではなかったはずである。むしろそれは、革命運動（実行）と個人主義的な自我の問題（芸術）との相剋を、如何に自身において解決するか、ということであった。[4]

亀井は、平野が提示した問題を革命運動との関係で捉えているが、その際、平野が「文学史」の構成を志向したことには重きを置いていない。また、中山和子も、「この論文はやはり当時のプロ科在籍者のものとしては「前衛的どころか、むしろ後衛的」（本多秋五）だったといえよう」[5]と、その政治的立場に言及したうえで、平野の目的は「文学史」の構想にはなかったと主張している。[6]

他方で、平野の新刊批評の文学史論的な側面に着目した考察がある。近年では、大原祐治が「昭和文学史」という枠組みを再考するに際して、「このとき平野において希求されていたのは、「階級」的視点から構成される「一系列」の作家群像としての「文学史」だった」[7]と述べている。また、早くは小笠原克《まさる》によって、「プロレタリア文学の光栄ある〈苦難の道〉が、インテリゲンツィアの主体変革というプログラムもろとも想望されていた」[8]という指摘がなされてきた。それは「同伴者的なものへの主体的考察」[9]というモチーフを伴うものだったとされ、次のように述べられる。

もちろん、平野自身の〈進歩的同伴者〉性は、山本有三・野上弥生子・広津和郎らのそれとは異なり、むしろナップ内部にあってナップに向けた、批判というよりも主体的誠実を物語っていた。したがって、プロレタリア文学運動史上の事実と相関させるならば、それはいわゆる〈小市民性〉問題を処理した機械的論理を逆に柔軟に批判的に救出し、昭和三年の全日本左翼文芸家総連合を流産させた諸事情を批判的に措定することで運動の姿勢を強靭に建て直すことを、論理的にも現実的にも可能とする態のものだった。[10]

このように小笠原は、平野が提示した文学史に、「〈小市民性〉問題を処理した機械的論理」に対する批判をみたうえで、プロレタリア文学運動総体に対する問い直しの可能性を読み込んでいる。重要な指摘だが、これについては小笠原自身が「図式的な把握[11]」と述べているように、より当時の状況に即したうえで再検討される必要があるだろう。たとえば、平野が同論考を発表したとき、すでにナップは解体し、コップになっていたが、小笠原はそうした情勢の変化を重視していない。

そこで本章では、この小笠原の論をふまえたうえで、平野の批評を同時代のプロレタリア文学理論や文芸批評の文脈、特に平野自身が属していたプロ科芸術学研究会と明治文学談話会という研究運動体の状況のなかに置き直して、その戦略的な意義を見定めたい。

2　文学史生成の場――プロレタリア科学研究所と明治文学談話会

まず、平野の論考が発表された『クオタリイ日本文学』という雑誌の性格をみることからはじめよう。『クオタリイ日本文学』は、山室静の編集で耕進社から発行された雑誌である。『日本近代文学大事典』の記述によれば、「明治文学談話会の機関誌的存在」であり、「近代文学研究の一礎石となった」とされる。[12] 明治文学談話会には、柳田泉、木村毅、神崎清など、のちに日本近代文学研究史において高名となる研究者が集まっていた。

このことに加えて留意しておきたいのは、同誌にはプロ科芸術学研究会に所属する人々も多く関わっていた、ということである。同誌第一輯は「文学」の「研究」であると誌面上でうたったにもかかわらず、あえなく発禁処分を受けてしまう。[13] これらの事実からは、『クオタリイ日本文学』がプロレタリア文学運動と関連した政治的意味を担っていたことがうかがえるだろう。

プロ科は一九二九年に創立された研究集団であり、機関誌として『プロレタリア科学』を継続的に発行したことで知られている。芸術学研究会の雑誌としては、『マルクス主義芸術学研究』（一九三一年六月）、改題して『マルクス・レーニン主義芸術学研究』第一輯（一九三二年八月）、第二輯（一九三二年一一月）、さらに改題して『芸術学研究』第三輯（一九三三年七月）が刊行されている。[14]

芸術学研究会はプロ科の下にある研究会のひとつであり、のちの『近代文学』派のメンバーが所属していたことから、明治文学談話会とともに文学研究・批評の分野ではたびたび言及されてきた。ただし、この集団は社会運動史的な観点からみると、組織の名称を含め、込み入った変化があるため、やや細かくなるがその点を整理しておきたい（以下、似通った組織名が頻出する際には、それらについて適宜括弧を付す)。

プロ科の活動について包括的な研究をまとめた梅田俊英は、プロ科創立当初から企画されていた「芸術社会学研究会」と、「ロシア文学史研究会」が改称した「ソヴェート文学研究会」が合併することによって、一九三一年に「芸術研究会」が誕生した、と述べている。しかし、この文章で梅田は、「芸術学研究会」についてふれていない。[15] たしかに当時の『プロレタリア科学』等には「芸術研究会」という名称がよくみられた。ただし、「芸術学研究会」「芸術学部」という名称も同時に用いられており、また、その他の「部」「研究会」「班」との関係も相俟って、組織の構成が把握しにくい。[16]

こうした事情を「芸術(言語)部」の新方針の観点から説明した資料がある。[17] 起草責任者は新島繁であり、文書の前半は一九三二年三月の「芸術部」総会にて承認されたものだとされている。それによれば、研究会の名称の問題も含めた組織体系の混乱は、「ソヴエート文学研究会」を「芸術社会学研究会」に解消する問題をめぐって議論が百出したためであり、大会での所属の決定と実際の活動には乖離もあったという。一九三二年にはプロ科が「科学者同盟」に転換すべきだとの議論が行なわれたが、「芸術(社会)学研究会」の歴史をめぐるこの文章も「科学者同盟東京支部芸術言語部」への発展の見通しの下に書かれている。

その後、一九三三年一月にはプロ科が「日本プロレタリア科学同盟」となるが、その際、内部組織として「芸術学研究委員会」の設置が企図されており、[18] 平野が新刊批評で用いた名称もまたこれであった。このように、諸々の差異や変化を孕みつつその活動は展開されたが、一括して指す場合は便宜上、芸術学研究会、と呼ぶこととする。

芸術学研究会の動向をみるうえで重要なのが、蔵原惟人の存在である。「芸術社会学研究会」の頃から、フリーチェの芸術社会学の批判的検討が蔵原によって行なわれており、その文脈はのちにも継承されていった。そして重要なのが、ソ連から帰国した蔵原が一九三一年に提示した方向転換路線である。蔵原は芸術理論や組織のあり方に関する新たな提唱を行なった。また、蔵原の理論に基づき、芸術学研究会は『マルクス・レーニン主義芸術学研究』第一輯（一九三二年八月）を刊行した。同誌の「編輯後記」にある、次の三つの文章は、一九三二年中旬の芸術学研究会という集団の特質を明瞭に表したものだといえよう。

○古川の「芸術理論に於けるレーニン主義のための闘争」といふ論文は、嘗て一度『ナップ』誌上に掲載されたものであるが、我々の研究に於いて導きの赤き糸となつたものであるが故に、特にこれを本輯の巻頭に掲げてこれを指標としたのである。

○その××××一人である同志蔵原は我がプロレタリア文化運動の最初からの指導者であつた。殊にわがプロレタリア科学研究所の創立は大半彼の努力によるものであり第三部（芸術部）の構成に至つては、殆ど同志蔵原の努力と指導とによつて成つたものである。

○我々にとつて、他の優秀なる同志と共に、同志蔵原の犠牲は、これを如何に惜しんでもなほ余りあるものがある。我々は来るべき第三輯に於いては、他の諸研究と併せて、同志蔵原の、特に芸術理論の体系に関する相当まとまつた研究を発表し得るやう、今から精力的な努力を払はうとしてゐる。[19]

ここで「古川」と呼ばれているのは、蔵原の筆名「古川荘一郎」のことである。このように、蔵原は芸術理論においても、また組織においても指導的位置にあった。[20]

「明治文学談話会」の結成は、こうしたコップ一斉検挙以降のプロレタリア文学運動の歴史と密接に関係している。『クオタリイ日本文学』第一輯の「編輯後記」によれば、巻頭論文である柳田泉「自由党と政治小説」は、「昨夏（八月七日）新宿紀伊国屋における明治文学懇談会第一回の講演をもととせるもの[21]」であるとされている。

この「明治文学懇談会」について、木村毅は一九三二年一一月の時点で次のように述べている。林房雄が出獄後、明治文学会の神崎清、篠田太郎と集まり、「作家同盟やプロレタリア科学の同志」、さらに柳田や木村も加わって、この団体は誕生した。だが九月第二回に行なわれた秋田雨雀による研究発表の際、警察に解散を命じられ、「責任者は検束せられた」。従来のままでは続行が許されないので『『不穏分子』の脱退を求め」、柳田、木村、宮島新三郎の三人で「再建に取り掛かった[22]」。

この弾圧が起こったのは、当時の新聞報道[23]と秋田雨雀日記の記述[24]から、九月一一日だと推定できる。そして、その後新たに発足したのが、「明治文学談話会」であった。[25]つまり、「明治文学懇談会」が一度解散させられたあと、政治的な活動であることを隠すかたちで活動を継続するための手立てが、「明治文学談話会」だったのである。秋田雨雀は日記のなかで、「明治文学懇談会」が禁止された際の警察側の対応について、次のように忖度している。「コップと直接の関係でもあるものと思い込んだものかも知れない。或はサークルだとも思ったのかも知れない。みんな見当外れなので開いた口がふさがらなかった[26]」。ここから読み取れるのは、明治文学について語る会ならば、プロレタリア文化運動ほどの取り締まりはされないはずだという秋田の意識である。

このように言論の可能性を確保するための方途が切実に必要とされる状況において、文学研究はあり得べき活動の場として立ち現れていたのだといえよう。もちろん、『クオタリイ日本文学』に集った人たち全員が、同一の目的や思想をもっていたわけではない。[27] むしろ、そうではないからこそ、文学研究を行なうというかたちをとって集結できたのであり、そのような場を構成するための共同作業があったというべきである。弾圧と発禁が激しくなるなか、運動の歴史を引き受けながら言論の形式や論理を模索する、そうした営為が成立する可能性を、文学研究という場は宿していた。[28] それはいわば左派陣営にとっての橋頭堡であったのだ。では、こうした状況のなかで採られた平野の言説戦略はどのようなものだったのだろうか。

3　宮本顕治の過去と現在――「プテイ・ブルヂヨア・インテリゲンツイア」

平野は、唐木順三『現代日本文学序説』という書物に、一九二九年以来の唐木が「プテイ・ブルヂヨア・インテリゲンツイア」として辿った発展過程をみた。そのうえで、平野は唐木の「退却」を批判している。この「プテイ・ブルヂヨア・インテリゲンツイア」という概念を、平野がどのように運用したのか、同時代の文脈を参照しつつみていきたい。

平野がこの批評のなかで、唯一絶賛している作家は、中野重治である。平野は、「中野重治こそ自己の階級的基礎の洞察がよくプロレタリア・インテリゲンツイアにまで甦生し得た最初の文学イデオローグであつた」、と述べている。「プテイ・ブルヂヨア・インテリゲンツイア」は主体的に超克されるべき重要な課題であり、「プロレタリア・インテリゲンツイア」はめざされるべき自己のあり方であった。このように、平野は「インテリゲンツイア」と「プロレタリア」を相容れないものとしているわけではない。

「インテリゲンツィア」「知識階級」は、はたしてひとつの「階級」を表す概念なのだろうか。じつはそれは定まって用いられたわけではない。プロレタリア文学運動では、「インテリゲンツィア」はしばしば「プロレタリア」と対比されて語られたが、階級としては「プティ・ブルジョアジー」「小ブルジョアジー」や「中間階級」に属すとみなされる場合が多くあった。

プロレタリア文学運動において「小ブルジョア」「プティ・ブルジョア」ということばは、両義性や曖昧さを抱え込みながら、革命主体のあり方を思考するうえで看過できない重要な鍵語として用いられた。蔵原惟人は「小ブルジョアジー」を、「ブルジョアジー」と「プロレタリアート」の「中間」に位置し「動揺する」階級だと概括している。[29]「小ブルジョア的」ということばは、プロレタリア文学運動において批難的な用語としてよく使われた。

ただし、「小ブルジョア」階級がつねに負の意味しか与えられなかったわけではない。たとえば、全左翼芸術家の統一戦線を提唱した際の蔵原は、次のように主張している。「これを要するに、我々は明かに意識化されたるブルジヨア芸術家とは用捨なく闘争しつゝ、小ブルジヨア芸術家に対しては、それを批判しつゝも、その動揺を利用して、それを左翼化せしむるやう努むべきである」。[30]

こうした「小ブルジョア」「インテリゲンツィア」ないし「同伴者」に込められた期待は、じつはナップ結成以降にもみられる。「党」および「プロレタリア」を特権化したとみなされることの多い時期においても、少なくとも文章のうえでは、こうした考えが消え去ったわけではない。[31]

つまり、「小ブルジョア」を脱却し「プロレタリア」をめざすべきだという論理、および運動における「小ブルジョア」がもつ一定の歴史的意義については、指導理論の担い手として名を馳せた蔵原においてさえ、明瞭な意見の転換があったわけではないのだ。この点からみれば、プロレタリア文学理論、ないし文芸批評の多くは相似形をなしている。[32]では、この時期において平野がこの種の問題を提示したことの意義は、どこに求められるべきだろうか。それは、具体的な状況における戦略性、および概念の思想的文脈を検討することによって明らかになるだろう。

平野はこの批評を、次の文章からはじめている。

> かつてそのすぐれたる論策『文学批評の基準』の冒頭において、宮本顕治氏は「対立する二つの方向」と題し、典型的なブルヂヨア文学イデオローゲンとして、小林秀雄、井上良雄らの名前をあげた。しかしこのふたりを均しくブルヂヨア文学イデオローグと規定することは、私には適切でないやうに思はれる。
>
> もしさう言ふことが許されるなら、井上良雄氏は『宿命と文学に就いて』以来私のひそかに注目してきた少数の人のひとりであつた。どういふ意味においてか。プテイ・ブルヂヨア・インテリゲンツイアのもつとも典型的な文学イデオローグとして。そして、全く同じ意味において、『芥川龍之介の思想史上に於ける位置』以来の唐木順三氏についても関心してきたつもりである。

冒頭において平野は宮本顕治の名前を挙げ、その「論策」を「すぐれたる」ものだと好意的に評価したうえで異論を提示している。「文学批評の基準」は、一九三二年三月に発表されたのち、前節で挙げた『マルクス・レーニン主義芸術学研究』第一輯に、古川荘一郎「芸術理論に於けるレーニン主義のための闘争」とともに再掲された論考である。芸術学研究会においてプロレタリア文学理論の組織的達成として共有されていたといえる。その内容は、いわゆる芸術価値論を主題として扱ったものであり、蔵原の「芸術理論に於けるレーニン主義のための闘争」の達成に立脚したうえで、「評価の党派性」を押し出し、「文学は党のものとならねばならぬといふ鉄則」[33]を堅持する立場から書かれている。

のちに宮本はこの時期をふりかえり、「機械的」な批評によって「中間的な作家」を裁断していたと述懐している。[34]宮本は「同伴者作家」(『思想』一九三一年四月号)などの論考で知られるように、「小ブルジョア」や「同伴者」作家を単純に切り捨てず、そこに取り上げるべき課題を見出す批評を行なっていた。平野が「井上良雄」は「ブルヂョア」ではなく「プティ・ブルヂョア」ではないか、と指摘しているのは、こうした宮本の批評態度と関わっている。

この平野の階級分析は、井上が「プティ・ブルヂョア・レアリズム」の理論的裏づけをめざした論者であることがふまえられたものである。井上を「ブルヂョア文学イデオローゲン」とする宮本の断定には、井上の主張を対話の回路から切り離すために負のレッテルを貼り、「党のための」「プロレタリア」文学理論の正当性を確認しようという戦略が透けてみえる。それに対して平野は、井上は「プティ・ブルヂヨア」であると主張することによって、井上が抱えた問いをプロレタリア文学運動において内在的に克服すべき課題として提起しようとしているのだ。平野はここで宮本、井上、唐木という三名の芥川論の書き手を並べてみせているが、この論考のひとつの宛先が「「敗北」の文学」の著者であったとするならば、平野はここで宮本に対し、宮本自身が立てた「芥川龍之介」という問いそのものを差し戻しているのだといえる。

唐木の「芥川龍之介の思想史上に於ける位置」(『思想』一九二九年九月)は、「「敗北」の文学」と同年に発表された論考である。この論考は『現代日本文学序説』に収められたが、平野は初出にあたって引用しつつ、次のように述べている。

その出発にあたつて、唐木氏は結語的にかう語つてゐる。『[…]それは芥川の古きイデオロギイを想ひ、芥川を超克せんと務める人々に、ある示唆を与えるであらう。我々が如何なる分野より、如何なる方法をもつて、プロレタリア解放運動に向ふべきかは勿論深き省察と、日本の現段階に対する透徹した認識とを要することであらう。が、歴史の歯車は必然的に理論理性よりも実践理性に進んでゐる。人生に忠実ならんとする限り、人々は不可避的にそれに面せざるを得ないであらう。(傍点――荒木)[35]』*と。

われわれが揺ぎなき歴史の展望を貫かんと努めて、われわれの肉体に巣喰ふほとんど宿命的にもみえるこの「芥川的なるもの」を超克しようと、唐木氏がかかる出発を出発してから、すでに三年以上の月日がすぎた。

平野は「出発」において芥川を超克しようとする「プテイ・ブルヂョア・インテリゲンツイア」唐木を論じながら、「われわれ」という共同性をつくりだそうと試みた。そして、ここに平野は、「理論理性」から「実践理性」に進もうとする、プロレタリア文学運動の重要課題を見出したのである。ただし、この「われわれ」は、実際のプロレタリア文学運動に参加しているか、あるいは党員文学者か否かといった規定とは異なるかたちで見出されている。そして、「「敗北」の文学」を書いたほかならぬ宮本が、プロレタリア文学運動の最前線に立ちながら、井上を位置づけるに際し、「プテイ・ブルヂヨア」という問題を看過した文脈と切り結ぶところから、この批評は始められるのだ。平野は宮本の階級用語の運用をめぐる、微細な、しかし重要な問題点を鋭く剔抉《てっけつ》した。そして、それは同時に、平野が希求すべき革命的な文学者像の構築作業と繋がるものだったといえる。

4 中野重治という主人公――「プロレタリア・インテリゲンツイア」

平野は「プテイ・ブルヂヨア・インテリゲンツイア」、そして「プロレタリア・インテリゲンツイア」ということばを文学史に持ち込むことによって、どのような意味を託したのだろうか。その検討に入る前に、まずは前章でも論じた、「「敗北」の文学」の内容を改めてみておきたい。

「「敗北」の文学」によれば、「芥川龍之介氏も亦あらゆる孤独な小ブルジョア的インテリゲントのやうに「善悪の彼岸」に立つことを愛してゐた」。しかし、まさに「小ブルジョア」であるがゆえに芥川はモラリストを抜け出せなかった。それは「不可坑的な矛盾」である。「小ブルジョア」は「善悪の彼岸」を求めつつも「小ブルジョア」道徳に縛られる。とすれば、「小ブルジョア」は超人たり得るのだろうか。宮本はプレハーノフを引いて、「善悪の彼岸」に立つとは「一定の社会秩序の地盤の上に発生した善悪に関する一定の観念の領域において判断することが出来ないやうな偉大なる歴史的事業を遂行することを意味する」のだと述べる。かくして宮本は、芥川の遺稿「或阿呆の一生」を、「自己の「敗北」を意識して進んだ意味において、文学における「敗戦主義」だと位置づけた。「彼等が敗北するのは習慣にそむいたためではない。徹底的に習慣にそむき得なかつたからだ」。したがって宮本は、「我々はいかなる時も、芥川氏の文学を批判し切る野蛮な情熱[36]」が必要であると主張する。

宮本がここで提示しているのは、「善悪の彼岸」という「不可坑的な矛盾」を矛盾として生きることによって見出されるしかないような変革である。この延長線上に「敗戦主義」は顔を出す。だが、「我々」はそれを批判しきり、徹底的なかたちで「善悪の彼岸」すなわち「偉大なる歴史的事業」の遂行に向かわねばならないのである。

くりかえせば、平野はここで「「敗北」の文学」に言及していない[37]。ただし、この批評史的文脈をふまえたとき、平野が提示した問題の意義はより明確になると思われる。平野にとって芥川は、われわれ「プテイ・ブルヂヨア・インテリゲンツイア」の象徴であった。こうした芥川像はなによりもこの「「敗北」の文学」によって知られている。平野による「芥川龍之介」という問題の再提出は、運動史におけるその継承の線を見極める行為であったと捉えられる。

先に述べたように、平野は「プロレタリア・インテリゲンツイア」として中野重治を称揚した。ただし、これについては、「(この断定は異論をまぬがれぬことと思ふが他日『中野重治論』を書き得る日まで待ちたい。)」とあるのみで、具体的に展開されていない。現在からみてこの中野論の実現に相当すると考えられるのは、これもまた荒木信五の名前で発表された、「中野重治に関する感想」である。そのなかで平野はつぎのような類似した主張を行なっている。

僕は思ふ「山猫」に代表される美は、文学イデオローグとしての革命的インテリゲントの発見した最初のものであると。小ブルジョア・インテリゲントからプロレタリア・インテリゲントにまで転換する芸術的過程の孕む困難さをあやまたず直観し、もつともはやくから誠実にその過程を過程した人がほかならぬ中野重治だと思ふ〔…〕[38]。

ここでは、「過程を過程」した人、ということばが用いられて中野が評価されている。この言い回しは福本和夫が用いたことで知られている。福本イズムが批判された二七年テーゼ以降、日本共産党の方針はコミンテルンに従うものとなったこと、そして方向転換以降における蔵原理論が、当時のソ連哲学界の動向に追随するものであったことをふまえたとき、福本イズムを背景とした用語を使いながら、「インテリゲンツィア」の積極的な意義を「文学イデオローグ」に見出す平野の戦略性には目を向けておく必要があろう。

とはいえ、以上の中野に関する平野の認識は「プティ・ブルヂョア・インテリゲンツィアの道」には直接うかがうことはできない。そこで、この新刊批評で中野のテクストが援用されている箇所に絞って、集中的に検討したい。それは二箇所ある。

ひとつは、中野重治「啄木に関する断片[39]」からの引用である。中野はこの論考のなかで、「人生の全般的考察」をめざした「一系列の詩人」として、「北村透谷、長谷川二葉亭、国木田独歩、石川啄木」の名を挙げた。平野はこの箇所を引用して、「この一系列の詩人こそまたひとしく唐木順三氏の胸に去来し、「幾多の考ふべきもの」を示唆した詩人たちであつた」としたうえで、次のように述べている。

『現代日本文学序説』はこれら一系列の文学イデオローゲンの史的究明のためにほとんどその全ページを捧げてゐると言つても過言ではなからう。時代の過渡層をよく渡りきるために、「自己を整理し、清算するために」芥川龍之介の分析から出発した唐木氏は、此処においてもまた同じ面貌をシツカリ保持してゐるやうである。

平野は、デビュー作とされる芥川論と「同じ面貌」を、「一系列の文学イデオローゲンの史的究明」にも認めている。そして、このような「史的究明」は、「所謂上部構造と下部構造の単なるパラレリズムに終つてゐるかにみえる」、「プロレタリア文学史家小宮山明敏、篠田太郎」の論考よりも高く評価されている。このようにして中野は、唐木の文学史を準備していた先行者として位置づけられている。

平野が中野に言及したもうひとつは、第一章「現代日本文学に於ける自然と道徳の問題」についての史的考察」が批判される箇所である。この章を平野が重要視するのは、唐木の現在における「位置」が明瞭に示されているからであった。平野はこの第一章について唐木が、『現代日本文学序説』全体の「ひとつの総括」であると述べたことに着目しつつ、唐木の「自然と道徳」という問題設定による「史的考察」が、プロレタリア文学理論によって書かれていないことを批判している。これは唐木の「退却」を裏づける証左であるといえよう。ただし、この箇所はそれに留まらない問題を孕んでいる。

このことは根本的には歴史過程の内部にひそむ、人間の意識から独立してゐる合則性を看破り、その基本的な土台をしつかと踏まえて、文学史における交代の必然性をあばき出さうと努めなかつたからである。勿論こんな「常識」は唐木氏の理解を要請するまでもないことであらう。しかしながらなかなか「それは理解出来ないことであり、理解できても承知できないことがらである。」（中野重治）

引用された中野の文章は、「「セメント」についての断片」（『思想』一九二九年六月号）にある。「承知」の語に打たれた傍点は、平野によるものだ。この「承知」ということばは、この平野の批評の締めくくりの箇所にも括弧つきで登場する。そこで平野は、唐木の三年間の全風貌を、「進歩的な同伴者から観想的な客観主義者までの退却」だと規定したうえで、次のように述べる。

憐憫も知らず憤怒も知らず
心平らかに善と悪とを聴く（エヌ・ゴニークマン）
これはすべてのインテリゲンツイアに隙あらばもぐりこまうとする根づよい誘惑ではあるが、それだけにこの諺（？）が単なる虚妄にすぎないことを、われわれは今ハツキリ「承知」しなければならぬ。（一九三二年一二月初旬）

この箇所は、「理解」と「承知」をめぐる中野重治のことばと対応していると考えてよいだろう。平野は唐木の態度について、唐木のことばを借りつつ「実践理性から理論理性にまで逆転しようとする」ものであるとし、「観想的な客観主義者」として批判した。このように平野は、「理論理性」に留まらない「実践理性」を求めていたが、それは「理解」するだけでなく「承知」することをめざす態度にも通じるだろう。

このことのもつ意味は、引用された「諺（?）」の典拠にあたることによって明確になる。「善と悪とを聴く」という文句がいかにも芥川論への連想を誘うこの文章は、『マルクス主義の旗の下に』に掲載されたゴニークマンの論文のなかで引かれている。[40]

ゴニークマンはここで、「インテリゲンツイヤは特殊な階級間の群を形成するものであると云ふ思想」について論駁している。ゴニークマンが批判するこの思想によれば、「インテリゲンツイヤ」はその社会的生産過程において、ブルジョアにも小ブルジョアにもプロレタリアにも繋ぎ止められず、そのどれをも代表していない。それは「階級闘争の過程におけるインテリゲンツイヤの「有利な」地位を不可避的に帰結」する。すなわち、「彼はどの階級にも所属せぬ」がゆえに、「諸階級が啀合ふ時は、彼の肩に裁判官の法衣がかかつてくる」。そこで、「憐憫も知らず憤怒も知らず／心平らかに善と悪とを聴く」ことができるとされる。しかし、そのような「「階級間」的観点」は、それ自体が「小ブルジョア的インテリゲンツイヤの気分と見解との理論的表現」である。「単一の社会＝経済的群としてのインテリゲンツイヤは存在して居らぬ。そんなものは、小ブルジョアの社会的神話の一つである」[41]。したがってゴニークマンは、「インテリゲンツイヤ」の階級分析を進める。ここで問題となるのが、「プロレタリア的インテリゲンツイヤ」という存在である。

> たゞ、プロレタリア的インテリゲンツイヤの僅少な一部分のみが、その社会的地位によつて資本主義社会においてその意識上プロレタリア的なインテリゲンツイヤである。プロレタリアートのこの部隊の階級的地位と階級意識とのあひだの分離は、たゞ、プロレタリア独裁の勝利の後にの

み、決定的に接合されはじめる[42]。

「資本主義社会」において、「プロレタリア的インテリゲンツイヤ」の「意識」を獲得することは難しい。「プロレタリア的インテリゲンツイヤ」は、「自己の意識上では」「大多数においては小ブルジョア的である」[43]。ただし、「プロレタリア独裁の勝利の後」に到来する「決定的」な「接合」に先んじて、「資本主義社会」における「僅少な一部分」として、「プロレタリア的インテリゲンツイヤ」の「意識」を持つ存在が認められてもいる。平野の結語には、以上の文脈が織り込まれていた。「憐憫も知らず憤怒も知らず／心平らかに善と悪とを聴く」ことの「虚妄」を「承知」するとは、「僅少な一部分」としての「プロレタリア的インテリゲンツイヤ」の「意識」獲得へ向けた表明であったといえる。

これをふまえたうえで、引用された中野の文章にあたろう。グラトコフの『セメント』について論じたこの論考で、中野が「承知」ということばを用いて問題としているのは、ネップ（新経済政策）期のソ連における、文学史ならぬ革命家の交替についてである。中野は「古い革命家」と「新しい革命家」の「交替」[44]を次の点にみた。やや長くなるが、前後の文脈を含めて引用する。

革命の成長は戦時共産主義から新経済政策に移つて行く。それは偉大な転換である。しかしこの偉大な転換はどんな現象を結果するか？　それはネツプマンを結果する。多くの兄弟の血の流された舗道を町人があるく。その町人の荷物を（そのトランクをさげてその町人はどこかへ遊山に行くのであるが）停車場で党員労働者がかつぐのである。それは理解出来ないことであり、理解出来ても承知出来ないことがらである。［…］「町人をゆるす？　で、俺たちは何のために血を流

> したのか？　何のために飢へたのか？　殺された無数の同志――彼らの骨と肉と血とはそこの地面のなかに搗きまぜられ沁み込んで行つたのであり、それは地面から今日になつてはもう分けることが出来ず、現に我々はその地面の上を歩いて居るのである――はどこに蘇るのか？」もう一度言ふならば、それは、理解出来ないことであり、理解出来ても承知出来ないことである。そして古い闘士のうちのあるものが今日の戦線を去つて行く、労働者階級に対する無限の愛を昨日と変りなく懐きながら。これが第二の摩擦である。
>
> 　革命は人民を穴のなかゝら呼び出して来る。そして宏大な人民が政治生活にはいつて来る眺めよりも更に壮大な眺めはどこにもない。それはそしてかうした摩擦を伴はずには居ないために一層壮大となるのである。だがまたこの摩擦こそが、人類の歴史の長い期間が労働者階級の頭の上にかぶせ残して行つたその最後のおもしなのである。[45]

この「摩擦」は、「労働者階級」にかぶせられた「最後のおもし」、いわば革命の最終課題として捉えられている。中野が注目するのは、ネップ期に出来した革命戦略の逆説である。市場メカニズムの導入は、従来の論理を機械的に適用すればブルジョア的だと糾弾される性質のものだ。「町人」の出現によって「党員労働者」の特権性が揺るがされることが革命への道であるという「理解」できない事態を前にして、「古い革命家」と「新しい革命家」の「交替」が起こることを中野は指摘する。

　そして重要なのは、中野がこの問題を、ネップ特有の問題に限定して捉えているわけではないということだ。中野は最初の段落で、「「セメント」に描かれた色々の問題のうちでたゞ一つのことだけに就いて書くことにする」と述べたうえで、論述を進めている。その「たゞ一つのこと」とは、あとからみれば「喜劇」であるが、そのときには「悲劇」であるところのもの、「「あとになつて、他人からみれば滑稽なこと」が、それどころではない問題として現れて来る」事態を指している。この問題は、ジョン・リードによるロシア革命のルポルタージュや、フランス革命に材をとったヴィクトル・ユゴーの『九十三年』にも現れている問題だと述べられる。そして、中野はこの問題を、「「セメント」のなかに現れて来るだけでなく、「セメント」の外にまで、我々のなかにまで現れて来るところのもの」[46]だと主張している。

ここで中野が語っているのは、「革命」が逆説そのものであるような事態である。むろん、平野はこのことばを、日本のプロレタリア文学運動の文脈に持ち込んでいる。「承知」ということばは、直接には唐木に対する批判に際して用いられたが、平野が唐木と対置して肯定的に引用するのは、井上の芥川論にある次の文章であった。「われわれの過去の文学的経歴」は、「どうしてわれわれにとつて宿命的であつてよからう」。「宿命であつてはならないといふこの直接自然な感情こそ、それが宿命でないことの、唯一絶対的な保証であると、私は信じている」。ここには、「宿命」を「宿命」でなくそうとする「プテイ・ブルヂョア」の観念を読みとることができよう。平野はこうした先に見出される、革命の逆説を体現する文学者を求めて、「インテリゲンツィア」の文学史論を唱えたのである。

平野はこの批評のなかで、「文学批評としてのさまざまな美点にもかかはらず、なほ『現代日本文学史』はほとんど文学史の名にたえ得ないものである」と述べている。このことは理論的には次のように整理される。「フリーチエ的な文学史家と文学批評家との二元的使ひわけの謬見とは全くうらはらに、プテイ・ブルヂョア文学批評家唐木順三のまなこで文学の全歴史を押切らうとした誤謬である」。この問題について、平野は次のように注釈を付している。

文学批評家と文学史家との弁証法的統一の問題に関しては最近においては、高瀬太郎氏の『文芸史研究の方法に就いて』がある。(『季刊・批評』第一冊)これはすぐれた労作であるが、なほ両者の弁証法的差別についいては説き及ばぬ憾みがある。そしてこの問題は、今後作家同盟、プロレタリア科学同盟の芸術学研究委員会所属の人びとによつて、実践的にも理論的にも急速に解決されてゆくであらうし、現に解決されつつある。

平野は、高瀬太郎こと本多秋五の論考について「すぐれた労作」だとしつつ、「弁証法的差別については説き及ばぬ憾み」があると留保している。「文学批評家と文学史家との弁証法的統一」は、蔵原が「芸術理論に於けるレーニン主義のための闘争」で提起した問題であった。そして、平野はこうした問題の「解決」を、芸術学研究会が成し遂げることに期待を寄せていた。ここには、体系的な《近代文学史》の論理が成就することへの平野の期待がほのみえる、ともいえよう。

なるほどこうした点からみれば、唐木の「文学史」ならぬ「文学批評」はたしかに失敗作ではある。だが、「一系列の文学イデオローゲン」の「史的究明」を物語る方法においては、「中野重治」を介してプロレタリア文学運動に接続可能なものとして、きわめて積極的に称揚されたのだといえよう。平野は「文学批評」と「文学史」の「弁証法」といった理論をもとにしつつも、唐木を論じることを通して、「文学批評」や「文学史」といった概念の領有を図った。宮本顕治の「文学批評の基準」を引いたのもまた、「文学批評」の「基準」を一九三一年以降のレーニン主義的な路線から巧妙に読み替えるための戦略だったとみなせる。このように、平野は文学史論という形をとって、喫緊の革命的課題に対する応答、ないしはずらしを含みもつ文章をつくりだしたのである。こうした批判的継承としての文学史のリレーこそ、平野が試みたものだったといえよう。

第9章　社会認識と文学論　一九三五年の中村光夫

1　文学史を再考する——中村光夫という問題

中村光夫は、文芸批評家としてのみならず、文学史家としても知られている。戦後に書かれた「風俗小説論」などで提唱した議論が有名だ。近代日本の文学は「私小説」という特殊なジャンルを生み出してしまったのであり、西洋的な近代小説を完成させることができなかった——中村の説は、概略、このようなものとして把握されてきた。そして、そのような考え方は、日本近代文学研究者にとって格好の批判対象となってきた。

その中村は、批評家としての出発期にあたる一九三五年に、すでに着目すべき文学史観を提示している。本章では、それを検討することによって、文学史の歴史を再考することを狙いとする。今日の観点から中村の文学史を先行研究として捉えて批判したいのではない。まずもって、中村が状況のなかで格闘した意味を理解したいのである。

一九三五年に中村が展開した主張を、テーマ別に概括してみると、次のようなものになる。[1]【社会認識】…明治の日本は、「資本主義」化したが、「封建制度」の実質を残していた。【江戸文学】…「江戸文学」は、当時の封建道徳に疑問をもたなかったがゆえに、「封建文学」と定義できる。【私小説】…明治以降の「私小説」は、「江戸文学」の延長であって、「ブルヂョア文学」ではなかった。【フランス文学（古典派）】…「古典派」には、「社会」という観念がない。社会と人生は分離していない。【フランス文学（ロマン派）】…「フランス・ロマン派」による「ロマン主義運動」は、真の「近代文学」を生み出した。「ロマン派」は「社会」を発見したため、社会と個人が対立・分裂した。【日本プロレタリア文学】…「プロレタリア文学運動」は、今日からみれば「ロマン主義の運動」であった。「プロレタリア文学」とは、「文学のブルヂョア化（近代化）運動の表はれ」だった。

一九三五年の中村の主張について、従来論じられてきた点を整理すれば、以下の三つにまとめられるだろう。ひとつ目は、プロレタリア文芸評論の書き手として活動していた中村の思想的変化についてである。本多秋五は、一九三二年に「我々プロレタリア作家」と書いた中村が、三五年にプロレタリア文学者を「彼等」と呼んでいる点を指摘し、「ここには一種の「転向」が行われているわけである」と述べた。[2] また、河底尚吾は、中村の「プロレタリア文学に対する考えかた」が、「しだいにきびしく、批判的」なものに変化していく過程を追跡した。[3] これらの考察で明らかなように、たしかに中村のプロレタリア文学に対する態度は変化している。問題は、三五年時点での中村の思想的な内実であり、それは以下の二点に関わる。

ふたつ目は、中村光夫と小林秀雄の関係をめぐるものである。一九六〇年に平野謙は、「昭和十年前後」の可能性を模索しながら、「小林の私小説論と中村のプロタレ《ママ》リア文学史論とでは、そこに強力な相互浸透のあつたことはうたがいないにしても、その主導性は若き中村光夫の手に握られていたのではないか」[4] と主張した。小林は「私小説論」で、「わが国の自然主義小説はブルジョア文学といふより封建主義的文学であ」るとしたほか、「マルクシズム作家達」が「私小説」のもつ「個人の明瞭な顔立ち」を「抹殺」したなどの説を唱えたが、[5] こうした一連の主張には中村の影響がみられるのではないか、という指摘である。平野以降の研究は、小林・中村の関係を詳細に検証して、小林に先んじて中村が主張した論点について明らかにしている。[6] ただし、この時期の批評状況については、「「私小説論」前後」[7] という問題設定があることからわかるように、中村の役割は重視されつつ、小林秀雄研究として「私小説論」を中心に考察される傾向がある。

三つ目は、中村や小林の文学史を、マルクス主義、とりわけ「講座派」との関係で問うものである。日本資本主義がいかなるものかをめぐる議論、いわゆる日本資本主義論争において、「講座派」が日本の封建的性格を重視したのに対し、「労農派」は資本主義的な点に重きを置いた。[8] 小林と中村の文学史と「講座派」の関わりを問うた論考は以前からあったが、[9] ふたつ目の問題と関連して、近年も議論が継続している。[10] 山本芳明は、小林の「私小説論」は「講座派」の歴史観に由来する「〈革命戦略〉」[11] だったのではないかと述べている。他方で、野村幸一郎は、小林の認識は「講座派」よりむしろ「労農派」に近いとみていた。[12] 野村の見解を批判的にふまえた綛秀実は、「私小説論」は「講座派的文学史」でありながら「講座派理論の要諦であるところの天皇制を、問わないことで可能となった」とし、その所以を「講座派」の潮流における「市民社会」概念に求めている。そして、この小林と比較して、戦後の中村には「戦後啓蒙」とは比較しえないラディカルな天皇制批判」があると主張した。[13] ただし、戦前期の中村については、小林との差異に関する言及はあるものの、詳細な中村の文学史の検討はなされていない。

一九三五年の中村の論考には、かように複数の問題系が流れ込んでいる。本章ではこの三つ目の問題意識を引き受け、中村の文学史について考察したい。

2 「資本主義」と「封建制度」——日本社会認識

中村の文学史の検討にあたって、まずは大きくふたつに分けて考えておきたいことがある。それは、社会認識の位相と、文学論に関する位相である。前者は日本資本主義の性格に関わる問題であるのに対し、後者は「自然主義」などの文芸カテゴリーに関わる問題である。前者と後者はそれぞれ別のロジックで動いている。本章で、中村の文学史として考察するのは、関係を持ちつつも異なる、このふたつのロジックによって思考された知の領野である。

従来、「講座派」マルクス主義と文学史について考察される際、社会認識と文学論の区別は、明確に問題化されてこなかった。だが、論理的には、たとえ日本が「近代社会」であろうと、それが直接、文学者が「近代人」であることや、「近代文学」が成立することを保証するわけではない。あるいは、日本の文学者の数人が、「近代人」として「近代文学」を書こうと、それは日本が「近代社会」であることを意味するわけではない。では、社会認識と文学論に関して、それぞれどのような理路が模索されることで、中村の文学史は構築されたのか。その詳細はいまだ不分明なままであり、丁寧に検討される必要があるだろう。

中村の社会認識や文学論は、フランスとの比較によって形成された側面がある。「プロレタリア文学」がフランス・ロマン派と類比される点もそうだが、すでに一九三三年に中村はモーパッサン論のなかで、「フランスは当時にあつては「階級闘争が最も明白な形態を取つた国」であつた」と述べ、

「ロマン派」の勃興にふれたうえで、「所が我国にはこの様な環境は全然存在しなかった」と主張している。日本では「所謂ロマン派と言はれる作家の小説も江戸文学以来の個人の世界であつた。従つてそれに対抗して起つた自然主義の作品も同様に個人の世界から一歩も脱け出でなかつた」[14]。ここでは、フランスにおける「階級闘争」という社会状況と「ロマン派」文学の登場が同時代的なものとして捉えられ、その両方が明治の日本に不在であることが語られているが、「この様な環境」がどのようなものか詳述されているわけではなく、紙幅のほとんどはフランス文学史に費やされている。

本節ではまず、中村が日本社会をどのように認識していたのかをみていきたい。中村は一九三五年の文芸時評で、「明治の社会は一途資本主義化の道を辿つたにしろ、封建制度の余影を、といふよりむしろ実質を色濃く残してゐた」[15]と述べている。これは、中村の日本社会に関する歴史認識を端的に示した文章だといえよう。ただし、この主張はこれ以上展開されておらず、すぐに江戸文学と明治文学に関する内容へと移ってしまう。

この中村の主張はシンプルである。だが、この簡潔さが、日本資本主義論争の関連論考と直接比較することを難しくしている。日本資本主義論争は、日本共産党のテーゼの変更、合法出版ゆえの議論の制約、日本資本主義に関わる複数の論点、論者ごとの見解の相違、議論の揺れや矛盾といった諸事情が重なり、明治維新に関する規定ひとつをとっても、「講座派」内においてさえ錯綜した言説となっている[16]。

この時期の中村は文学を中心に論じており、上記の一文だけでは、到底、日本資本主義の分析にならないことは、明白である。「講座派」は一般に日本社会の封建的性格を強調したことで知られているが、その「講座派」を「封建派」と呼んで批判する「労農派」の向坂逸郎《さきさかいつろう》であっても、「今日の独占資本主義は、封建遺制を必要とし」ていること、「日本資本主義がその歴史をとぢるときまで、封建遺制は濃く残」[17]ることを認めている。争点は日本資本主義の構造的・歴史的な把握と革命戦略に関わるが、上記の中村の認識にそうした理論化された知を求めることは難しい。

　この中村の一文を理解するためには、中村自身による思索を辿る必要があるだろう。そこで時期を遡ってみると、前年に発表された永井荷風論で、すでに中村は「封建制度」についての見解を示していたことがわかる。「永井氏が正しくも見破つた通り、日本の社会は西欧から輸入した資本主義の外皮の下に、今尚ほ封建制度の実質を残してゐる」[18]。この荷風論をみることで、中村のいう「封建制度」の内実がより詳らかになるだろう。

　この論考で中村は、荷風の『紅茶の後』から、「封建」に関する箇所を引用している。荷風によれば、「日本を包む空気の中には立憲政治の今とても、封建時代のに少しも変らざる一種名状すべからざる東洋的専制的な何物かゞ含まれて」いる。それは、「西洋人が黄禍論を称へるよりもつと以上に強い排他思想」であり、「人間意思の自由思想の解放には悪意を持つてゐるらしいやうに思はれてならぬ所がある」。このように荷風の文章を引いて、中村は、荷風の恐れたものが「何であるかを知るためには我々は明治四十年代の日本の政治的状態と、氏の滞在した米仏がもつとも徹底した民主々義国家であることを思ひ浮か《ママ》れば足りる」と評している[19]。

　ここで中村は、アメリカ・フランスと比較して、日本は「徹底した民主々義国家」ではない、と述べているに等しい。中村が引く荷風の文章にある、「立憲政治の今とても、封建時代のに少しも変らざる一種名状すべからざる東洋的専制的な何物か」といった言い回しは、婉曲的な表現をとりながら天皇の存在を示唆しつつ日本の「排他思想」を問題化したものだと読めるだろう。この荷風が、「資本主義の外皮の下に、今尚ほ封建制度の実質を残してゐる」ことを「正しくも見破つた」とする中村は、荷風のテクストを通して、日本の「政治的状態」を、天皇の問題を含んだものとして捉えているといえる。なお、付言すれば、中村は一九三六年の単行本収録時の改稿版で、「徹底した民主々義国家」についての右の文章に続けて、「尚この点で同じく「紅茶の後」の中の「絶望なるかな」「希望または「雨瀟瀟」に収められた「花火」なども興味ある文章である[20]」（傍線引用者）と記している。荷風の『花火』は大逆事件にふれた小説であるが、それが「この点で同じく」「興味ある文章」だと述べられている点に、自由に語ることが難しい当時の言論状況において、中村が語り得た関心の所在が示されているだろう。続けて、中村は次のように主張している。

だが永井氏を驚ろかせ、又は悲しませたのは決して当時の政治状態ばかりてはなかつた《ママ》。むしろそれよりもかゝる政治を甘んじてはびこらせておく国民の生活であつた。この場合、今日の立場から、明治維新の本質に関する理論などを持ち出した所で何にならう。永井氏の周囲にあつたものは尚ほ封建の余影の濃い明治四十年代の動かす事の出来ぬ現実である。[21]

このように、「政治状態」だけでなく「国民の生活」を探ろうとしたとき、「明治維新の本質に関する理論」、すなわち、日本資本主義論争に関わる理論を持ち込むことの無益が説かれるのである。

そこで荷風が「自己を肉化すべき」対象としたのは、「花柳界の女」であり、「封建社会の表象としての女性」であった[22]、と中村は述べている。資本制下の女性の問題がマルクス主義フェミニズムの立場から理論化できることは今日知られているが、一九三〇年代の日本マルクス主義はこの問題を構造的に把握できなかった。中村は、「明治維新の本質に関する理論」が捉えられない「封建社会」の「現実」を、荷風のまなざしに寄り添って把握しようとする。ここにおいて、社会認識の問題は、マルクス主義理論では捉えきれない、文学者である荷風の文明批評に託されることになるのだ。

以上のように、中村は荷風のテクストを通して、天皇の存在を射程に入れて「封建制度」を問題化していた。この「封建制度」が「実質」として残る明治の日本では、フランスにおける革命や民主主義に相当するものは実現されていないと考えていた。また、そうした「政治」の瀰漫《びまん》を許してしまう「封建社会」を、荷風の視点から問題化していた。

3 「封建文学」と「ロマン主義」——「体系」的文学論

以上をふまえて本節では、中村の文学論に関して考察していきたい。先にもふれたように、文学の「近代」について語るためには、なんらかのかたちで、社会認識としての「近代」を文学の「近代」へ結びつけるための論理や、文学論として「近代」概念を構成する理路が構築される必要がある。明治期以降、「文学」という概念自体がliteratureの翻訳を介して形成されていき、次第に「自然主義」などの潮流が生まれたこと、そのなかで数々の文学理念が提示されたことは周知のことだろう。問題は、そうした「文学」に関連する概念が、ある歴史観の下で時代認識と結びつくものとして提示され得るかである。

ドイツ文芸学者のペーター・ソンディは、ヘルダーリンのジャンル詩学構想が、文芸ジャンルを「演繹可能」とするもの、すなわち、「分類ではなく、体系」として確立されたと主張している。[23] ソンディの議論は、ドイツの「古典主義」／「ロマン主義」に関わるものである。他方、中村はフランスの「古典派」／「ロマン派」を参照項として日本の「小説」を論じており、大きく文脈を異にしている。だが、このソンディの「体系」についての考察は、本書の考察においても示唆的なものである。「私小説」などの文芸カテゴリーを、特定の文芸（思潮）の性格を精査し、他の文芸（思潮）と弁別するために用いたとき、それは「分類」として捉えられるだろう。他方、そうした帰納的な思考に対して、歴史哲学的な「体系」は、「古典的」／「ロマン主義的」といった演繹的な概念を構成する。以下にみていくように、中村の主張は、前者の「分類」ではなく後者の「体系」の発想からきていると考えられる。

従来の研究では、中村が「我国のプロレタリア文学運動」は「一の巨大なロマン主義の運動であつた」[24]と規定したことが、くりかえし強調されてきた。これは正しいが、他方で、中村がそれに先行した江戸期、明治期の文学をフランスの「古典派」と類比していることは、とりたてて注目されてこなかった。[25]だが、この点に関しては、中村の論旨をより綿密にみていく必要がある。

中村によれば、モリエールなどのフランスの「古典派」は、「社会について何の観念も持たなかつた」。「社会とは彼等の周囲の、彼等の感覚によつて捕へられる人間の総和でしかなかつた」のである。「西鶴三馬の模倣に始つた日本の明治文学もこの意味では古典派」である。これに対して、「ロマン派となると、社会はすでに一概念として個人に対立する。そしてその個人すら、すでに古典派の人物の様な健康な均整を失つてゐる」。「ロマン派の真の功績」は、この「古典派文学の狭逸な地平線を破り、社会と個人との分裂、その結果として起る、今迄夢想されなかつた人間精神のさまぐな劇を、身を以て実践した点にある[26]」。中村は、日本文学における「社会」概念の発見はプロレタリア文学によって行なわれたとする。「日本文学は真の近代文学としての烙印を初めてプロレタリア文学によつて押されたのである。矛盾、動揺する社会といふ概念が、初めて決定的に作家の脳裡に座を占めたのである」[27]。

以上からわかるように、中村のいう「古典派」は、自己と周囲が調和した状態であり、「社会」という観念をもっていない。それに対し「ロマン派」は、「社会」が概念として「個人に対立」することでその「健康な均衡」が失われ、分裂した状態を指している。

中村の主張を、「私小説」論、ないし「プロレタリア文学」論として捉えたとき、この構図がみえにくくなる。たとえば中村は、「私小説は我国では明治以来の根強い伝統を持つて」おり、「この私小説の伝統を最も勇敢に叩き破つたのは、いや少なくとも破らうと試みたのは諸君等プロレタリア作家ではないか」と主張している[28]。こうした箇所だけみれば、中村の議論は一種の「私小説」論であって、一見すると、フランス文学を理想とする立場から「私小説」を日本近代特有の歪みとみなし、否定しているようにさえみえる。

だが、すでにみたように、中村の文学史は、フランスの「古典派」／「ロマン派」との類比によっている。それは日本に適用されるにあたって、「封建文学」／「ロマン主義」という概念として論じられた。中村の狙いは、既存の「私小説」や「プロレタリア文学」などの文芸カテゴリーを、この概念連関のもとに組み替えることにあった。

たとえば、「封建文学」として「江戸文学」と「明治文学」は同一の範疇に括られる。中村は、「江戸文学を封建文学とすることは或る人々の反対する所であらう」といいつつ、「江戸文学」が「封建道徳」に縛られている点を理由に、「封建文学」と位置づけた[29]。「明治文学」もまた、中村によって

「江戸文学の延長である封建文学であ」るとされた[30]。したがって、「個人と社会との相克は我が国の明治文学には無縁であった」し、「私小説」もまた、「社会観念の極端な欠如」をその特徴としていた。この「封建文学の狭逸な世界を破」ったという意味で、プロレタリア文学は、「欧諸国が百年前に通過したロマン主義運動の果した役割」に相当するとされる[31]。このように、「封建文学」概念は他の文学概念を説明するために用いられる、上位概念なのである。

また、中村は「ロマン主義」の特質である「社会」概念を、プロレタリア文学に限定しようとしてはいない。むしろ、プロレタリア文学以降、「作家は今後いかなる流派にぞくするとを問はず、一社会人としての自覚を強要される」のであり、「文壇は社会の文学を生む場所であるといふ意識をもはや逃れることは出来ない」ものとなったと述べている[32]。中村によれば、「この社会の像は、プロレタリア派と芸術派とを問はず、如何なる作家の制作にも影を投げてゐる」のであって、「自分の苦痛を素朴にいたはりその舐り尽した味はひを芸もなく披瀝し、世帯の苦労がそのまゝ作家修業なりとする伝統は、少なくも川端康成、横光利一以後には文学の主流からは跡を絶つた」とされる[33]。

こうした中村の主張については、その大まかな論旨に関してはこれまでくりかえし整理されてきた。ここで明らかになったのは、中村による「文学」関連の概念連関が、「体系」的なものとして論理的に構成されていることである。中村の主張は、フランスの「古典派」／「ロマン派」に由来する「封建文学」／「ロマン主義」を軸に、「社会」概念の有無を指標としつつ、既存の文芸カテゴリーを説明するかたちで、演繹的に組み立てられている。

先述したように、中村の同時代的意義に関しては、小林との影響関係が先行論での主な関心事となっていた。しかし、このような中村の思考の特質が了解されれば、そうした影響関係の位相とは異なる、「体系」を志向する文学潮流との共通性が視界に入ってくる。それはジェルジ・ルカーチの文学論と、日本におけるその翻訳である。ヘルダーリンを論じたソンディは、ジャンル詩学の「体系」が、「やがてヘーゲル美学の伽藍を倒壊させ、その廃墟のなかで、若きルカーチやベンヤミン」が登場する「礎石を用意」[34]したと述べている。

ルカーチは、「叙事詩」と「小説」の形式について論じた『小説の理論』や、西欧マルクス主義の古典である『歴史と階級意識』の著者として知られる。一九三三年にはナチスから逃れるため、モスクワに移っていた。深江浩によれば[35]、ルカーチが一九三五年に発表したヘルダーリン論や、コム・アカデミー哲学研究所で三四年から三五年に開催された討論での「小説《ロマン》の理論」についての報告が、『世界文化』同人によって三五年に翻訳されている[36]。

訳されたルカーチの報告をみてみよう。曰く、「ロマン」は「市民社会の表現形式」であり、「古代の叙事詩《エポス》とは対蹠的なものである」。ヘーゲルが「詩（叙事詩）の時代」を、「個性と社会との間の矛盾の欠如」した「英雄性」において把握していたことをふまえ、ルカーチは次のように論を展開する。「初期の古代に於ける社会生活と個人生活との統一は、古代詩の感動《パトス》のための――個々の個性のリアリスチツクに描かれた情熱と社会生活の決定的諸問題との直接的関連のための基礎であった」。しかし、「この連関は、資本主義的な社会的現実には存在しない」。そこで、「ロマンに特有な新しい感動《パトス》――「市民社会の唯物論」（マルクス）の感動《パトス》」の「獲得」が志向されたという[37]。

ここでルカーチにふれたのは、当該期に求められた新たな文学理論という点で、日本におけるルカーチの翻訳と中村の文学論の登場が同時代的であるというだけでなく、その思考方法においても通ずる点があるためである。「均衡」のとれた「古典派」を打ち砕き、「社会」を発見した「ロマン派」

の登場に「近代文学」をみる中村は、「古代の叙事詩《エポス》」と「市民社会」の「ロマン」を「対蹠的なもの」と捉えるルカーチと共通した発想、すなわち、「体系」的な発想から出発して「小説」を捉えようとした試みだといえるだろう。

前節と本節での考察をまとめておきたい。中村の社会認識と文学論は、片方が片方を規定するというものではないが、互いに関連するものだといえよう。中村は、「資本主義化の道を辿つた」にせよ「封建制度」が実質として残存している、という社会認識の観点から天下り的に文学の特質を決定することはしない。かといって、社会状況が文学と無関係であるとされたわけではない。文学の側において、「封建道徳」に調和できない「社会」概念の生じることにこそ「近代文学」としてのプロレタリア文学の登場をみるのである。中村の思想的営為は、かかる「体系」的な発想による文学論として結実した。これを第6章からの繋がりで位置づけるならば、プロレタリア文学運動の崩壊に伴い、《運動史》の力が退潮したなかで提出された、中村なりの《近代文学史》の構築作業であったといえるだろう。

4 「講座派」理論との関係——中野重治との論争

さて、以上の中村の「体系」的文学史は、「講座派」理論とはどのような関係にあるのだろうか。それに答えるためには、中村の論理を内在的に解釈することから離れて、中村が置かれた状況論的側面についても考察する必要がある。中村は、日本には「ブルヂヨア文学といふものがなかつた」、「有るものはたゞ封建的な私小説だけであつた」[38]と主張した。また、「我国のプロレタリア文学は文学のブルヂョア化（近代化）運動の表はれであつた」[39]とも述べた。これらの見解には、「ブルヂョア」ということばが使われており、否応なくこれまでのプロレタリア文学理論を連想させるものだった。

寺出道雄は、中村の主張について、「「プロレタリア文学」を、いわば偽装disguiseした「ブルヂョア文学」として断ずる」ものだと解釈し、「講座派の理論を、冷めたアイロニーとしての自然主義文学論・マルクス主義文学論に転じていったことが、中村の議論の基本的な性格だった[40]」と述べている。つまり、中村の文学史は、「講座派」理論を援用しつつ、まさにその理論でもってプロレタリア文学を批判するようなアイロニカルな実践だと捉えられているのである。

はたして、中村の文学史は「講座派」理論によるものなのだろうか。結論を先取りしていえば、中村の文学史は、「講座派」マルクス主義を原理的な基軸として組み立てられたものではないと考えられる。それは前節でみた「古典派」／「ロマン派」の構想によって成立しており、この点から解釈することによってこそ、論理的整合性をもつものとして把握することができる。ただし、「講座派」理論によって中村の論考を解釈することは誤読である、と批判したいのではない。むしろ、中村の論考は、そのような読みを誘発するテクストとして自覚的に書かれた。このことの持つ意味について考察するため、以下、中野重治との論争を検討していきたい。なお、先述したように「講座派」の論客の主張は一枚岩ではないが、ここでは、マルクス主義的な理論体系に基づき日本社会の封建的性格を強調することで可能となる解釈を、「講座派」理論としてあり得る解釈だと想定しておく。

論争のきっかけは、中村が、中野の小説『第一章』を優れたものとして高く評価しつつも批判し、同時にプロレタリア文学史を総括する歴史認識を提示するという挑戦的なスタイルをとったことに始まる。中村はプロレタリア文学者に対し、「諸君」という二人称を用いて次のように訴えている。

かくて、ブルヂョア文学もない内から、そのブルヂョア文学を否定するプロレタリア文学が登場し、勝利（一時的にしろ）するといふ我国独特の奇観が現出した。

これは我国の様に遅れて発達した資本主義国の当然の現象だとプロレタリア作家達はいふかも知れぬ。なる程それはそうかもしれぬ。だが、この間の事情は諸君の文学の性格にも決定してゐるのだ。[41]

中村は、「ブルヂョア文学」が不在だったという自分の主張が、「プロレタリア作家達」に「遅れて発達した資本主義国の当然の現象」として説明されることを想定している。しかも、「なる程それはそうかもしれぬ」と、そのような解釈を否定していない。そのうえで、「諸君の文学の性格」に話を移す。ここでいう「性格」は、プロレタリア文学運動を「ロマン主義の運動」と規定する、中村の主張に繋がるだろう。つまり、中村は、「講座派」理論のように日本の封建的性格を重視する立場から、「ブルヂョア文学」の不在が説明されるだろうことを前提に、そのうえで自説を展開する段取りを整えていた。

ところが、中野はこの解釈に乗らず、「ブルジョア文学」は存在するという立場をとった。そこで、「日本にブルジョア文学もプロレタリヤ文学もなかつたのなら何文学があつたのであるのか？」[42]と反論する。これに対し中村は、「私は「ブルヂョア文学もプロレタリア文学もなかつた」などと馬鹿みたいなことをいつてゐるのではない」[43]と応酬した。両者の議論はほとんど噛み合っていない。中村は、自分が「ブルヂョア文学」ということばで述べたのは、「そのすぐあとに書いてゐる様に」「ヨーロッパ的な近代文学」のことであり、「そういふものは日本にはなかつたと云つてゐるのだ[44]」という。もちろん、この「ヨーロッパ的な近代文学」とは、前節でみた「ロマン主義」にあたる。また、中村は、「中野氏は革命以前のロシア文学を「地主文学」と評したレニンの言葉を想起すべきである[45]」と述べている。

たしかに、日本の「ブルジョア文学」の「特殊性」を問題化する類のプロレタリア文学論は、[46]「ヨーロッパ的な近代文学」が「日本にはなかつた」とする中村の議論に通じる理路を孕んでいるように思える。中村はそうした文脈に介入したうえで、マルクス主義の観点からも「ブルヂョア文学」以前の段階の文学である「地主文学」の存在は理解できるではないか、と促していることになる。この点は先と同じように、「講座派」理論による理解を否定せず、受け入れたうえで自説に誘導しようとしたものだといえよう。

だが、中野は翌年に至っても、「ブルヂョア文学」実在説を展開した。その論理は込み入っている。中野は、小林秀雄の「自然主義小説」＝「封建主義的文学」だとする説と、中村による「ブルヂョア文学といふものはなかつた」という説を並べて、これらは誤りであると批判した。中野によれば、「日本の自然主義文学は」「封建主義に対するブルジョアジーの戦ひ、そのある程度までの勝利の反映に外ならな」いものである。「日本は世界史的な規模で資本主義の国となつた」のであり、「自然主義文学は、この資本主義のもとでのこの資本主義のためのいとなみとしてのブルジョア文学だつた[47]」。しかし、中野はここで分析を終えることをしない。なぜ小林や中村のような見解が登場するのかを、次のように説明する。

しかしそれならば、中村氏や小林氏の判断は取るにも足らぬものだらうか？　私はさうは思はない。日本の自然主義文学が封建主義文学だつたとか、日本にはブルジョア文学などいふものはなかつたのだとかいふことは間違ひだが、この間違ひとしての「冗談」は、日本のブルジョア文学がそれほど封建的なものを引きずつて来たことの日本ブルジョアジーの封建主義に対する戦ひがそれほど中途半端で、その勝利が不徹底で、敵である封建主義とのずる〳〵べつたりの妥協に辷りこんだことの、そしてこの妥協のためにうつちやらかしにされたブルジョア的なものをプロレタリアートが拾ひ上げねばならなかつたことの左前の反映に外な《ママ》ぬと思ふ。[48]

このくだりについて平野謙は、「中村光夫や小林秀雄を媒介することによって、ここでハッキリと〔中野は〕三十二年テーゼに近づいた」[49]と解釈した。三二年テーゼは「講座派」に影響を及ぼした日本共産党の方針である。平野の解釈では、中野が「講座派」寄りに変化したのは、小林・中村の媒介があったからだということになろう。また、寺出道雄は、「講座派の理論の文学史の理解への正確な適用が問題であるとすれば、中野の答案の方に、中村・小林の答案よりも高い得点を与えるべきであろう」[50]と述べている。寺出の見解が含意しているのは、三名とも「講座派」的だが、中野の方が「講座派」理論の日本資本主義分析の複雑さに対応しており、中村のように「ブルヂョア文学」は存在しないと断言することは、正確さを欠く、ということだと考えられる。

だが、「講座派の理論の文学史の理解への正確な適用」といっても、「正確な適用」がどのようなものなのか、諸説が生じるだろう。「講座派」理論によって分析された日本資本主義のあり方と、「自然主義」などの日本文学のあり方を繋げて考えるには、そのための論理を別途必要とする。中村の文学史については、すでに述べたように、「講座派」理論による社会認識から直接的に説明できるものではない。

中野はここで、「ブルジョアジーの戦ひ、そのある程度までの勝利」という社会状況の「反映」として「自然主義文学」を捉えようとした。ちなみに、一九三一年に方向転換したプロレタリア文化運動では、レーニンの「反映論」をふまえた蔵原惟人の理論が、社会認識と文学論を架橋する試みとしてあった。蔵原によれば、「芸術の客観的価値」は、「作品がどの程度まで正しくその時代の現実の客観性を反映してゐるか」によって測られる。[51]

中野は、日本社会の「反映」という観点から「自然主義」を捉え、「日本のブルジョア文学」はその特質として「封建的なものを引きずつて来た」とみなした。これに対して中村は、「講座派」的な社会認識を受け入れつつ、「自然主義」には「ロマン主義」のような封建道徳を打ち砕く精神が宿っていなかったと考えた。つまり、両者は、社会認識というより、その文学論のあり方において決定的に異なっていたのである。

中村は、「講座派」理論を対話のきっかけとして想定していた。たとえ文学史の捉え方が中村と異なっていたとしても、「ブルヂョア文学」などなかったという見方は可能である。中村の主張が「講座派」のようなものだという期待をもって読まれることは、中村にとって、自らの主張をプロレタリア文学関係者に届け、その読者を説得するために辿るべき、必要な回路だったのである。

したがって、中村の主張を「講座派」理論であるかないかという観点からみると、その特質を十分に把握することが難しくなる。それはある意味では「講座派」にみえるよう戦略的に語られているからだ。重要なのは、中村の「体系」的文学論が、社会の「反映」として文学を捉える中野の主張と齟齬をきたしていたということである。

中村は文学が「社会」という観念を発見するという視点を導入することによって文学史を語った。それは、文学の特質を外因によって決定されるものだと考えるのではなく、文学が担った能動性を見出そうとする行為でもあった。もちろん、蔵原のいう「正しくその時代の現実の客観性を反映してゐるか」という基準もまた、「反映」するという文学の能動的な性質を捉えようとしたものとみなしうる。とはいえ、中村の文学論が蔵原のそれとも異なることは明らかだ。

中村の文学論は、「ブルジョア文学」／「プロレタリア文学」の二項対立を設定し、前者を批判して後者によって自己規定しようとするプロレタリア文学論の論理とは異なる概念連関によって構成されていた。にもかかわらず、それは「講座派」的読解への誘惑に開かれていた。この二面性が論理的に破綻をきたすことなく理論化され得たのは、すでにみたように、「近代文学」という概念を練り上げることによって、中村が文学史を構成したためであった。

ここで中村が提出した問題は、「ブルジョア文学」「近代文学」「国民文学」などの近代文学関連語群を考えるうえでも重要な問題としてある。中村の「ロマン主義」「近代文学」についての議論は、「ブルジョア文学」概念を批難用語ではない用法へと転じるようなコミュニケーションの回路に開かれている（第12章参照）。中村の主張はのちに平野謙によって「昭和十年前後」の問題に据えられることで、戦後の文芸ジャーナリズムにおいて一大問題系を形づくることにもなった。これまで不在であったか、もしくは過去に一時期実在した積極的概念として「近代文学」や「国民文学」を俎上に載せること。こうした論立ては、中村の置かれた状況とその「体系」とは異なる文脈において、その後もくりかえし立ち現れることになるのである。

第Ⅳ部　反語的な批評

戦前のプロレタリア文学運動は、実質的に、戦後の民主主義文学運動に繋がっていく。このことは当たり前のように思えるが、使用された文芸用語の面に限っても非常に複雑な問題を孕んでいる。繋がっていく、と今書いたのは、民主主義文学運動の参加者の多くが、戦前にプロレタリア文学運動に参加していたからである。ただ、本書の視座からみるならば、それは戦前の運動を直接に継続したものであると捉えるべきではない。なぜなら、戦前にあれほど特権的な意味を帯びていた「プロレタリア」ということばが、「民主主義」ということばに変わっているからだ。

文学運動において戦前は「プロレタリア」にあたる箇所に「民主主義」があてられたことは、「文学と革命」という問題系を概念史の観点から考察する本書にとって核心的な問題だ。ここでは、ブルジョア民主主義革命からプロレタリア革命へ、という革命論の用語法が前提となっているが、プロレタリア革命の位置づけがどのように言語化されたりされなかったりするかによって、論者の立場も変わってくる。

また、「プロレタリア」「民主主義」をめぐる概念の変容は、「知識人」関連語群を考察する際にも重要な問題となる。戦後の民主主義文学運動をリードした新日本文学会と、雑誌『近代文学』同人との間で起こった戦後「政治と文学」論争は、後述するようにこの種の概念論としての問題を孕んでいたと考えることができるが、この『近代文学』同人たちは戦後の知識人論の主要な担い手として活動した。創刊同人の七人、本多秋五・平野謙・山室静・埴谷雄高・荒正人・佐々木基一・小田切秀雄は、若き日にマルクス主義の影響を受けていた。かれらの知識人論のうち、いくつか典型的な例を挙げておこう。

「わたくしはそのやうに信じるが故に、わたくし自身の肉眼、すなはち、小市民インテリゲンチヤの生活感覚のほか、一切が虚妄であると断言するのだ」[1]（荒正人）。「今日、個人の権威の確立は国民全体に課せられた命題だが、それを外から与へられた課題としてではなく、自己内心の問題として打ちだすためには、インテリがみづからをインテリゲンツィアにまで昂める思考を率先してつちかふことが第一の急務であろう」[2]（平野謙）。「簡単にいへば、小ブルジョア作家、インテリゲンチャ作家は、小ブルジョア作家、インテリゲンチャ作家たることに徹する以外、民衆と共に生き戦ふ道は文学的にはないと思ふ」[3]（本多秋五）。

こうした知識人論は、民主主義文学運動の参加者の用語法との拮抗関係のなかで理解される必要がある。では、その思想的意味はどのようなものだったのだろうか。それは、一見すると自明のように思える。すなわち、「政治」に従属することのない「文学」の価値の称揚である。だが、実際のテクストを追いかけていくと、それが一見単純にみえつつも複雑な論理を構成していたことがわかってくる。

一九五五年に本多は、『近代文学』の出立の時期を振り返って、次のように述べている。

> 四五年、敗戦の年の秋、松戸の佐々木基一宅で、そもそもの発起同人の会合をひらいたとき、誰であったか、「芸術至上主義で行こう」と小声で呟いたら、忽ち一座の賛成をえてしまって、いい出した方も、思わぬ反響にびっくりしたのであった。意図といえば、この「芸術至上主義

で行こう」の一句につづめられると思う。

軍服をきて背の高いマックアーサーと、モーニングを着て背の低い天皇と、並んだ写真が新聞にのったりした時期、獄を出た共産党員が歓呼をもって迎えられた時期のことであった。そして、ぼくたちはみんな、芸術至上主義を全幅的に承認したことがなく、むしろそれを敵陣営のものとみる心持ちさえいだいて来たものであった。だから、「芸術至上主義で行こう」の意味は複雑であった。それは反語であり、反語ではあるが反語のまた反語であった。

反語といえば、「近代文学」という標識もまた反語的であったと思う。ぼくたちは、近代の揚棄ということから学問芸術に眼をひらかれたものたちであり、文字通りの近代の出発などということは考えていなかったから。[4]

事後的な回想ではあるが、本多のこの言は、『近代文学』同人のテクストをいかに読み解いていくべきかを考えるうえで、極めて示唆に富むものである。かれらのことばは、もしかすると「反語であり、反語ではあるが反語のまた反語であ」るのかもしれない。そうだとすれば、表面的な理解ではときにその批評の射程を捉え損なう危険がある。周囲の状況と照らし合わせながら、テクストの複雑さに留意しつつ粘り強く読解しなければならない。

第Ⅳ部では、革命的批評が「隠された伝統」となった第四の段階を扱うことになる。『近代文学』同人の批評家が作った言論の磁場は、戦後の日本近代文学研究・批評の前提となった。にもかかわらず、それがどのような意義をもっていたのかは謎めいたままである。ここではそれらの議論がどのようなネットワークを構成していたのか吟味してみたい。

第10章　ロシア文学を読む　戦時期の荒正人

1　ロシア文学と知識人論――読書会と批評方法

『近代文学』同人の荒正人は、『農村文化』一九四七年一・二月号に発表された「文学読書会」という文章で、農村生活者に向けて読書会の仕方を伝えている。そのなかで、読むべき本について次のように述べている。

でわ、どんなものからよんだらいいか、ということになりますね。わたくしは、日本の近代文学とロシヤ十九世紀文学を並行してよんでいったらどうかと思います。

前者についていえば、田山花袋の『田舎教師』正宗白鳥の『何処へ』島崎藤村の『春』『破戒』二葉亭四迷の『浮雲』夏目漱石の『三四郎』森鷗外の『青年』などのようないわゆる青春文学からよんでいったらどうかと考えます。なぜなら、そこには、あなたがたとおなじような年齢の主人公が「人生いかに生くべきか」について苦悩し、追求しているからです。それは必ずやあなた方の共感をそそらずにはやまないからです。

また、後者については、プーシュキンの『オネーギン』レエルモントフの『現代のヒーロー』ゴーゴリの『鼻』『外套』からはじめて、ツルゲーネフ、トルストイ、チェホフ、ゴーリキイなどとよんでいったらいいと思います。（ドストイェフスキイはあとからがいいでしょう）[1]。

このとき荒は、いわゆる戦後「政治と文学」論争の渦中にあり、中野重治らを相手取って議論しつつ、「三十代」対「四十代」という世代対立を強調していた。その荒が、ここでは年下の農村の読者に向け、「あなたがたとおなじような年齢の主人公」が登場する「青春文学」を薦めているということになる。[2]なお、この荒の文章が、読者を戦後の文学動向に誘導する側面もあったことは、次のくだりにうかがうことができる。「そう、文芸雑誌では、『新潮』『人間』『群像』『近代文学』『新日本文学』などがあり、読書の案内としては『読書新聞』はぜひ購読すべきでしょう」[3]。

「日本の近代文学とロシヤ十九世紀文学を並行してよんでい」くという、この読書会の方法から想起されるのは、戦時期に荒、佐々木基一、小田切秀雄の三人（いわゆる「世田谷三人組」「世田谷トリオ」）によって行なわれていたとされる研究会である。おそらく、荒はこの自身の経験を重ねるようにして、読書会の姿を思い描き、戦後の読者にも推奨したのだろう。[4]

ここで荒が述べている読書法は、荒自身の批評の特質にも関わっている。すなわち、「ロシヤ十九世紀文学」を参照しながら、「日本の近代文学」を論じるというスタイルである。これは、『第二の青春』（八雲書店、一九四七年）を一読しただけで明らかである。同書で荒は、先に挙げた八人をはじめ多くのロシアの作家・思想家の名前に言及しながら、戦後日本における「小市民インテリゲンチャ」の積極的な意義を主張している。

知識人、インテリゲンチャの存在価値を明確に打ち出した荒の主張の背景には、こうしたロシア文学・思想の教養があった。荒は、ロシア・インテリゲンチャをひとつの参照項として、日本のインテリゲンチャについて考えた批評家である。[5] 知識人論は戦後のジャーナリズムの流行のテーマだったが、荒はそのなかでも代表的な論客だったといってよいだろう。[6]

本章は、荒のロシア文学についての認識を、戦時期に遡って考察する試みである。[7] 荒のロシア文学の教養がどのようなものであり、それがどのように批評に生かされたのかをみていきたい。この問題は、単に荒個人の思念を分析するに留まらず、日本における知識人論の知的土壌の一端を明らかにすることにも繋がると思われる。

2 戦時期の世田谷三人組——読書会の回想

戦時期の荒、佐々木、小田切は、ジェルジ・ルカーチやロシア文学などを読んでいたことで知られている。なぜ知られているかといえば、三者がそれぞれ回想を残しているからである。[8] 荒のロシア文学観については、この三者の回想が実質的に先行研究としての位置を占めている。そこでまず、本節ではこれらの内容を整理しておきたい。

荒、佐々木、小田切は、三人で研究会を開いていたらしい。この研究会は、一九三五年か三六年に開始されたようである。[9] 荒の記憶では、「マルクス主義ないし唯物史観にもとづ」いた「文芸学研究会」で、形式としてはいわゆる「R・S（読書会）」が元にあったとのことである。「最初のテキストは、当時、評判となっていた岡崎義恵「日本文芸学」であった」。[10] この頃、佐々木はルカーチの影響を受けたことを、回想に細かく書いている。佐々木は、「ルカーチの「調和的人間の理想」という論文を試訳して回覧したりした」とも述べている。[11]小田切には、ルカーチの影響のもと「調和的人間」を問題化した『万葉の伝統』（光書房、一九四一年）といった著作もある。では、この研究会ではどのようにロシア文学が取り上げられたのだろうか。小田切は次のように述べている。

わたしたちの小研究会が一九世紀ロシア文学を系統的に読む〝作業〟を、いつからはじめたのだったかわたしも覚えていない。たぶん昭和一四、五年のころであったろう。系統的に、というのは、そのころまでに日本語に訳されていた一九世紀ロシア文学のほとんど全部を、手に入るかぎり作家べつに、また歴史的につぎつぎと読んでいったのであった。[12]

なお、小田切はこの回想で、レールモントフの『現代の英雄』についてかなりの紙幅を割いて説明している。佐々木によると、ロシア文学を読む「作業」とは、次のようなものであった。

荒正人、小田切秀雄と三人の研究会で、十九世紀ロシア文学を片っぱしから読む作業をはじめたのはいつ頃からであったか、またどのような動機からであったか、はっきりした記憶がない。とにかくグリボエードフの「知恵の悲しみ」にはじまり、プーシュキンの「エウゲニー・オネーギン」、レールモントフの「現代の英雄」をへてゴーゴリの「死せる魂」、ゴンチャロフの「オブローモフ」と続き、十九世紀末から二十世紀初頭にかけてのロシア作家ソログープ、ブーニン、ザイツェフ、クープリンの作品にまでおよぶ、ロシア文学の主人公、いわゆる「余計者」の歴史を辿ってみようとしたのである。[13]

他方で、荒はこの研究会について、次のように述べている。

会では、おもに二つの系統の本を読みあった。第一は、日本の自然主義系統のもの、第二は、ヨーロッパのリアリズムの系列であった。プーシキンからゴーリキーまでといったふうであった。こういう選択をしたのは、戦争にともなう空疎なロマンチシズムへの主格的抵抗からであった。便乗型でないロマンチシズムまでも無視黙殺していたのではない。例えば、レールモントフの『現代の英雄』（題名の翻訳には異論もある）には、ドイツ・ロマン主義とは別の、一種の貴族的ロマン主義が高鳴っており、みんなで賞賛を惜しまなかった。十九世紀の西洋文学には、いずれまた接触する機会があったかもしれぬが、自然主義を中心とした日本近代文学を系統的に読むことができたのは、おもに小田切秀雄のおかげだったと思う。私は、かれから、初歩からの手引きを受けた。[14]

両者の回想にはいくつかの差異が見出せるが、その指摘は措いておこう。ここで確認したいのは、荒が述べている「二つの系統」、すなわち、「日本の自然主義」の系統と「ヨーロッパのリアリズム」の系統を、「日本の近代文学」と「ロシア十九世紀文学」に置き換えれば、前節でみた、荒が戦後に農村生活者に向けて提案した読書会の仕方になるということである。なお、荒はこの時期ロシア文学者の岡沢秀虎にロシア語を習ったという。[15]

この研究会でのロシア文学の読書は、時代から孤立した試みではなく、むしろ三者は当時の言論状況に意識的だったことが回想からうかがえる。まず、重要な文脈として、岩上順一や除村吉太郎《よけむらよしたろう》といったロシア文学を学んだ評論家が、総合雑誌等で活躍したことが挙げられる。佐々木は、先に引いた文章に続けて、「あるいはこれには岩上順一氏の登場に刺激された点があるかもしれない」[16]と述べている。戦時期の岩上については、三名とも『岩上順一追想集』に文章を寄せている。荒は、一九三九年の『中央公論』に載った岩上の評論を読んだとき、「勇気づけられた」[17]という。岩上は、一九四一年もしくは四二年から、荒、佐々木、小田切の研究会にも出ていたようである。[18]

戦時期刊行のロシア文学・思想関係の書物としては、『ベリンスキー選集』（除村吉太郎訳、弘文堂書房、一九四一年）、『ロシヤ年代記』（除村吉太郎訳、弘文堂書房、一九四三年）、ドブロリユーボフ『オブロモフ主義とは何か・今日といふ日はいつ来るか』（弘文堂書房、金子兼二・津田巽訳、一九四三年）などが言及されている。とりわけ小田切は、ドブロリューボフの右の翻訳書を読んで、オブローモフが「〝余計者〟たちの系譜」のなかで論じられていることに「まさにわが意を得た思いをした」[19]と述べている。

また、使用した文学史については、小田切は次のように述べている。「なお、わたしたちは系統的に読むためにロシア文学史のすぐれた通史的叙述の書があればと思ってさがしたのだが、どれにもあまり敬服できず、その当時としてはクロポトキンの『ロシア文学の理想と現実』以上に確かなものを見出すことができなかった」[20]。そのほか、荒は、「私たちは、「月刊ロシヤ」というロシアの情報や小説を掲げていた雑誌を愛読し」[21]たと述べている。

以上、研究会でのロシア文学の読書のあり方と、その背景についてみてきたが、これらはあくまで三名の回想であり、過去にあった事実を確証するものではない。だが、当事者による重要な情報が含まれていることは確かである。これらをふまえたうえで、次節では当時の周囲の文脈に留意しながら、荒の批評について具体的にみていきたい。

3　批評の材源――ルカーチとロシア文学史

一九三九年以降、荒は「赤木俊」の筆名で、『文芸学資料月報』『芸術評論』『現代文学』『構想』[22]などの媒体に論考を発表したが、初期の論考は「文芸学」に関心が向けられているものが多い。昭和一〇年代の荒、佐々木、小田切とルカーチについては、深江浩が論じているが、[23]検討された資料は基本的に荒、佐々木、小田切の回想によっており、当時の荒の論考にみられるルカーチの影響については考察していない。そこで、この時期の荒が、具体的にヘーゲルやルカーチの名を挙げつつ批評文を書いていたことをみていくことからはじめたい。

まず、三人が「篠塚正」という筆名を共有して『学芸』一九三八年五月号に発表した、「近代文芸と読者」において、ヘーゲルを参照しつつ日本近代文学が論じられている。その翌年に創刊された『文芸学資料月報』で荒は、「日本文芸学論争」を振り返りつつ、岡崎義恵の『日本文芸学』（岩波書店、一九三五年）を批判した。[24]他方で、荒が「文芸学」の方向性として擁護したのは、ブラッドレーのシェイクスピア論であった。[25]『芸術評論』掲載の論考で荒は、ブラッドレーを読むとき、かれが拠ったところの「ヘーゲル哲学を二言三言で批判し去る」ことで片づけてはならないとする。「彼の悲劇論の真の批判発展」を試みることが必要であり、それこそが「文芸学の緊要なる課題の一つ」なのだという。[26]『現代文学』でも、「文芸学」を問題とする荒の態度は保持されている。[27]

なお、『文芸学資料月報』では「篠塚正」によるルカーチのトルストイ論の紹介がなされている。[28]このルカーチの論考は、『現代文学』に翻訳が掲載された。[29]そして、このルカーチの翻訳を、荒は引用している。[30]また、荒は同時代の文学を論じるにあたって、「古代社会の人々に通じる調和」[31]や、「調和的人間生活」[32]をめぐる議論を行なってもいる。

ロシア文学のテーマもまた、荒が『現代文学』に載せた文章にみることができる。たとえば、創刊号に掲載された武田麟太郎『大凶の籤』の書評では、「此のやうな人間が所謂「余計者」として把握されてゐたならば、或ひはもつと積極的な意義をも持ち得たかも知れない」[33]と述べられている。あるいは、岡本かの子『生々流転』の書評では、「ゴーゴリ」と比較して劣るものとする論法がみられる。[34]このように、ロシア文学の知識を下敷きにして日本文学を語るという荒の方法は、戦時期の活動の初期においてもみられる。

ここで思い出したいのが、岩上順一の存在である。岩上は、『中央公論』『知性』『文学者』『現代文学』などの雑誌で活躍し、一九四一年には評論集『文学の饗宴』を刊行した。[35]荒はこの『文学の饗宴』の書評を、「赤木俊」の筆名で『文学者』一九四一年三月号に発表している。そこで荒は、次のように述べている。「一昨年の秋であつた。「中央公論」に掲載されて居た「描かれた《ママ》現実」なる評論を一読した私はその強靭な論理的性格を貫くみづみづしさに深く心打たれて、その感動を友と頒ち合つた」。ほかにも荒は、岩上の「ロシア文学の現代的意味」について、「ロシヤ文学の六、七十年代を論じた」ものでありながら「常に今日の眼を凝らすことを忘れない」点を評価している。[36]岩上のこのふたつの論考は、ロシア文学を参照するスタイルをとっていた。

岩上に加え、除村吉太郎についてもみておきたい。著作目録によると、荒は『詩原』（一九四〇年九月）に「幸福なる町人」という論考を発表している。[37] この雑誌『詩原』は、同人の青柳優や秋山清らによって、一九四〇年三月に創刊された雑誌である。第一巻第一号（一九四〇年三月）、第二号（一九四〇年四月）のみが復刻されている。[38] 私は『詩原』第一巻第七号（一九四〇年九月）を所蔵しているが、それをみると、冒頭で除村の評論に言及していることがわかる。引用したい。

ロシヤ文学の六十年代から七十年代にかけて、「…ポミャロフスキー、クシチェフスキー、スレプツオフ等の作家はナロードニキの運動の弾圧の後に、嘗ての英雄が次第に「下僕」に、「幸福なる町人」に転化して行く過程を描いた。」と除村吉太郎氏は「ロシヤ文学の二世紀」の中で述べてゐる。「幸福なる町人」は単に十九世紀ロシヤにのみ偶然現はれた問題ではなく、日本の新らしい四十年代の問題でもあるのだ。[39]

ここで荒が挙げているのは、除村が『知性』一九三九年九月号に発表した論考である。荒が参照した資料であるため、少々長くなるが概要をまとめておこう。

除村によれば、「ヒューマニズムこそが文学の最高の旗印」であり、「天才」は「より高度のヒューマニズムに通じ」る。一九世紀ロシアの文学はそうした「天才」たちの歴史であった。まずそれは、「最初のロシヤ国民詩人」プーシキンから始まる。かれは「ロシヤ文学に於ける「余計者」の最初の完全なタイプであるオネーギン」を「形象」した。プーシキンの「後継者達」として、ゴーゴリ、ツルゲーネフ、ゴンチャロフ、ドストエフスキー、トルストイ、オストロフスキー、サルトゥイコフ＝

シチェドリン、グレプ・ウスペンスキー、ポミャロフスキー、クシチェフスキー、スレプツオフ、チェーホフが登場した。かれら一九世紀の作家は偉大な「ヒューマニスト」だったが、限界もあった。そこに登場したのが、ゴーリキーである。ゴーリキーは「ヒューマニズムを一段と高い段階に押しすゝめた意味に於いて、十九世紀を閉ぢるといふより、寧ろ二十世紀を開いた作家といふべきである[40]」。

除村がこの論考で「幸福なる町人」ということばを用いているのは、荒が引用した箇所に留まる。荒が「…」と略している箇所は、原文をみると「日本語に全く訳されてゐない[41]」とある。ともあれ、荒がナロードニキ弾圧後の「幸福なる町人」への「転化」に着目し、それを「日本の新らしい四十年代の問題」として捉えたことは着目してよい。この「転化」はいわゆる転向問題を思い起こさせるが、ロシア文学史を参照しつつ日本文学を論じるという荒のスタイルが、ここでは除村の論考を参照することにより可能となったことがわかる。この荒の論考は、次の結論をもって締め括られる。「彼自身「幸福なる町人」になりきつてゐる」ような日本の作家は、「六十年代七十年代のロシヤ作家の如くリアリスティックな眼に依つていかにして「幸福な町人《ママ》」になつたかと言ふ過程の追求さへ期待し得ない」。したがって、「此のやうな幸福なる町人をいかにして追放し抹殺するかといふことに今日の課題の一つがあると言へないだらうか[42]」。このように荒は、「幸福なる町人」を当時の重大問題として捉え、その「追放」「抹殺」について思索していた。次節以降では、こうした荒の「余計者」「幸福なる町人」についての認識が、国民文学論として展開された点についてもふれたい。

4 「小市民文学」の批判的更新──国民文学論

荒の国民文学論についてては、内藤由直が思想史的な見取図のなかに位置づけている。内藤によれば、荒の国民文学論は、「国民文学」が「戦争を遂行する新体制運動に協力するものであると考えられ」ていた当時にあって、「安易な政治的文学論を批判」するものであった。荒は、「政治の語彙」ではなく「文学の語彙」による「国民文学」を希求したが、「このような考えは、〈政治と文学〉論争において林房雄が主張していた論理と同じものである」。「〈政治と文学〉論争から六年を経て、林が述べた言葉はそのまま林たち新体制への協力者へ返されているのである」[43]。

本節では、この指摘をふまえつつ、荒の国民文学論をみていこう。[44]まず、先に挙げた荒、小田切、佐々木の「近代文芸と読者」では、高倉テルの「日本国民文学の確立」(『思想』一九三六年八月号、九月号)について、評価しつつも考察が「不充分」だとの指摘がなされている。そのうえで、「新しい文学精神によつて、文学と広汎な国民との別な関係を創造しようとする如き方向は、何処に見出されるのであらうか」という問いかけがなされるが、「それについて語ることは別の機会に譲ることにする」とされ、具体的に議論が展開されるわけではない。[45]重要なのは、ここで「近代日本文学」を論じるため、清水幾太郎の『日本文化形態論』(サイレン社、一九三六年)の内容が敷衍されている点である。日本においては「市民的理念」は「採用され」なかったのだというのがその論旨だが、文学が「広汎な国民の生活の中に入つて行く」ことが「不可能だつた」ことの理由が、この観点から説明されている。[46]

「日本の近代社会に就て既に周知のものとなつてゐる如き封建的残存の強力な存在をめぐる諸事情」

を、「単に外部からのみ規定的であつたといふのではな」く、「日本近代文学そのものの内部に生きる事によつて、古きものの尚生ける姿を示した」[47]という主張は、この清水の日本文化形態論に接続させられている。つまり、ここで「国民」と「文学」の関係は、「内部」における「市民的理念」の不在にも求められる論理が成立しているのだ。

荒個人は、この問題を引き続き「読者」の問題として深めたが、その際、ロシア文学の知識が導入される。荒によれば、「ロシア国民文学の樹立者と言はれるプーシキン」が「オネーギン」で「余計者」を描いたのは、「問題」の「解決」ではなく「提起」であった。この「問題」はのちに「ゴーリキーを越える所に」おいて「解決」されたが、「これは初期国民文学の発展の一つの型である」。しかし、日本にはかかる意味での「国民文学」のながれは存在せず、「小市民文学」の「伝統」を形成してしまった。重要なのは、「小市民文学」を批判的に更新すること、「漠然たる否定ではなく、肯定を求むる否定である」[48]。

つまり、荒にとって、「国民文学」たりえなかった「小市民文学」は、捨て去られてよいものではなかった。「日本において近代の文学が主として小市民のものであ」ったのは、「市民社会における文学のありやうとしては已むを得ないものでもあり、それなりに相応の意義を持つて居たの」である。[49]そして、「小市民的人間」を「新しい高次な段階に引き上げること」[50]こそがめざされるべきだともされる。ここでは、ロシア文学を規範として日本文学を裁断するのではなく、ロシア文学と日本文学の差異を確認し、日本文学を再考するためにロシア文学の知識が参照されているといえよう。

他方、荒にとって、林房雄らの「国民文学」論は、シチェドリンが問題化した「《利巧者》」、すなわち「町人階級の俗物性」として映った。かれら「国民文学」論者は、羽仁五郎の幕末倫理思想論を読んで「自省」すべきだと荒はいう。そして、岩上順一や杉山英樹について、「此等の若い世代の批評の中に、今日の文学が直面して居る課題の複雑を極めた困難さを見取る」としている。[51]

この議論は、先述した「幸福なる町人」への批判にも通じるだろう。荒は「自己革新の意義」という論考で、「「幸福なる町人」の否定なくして小市民の国民への転換は望み得ない。自己革新への道は此処に通じて居る」と述べ、「国民の中に同質的なものとして溶けることができずに、何時迄も異質なものとして留り、或時には自己こそ全体であるかの如く装ふ人々の存在」を問題化している。[52]それは次のように続けられる。

新体制の敵と言はれる人々が何であるかは必ずしも明らかではないが、その言葉の中には自己革新を行ひ得ぬ人々が存在することを暗示するものがある。翻つて小市民性の弱点として指摘される自由主義や個人主義は決して小市民が自らが好んで選んだものではなく寧ろ外なる社会から与へられたものであつたとも言へよう。それを与へた社会が旧体制であるとすれば、自己革新を行ひ得ぬ人々は明らかに旧体制のものであらう。その人々が自己革新を行ひ得ないのは果して歴史的性格のためであるか或は個人的性格の故であるかは問はぬとするも、今日私達に要望されて居る自己革新がそのやうな人々の全き否定なくしては単なる個人的なものとして萎縮して無意味に終ることは何人にも諒解されよう。[53]

当時の言論状況を考慮すれば、「小市民」が「自己革新」するために、「そのやうな人々の全き否定」が不可欠であることを言明したことは注目に値する。ここでは婉曲的な表現が採られているが、

「国民」とは「異質」だが「自己こそ全体であるかの如く装ふ人々」という語によって、ある種の特権的な存在を問題化していることは明らかである。[54] 荒の国民文学論の射程がこの点にまで及んでいたことは特筆されてよいと思われる。

5 「余計者」の客観化――国民文学論と『浮雲』

荒の国民文学への意識は、二葉亭四迷の『浮雲』論にもうかがえる。荒は「忘れられた余計者」において、私小説の「私とは要するに小市民としての私であつて国民としての私ではなかつた」がゆえに、「国民の側から言へば、私小説の私は余計者として映つた」と述べている。そうした特質は、二葉亭四迷『浮雲』に遡って見出されるのだが、「小市民インテリゲンチヤが自らを余計者と感じること」は「たんに日本の近代社会に限らずひろく市民社会一般に共通するもの」だとされる。では、ロシア文学の「余計者」と日本文学の「余計者」はいかに異なるのか。それは、ロシア文学の作家が、「余計者を描き尽すことによつて余計者を批判する立場」、すなわち「作家として国民の立場にまで迫つてゐた」のに対し、「日本の場合は余計者はつひに客観化されることがなかつた」という違いとなって表れる。これは「日本の市民社会そのものの性格」に還元できる問題ではなく、「主体の側からの努力の可能性はむしろ多分に残されてゐる」問題である。したがって、「国民文学」は、「自らの余計者意識」の「追放」と「余計者の客観化」を試みる方向によってめざされるべきだとされる。[55]

その後に発表された、「最初の余計者――「浮雲」の文三について」では、「余計者」概念の練り上げを介して、『浮雲』の積極的評価が試みられている。荒によれば、内海文三は「余計者」だが、「彼が余計者であるのは、究極において俗物との関係において余計な存在なのである」。「余計者文三の存在と俗物世界の対立」は、「市民社会の構造のもつ対立」として表れる。この点から、『浮雲』が「余計者の社会における位置を客観化」し、「余計者の全貌に迫り得た」と高く評価されるのである。[56]

この荒の議論は、『浮雲』とロシア文学の同一性に重点が置かれているように思える。議論が複雑化するのは後半である。まず、「俗物と余計者がおなじ生活の地盤から絡みあひ縺れあひつつ分離して行くといふ」状況は、「「浮雲」の時代とともに去つて再び帰らなかつた」とされる。「余計者」は「小市民インテリゲンチヤ」として、「俗物」は「俗衆」「国民民衆」として、「直接の関係を断ち切つてしまつた」。「日本の近代文学」は「前者にのみ基礎をおく」ものとして展開し、「余計者意識にあまえて主観的形象を追ひ求め」ることとなった。したがって、「近代文学はけつして正常な形で国民のものにはなり得なかつた」[57]。このようにして、「余計者」の「客観化」の系譜は、文学史が孕んだ可能性のレヴェルに押しとどめられる。

次に、ロシア文学の「余計者《リーシニ》」と、荒が定義した日本の「余計者」の「異同」と共通点が確認される。「あるひと」によれば「余計者《リーシニ》」は「貴族出身」だといふが、そうだとすれば「雑階級の出身者」文三は「余計者《リーシニ》ではなくなる」。しかし、「余計者《リーシニ》」と文三は「酷似」している点がある、と荒はいう。それは、「インテリゲンチヤとしての性格」である。「行動への意志を無くし、懐疑的になり、その懐疑を通じて批判を行ひ、やがて孤立してゆく」点において、両者は同じである。[58] このようにして荒は、「余計者」概念を、出身階級の問題から切り離し「インテリゲンチヤ」の問題として把握する。

第三に、こうした「余計者を例外なく捉まへてゐる憂鬱なる気分」が生じたのは、「現実における調和の喪失」、「深淵の認識からやつてきた」とされる。それは、「市民社会の枠のなかでは到底回復できない調和へのやみがたき希求と、それ故に感じる深淵への恐怖である」。そして、『浮雲』の文三こそ「市民社会成立の当時はやくもこの深淵を意識した人間」だと述べられる。「いふまでもなく近代文学は、この余計者といふ人間形象を通してのみ市民社会の独自な本質を認識することができた」[59]。ここでの荒の議論は、『浮雲』を特権的な小説とみなすことで、これまでの日本文学を批判的に捉えつつ、戦時期の「国民文学」言説のなかでめざすべき理念を提起する試みであったといえよう。

荒の批評が、ロシア文学史の語りを参照しながら日本文学史を形成しようと試みたものであったことは、以上から明らかである。プロレタリア文学運動全盛の頃、特権的な参照先となっていたのはソ連であった。対して、荒は時代を遡って一九世紀のロシア文学に着目している。それは第Ⅰ部でみたロシア文学をめぐる知的資産の継承作業でもあった。

荒曰く、東京外国語学校に入学したときの二葉亭は、さながら坪内逍遥の「「当世書生気質」のなかに出てくる青年たちのやうにあるがままの秩序に限りなき信頼をよせ」ていた。したがって、「矛盾はその片影を現はさず、深淵は予感されることがなかつた」[60]。それが、その後に二葉亭は変わった、と荒は考えた。

> だが外国語学校で彼を待ち構へてゐたものは十九世紀ロシヤ文学であつた。これは現実否定を以てその精神とする特異な文学であつた。彼がロシヤ文学から学んだものは複雑で一言では言ひ切れぬものがあらうが、本質的にはインテリゲンチヤとしての自己認識ではなかつたらうか。[61]

荒にとって二葉亭は、ロシア文学から学んだ先達として認識されていた、といってもよいだろう。

外国文学の受容を明治以来の文学伝統として捉えるこうした視座が、「インテリゲンチヤ」概念の時間軸における錯綜を伴いつつ、ある種の説得力を生み出してきたことの重要性をここでは強調しておきたい。状況ごと、作家・批評家ごとに文学史のあり方は変貌する。他方で、その理解を支える知的資源は流動しながらも次第に堆積していく。ロシア文学的な知は、「転向」の時代に再利用が図られることによって、結果として戦後に書かれる文学史の土壌をも形成したのであった。

第11章　概念を縫い合わせる　平野謙「昭和文学のふたつの論争」

1　文学史のなかの論争、論争のなかの文学史——論争的文学史

平野謙は、雑誌『近代文学』同人として戦後思想史においても特筆されてきた文芸評論家である。個別の作家・作品についての文章を発表したのはもちろんのこと、文芸時評の書き手としても活躍した。状況論的な思考に定評がある一方で、文学史家としても名を馳せた人物である。「芸術と実生活」「政治と文学」などの主軸となる問題系の剔出や、変革の時期として「昭和十年前後」を捉えた時代論の構え、「三派鼎立」といった見取図によるジャーナリズム／運動状況の整理など、その内容・特質は多岐にわたる。

近年、平野の描いた「昭和文学史」について、単に先行論としてその記述内容を検討するのではなく、平野の文学史への歴史的な理解を深化させたうえで——いわば、一種の平野謙論を展開したうえで——批判的に捉え直そうとする試みがなされている。大原祐治は、「平野による「昭和文学史」とは、事実確認的《コンスタティヴ》に「文学」を「史的体系化」する（フリをする）アカデミックな「文学史」とは一線を画した、行為遂行的《パフォーマティヴ》な叙述に他ならない」[1]と述べているが、こうした視座からすれば、たとえ平野

の「文学史」を否定するにせよ、平野がとった言説戦略への理解とともに、論者自身がとっている立ち位置への省察が要請されることとなろう。それはもちろん、平野謙個人についての評価に留まるものではない。

絓秀実は、平野の昭和文学史のもつ射程と限界について論じているが、それは、六〇年安保をドレフュス事件にアナロジーしつつ吉本隆明を中心に戦後批評史を再考する、絓の戦略と連動していた。[2]平野の文学史を論じることは、戦後の文学・思想の把握の仕方にも通じる問題であると考えられる。

平浩一は、その著書『「文芸復興」の系譜学』の第一部「文学史の形成と「文芸復興」――平野謙の文学史観を中心とする戦後研究の検証」において、タイトル通り「平野謙の文学史観」について詳述している。[3]その際、対象の期間とされているのは、一九五〇年代から一九七〇年代以降までである。この期間において、平野の文学史は戦後の文芸批評・研究において重要な位置を占めていた。

もちろん、平野はそれ以前から文学史（とみなされてきたもの）を書いている。平野の文学史を追尋していく際には、一九五〇年代以前のテクストも取り上げながら、それが書かれた状況に置き直す試みもまた、遂行していく必要があると考えられる。

そこで本章で取り上げたいのは、雑誌『人間』の一九四七年一〇月号に発表された、「昭和文学のふたつの論争」である。[4]これに関しては、谷沢永一の評言が残されている。谷沢によれば、この平野の論考が発表された「『人間』の特集「近代日本文学の課題」を以て、戦後における日本近代文学史研究が開幕した」[5]という。つまり、同誌特集は「戦後における日本近代文学史研究」のはじまりを告げるメディアだったというのだ。そして、この論考は、「平野謙の昭和文学史論がはじめてその目鼻立ちを明らかにした」ものだとされ、前年発表の「政治と文学（一）」を「序論とし」、「「昭和文学のふたつの論争」を本書とするこの二篇こそ、平野文学史観集大成における総論の位置を占めている[6]のだという。これもまたいいかえるならば、同論考は平野の「昭和文学史論」のはじまりを告げるテクストだ、と位置づけられたのだといえよう。

この壮大な研究史観が承認されるかどうかは研究者の立場によるだろうし、谷沢も細かく検証しているわけではない。ただし、谷沢も注目するように、この平野の論考の意義が、「ふたつの論争」すなわち芸術大衆化論争と思想と実生活論争の個別研究に留まるものではないことはたしかだ。「昭和文学のふたつの論争」を論じることを通して平野は、ある種の文学史的な見取図、ないし文学史観を提出している。しかも、その論理は入り組んでおり、決してわかりやすいものではない。したがって、その内実を丁寧に検討していくことは、前述した研究動向の観点からいっても、重要なことだといえる。

ここで、あらかじめ本章の結論を述べておくならば、「昭和文学のふたつの論争」は、文学の価値づけに関わるいくつかの概念そのものを問い直すことによって文学史を叙述しようとした、概念論としての文学史として読むことができると考えられる。以下では、そのことをテクストの精読を通して論じていきたい。なお、そのための前提として重視したいのは、この平野の論考がいわゆる戦後「政治と文学」論争の延長で書かれたことである。論争との繋がりに関わる点を掘り下げて問題化することによって、平野の文学史の実践性もまた浮かび上がってくると考えられる。

2 小林秀雄と中野重治——文学史のふたつの「中心」

平野の文学史の特質としては、小林秀雄「私小説論」の周辺が孕んだ可能性を重視する、「人民戦線史観」[7]とも呼ばれる問題に、集中的な関心が寄せられてきた。たしかに、平野にとって小林は重要な評論家であり、また、「私小説論」は平野に限らず多くの論者に影響を及ぼしてきたテクストである。本章でも、平野の小林評価についてふれたいと思う。ただし、平野が着目した作家・批評家は小林だけではないし、「昭和文学のふたつの論争」は小林のみを特権化したテクストであるとはいいがたい。そこでまずは、テクスト全体の構成を整理しつつ、平野がその文学史において特筆した固有名詞の配置について考えてみたい。

そのための前提として確認しておきたいのは、この論考における平野の「マルクス主義文学」という用語の問題である。平野はこの語を、プロレタリア文学のうち『プロレタリア芸術』から『ナップ』へと展開した運動によって生み出された文学を指して用いている。それは「インテリゲンツィア文学」的であった、というのが平野の考えである。[8]戦後「政治と文学」論争中に書かれた「「政治の優位性」とは何か」においても、平野は「小ブルヂョア・インテリゲンツィア」によって「プロレタリア文学」が「樹立」されたと述べている。[9]戦後の平野もまた、「インテリゲンツィア」の位置について思考しながら文学史観を提示したことに留意しておきたい。

では、テクスト構造の検討に移ろう。「昭和文学のふたつの論争」は、節や小見出しがないひと連なりの文章だが、およそ半ばに至って、「たいへん前おきがながくなり、本文とのつながりがへんてこになつたようだが」と記されている。そこで、仮に前半を「前おき」、後半を「本文」として、便宜的に内容を六つに分けて整理すると、以下のようになる。【前おき】（1）趣旨説明、（2）「昭和十六年の夏ころ」に企図された未完の昭和文学史構想についての回想、（3）「昭和文学」二十年の歴史を素描、（4）小田切秀雄と荒正人への評価・批判、【本文】（5）中野重治と蔵原惟人の芸術大衆化論争の検討、（6）小林秀雄と正宗白鳥の思想と実生活論争の検討。

まず、【前おき】の内容をみていこう。（1）で平野は、「いまかりに八月十五日にいたる昭和二十年間の文学史を「昭和文学」とよぶならば、その昭和文学はちょうど昭和十一年ころを境として、前期と後期とにはっきり二分される」という。「昭和文学を明治大正文学から分かつ最大の標識が「政治と文学」の問題であり、昭和文学を前半期と後半期に区切る徴表が、マルクス主義文学運動の敗退にほかなら」ない、と平野は整理する。これは「すでにほかの機会に書きしるしたところである」[10]というが、その前提のうえで、「昭和文学の運命を代表するにたるふたつの論争」を論じることが予告される。

次に、（2）では、「たしか昭和十六年の夏ころ私は「新感覚派以後」という標題の文学史を計画し、日華事変にいたるまでの昭和十年間の歴史を描きたいと思つて」いたことが回想される。当時の平野にとって、「昭和文学史を書くことはみずからの精神形成史を根原的にふりかえるにひとしい」ものだったという。その「最後の結び」は「ほとんどはじめからきまつていた」。それは、「雑誌『文学界』の創刊、改組を背景とする小林秀雄と正宗白鳥との論争」を「昭和十年間の一応の終結点に据える」ものであった。『文学界』の創刊、改組は、「文壇におけるいわば「強者連盟」の出現であり、また、ある意味では一種のフロン・ポピュレールを企図した大同団結」だったとされる。それを背景として、小林は白鳥との論争において、「自然主義的人間観の克服、社会化された自我の成熟」を打ち出した。だが、「それはただちにあの戦争下の文学的動乱に接続されねばならぬ悲運をそれ自身になっていた」。――しかし、このような文学史構想は、「戦局の逼迫につれ」資料も「あらかた散佚してしま」い、また「プランそのものも色褪せた「昨日の風景」と化さざるを得なかった」。

（3）で平野は、「しかし、今日でも私は自己流の文学史を描いてみたい」とし、大正末期の同人雑誌から、『文学界』の座談会「近代の超克」までの歴史を素描する。では、その見取図はどのように変化したかというと、「横光利一、小林秀雄を中心に昭和十年間の文学史をまとめたいプランが、いまは小林秀雄、中野重治を中心とする昭和二十年間の文学史を描いてみたい腹案にまで拡大されたのだ」という。小林と中野の位置づけに関しては、次のように述べられている。

昭和前半期における小林秀雄は少数反対派の頭目であり、後半期にあってはときを獲た多数派の陰然たる指導者であった。反対に、中野重治はマルクス主義文学最高の指導者のひとりであり、その後半期においては文壇主流の革命的反対派として、次第に市井の塵埃に韜晦しなければならなかった。そして、その前半期と後半期との旋回点を、やはり私はトルストイの家出をめぐる論争〔いわゆる「思想と実生活論争」〕にさだめたいと思う。

（4）において平野は、小田切秀雄「民主主義文学の根拠――プロレタリヤ文学との結び目」（『諷刺文学』一九四七年四月号）と、荒正人「政治的風土」（『進路』一九四七年七月号）に異論を唱えている。平野によれば、小田切は、「戦争中の十年におよぶ「暗澹とした歳月」を単に非文学的空白とみることに反対」し、「かつてのマルクス主義文学と今日の民主主義文学との「結び目」をときほぐそうと」

した。これについては、平野は肯定している（「この小田切の批評的志向に私は賛成する」）。ただし、小田切の見方は、戦争中の宮本顕治や中野重治の営為を「非文学的空白」とみることは免れても、「マルクス主義文学時代からみれば歩一歩と後退をよぎなくされた。くるしいうけ身の闘いにおわつたとする見解が暗々裡にかくされているよう」だとする。平野はこれに対して、「私はこのような姑息な評価に賛同することはできぬ」と激しく論難している。むしろ平野は、「『斎藤茂吉ノオト』一巻が中野の唯一最高の業績にほかならぬというまでである」と、戦時期の中野の評論を積極的に評価するのである。

また、荒に対しては、「かつてのマルクス主義文学を一種の「政治文学」として割りきり、あれはあれで正しかつたとするとき、やはり問題は不当に簡易化される」と批判している。なぜなら、「荒の見解を押しすすめるなら、中野重治と蔵原惟人との芸術大衆化論争は論争としてナンセンスであり、マルクス主義文学運動における中野の位置ずけ《ママ》は全体として誤謬そのものということにならざるを得ない。いや、誤謬であったかなかったかは暫く措くとして、中野重治とマルクス主義文学との結びつきは土台滑稽なものとな」ってしまうからである。平野はこのような見方に反対し、「私は信じているが、急進的な文学インテリゲンツィアによるマルクス主義文学という独特の運命を中野重治ほどよく象徴している人はない」と述べている。平野にとって中野は、「急進的な文学インテリゲンツィアによるマルクス主義文学」の「象徴」的存在であった。

以上の【前おき】の整理からわかることを、まとめておこう。まず、すでに明らかなように、ここで平野が示した「昭和文学」の見取図は、「小林秀雄」と「中野重治」のふたつを「中心」とするものであった。「中野重治」との関係において、はじめて「小林秀雄」も文学史的に位置づけられることになる。したがって、この平野の主張に即していえば、このテクストは「小林秀雄」のみを中心化したものではないということになる。『近代文学』同人の主張は、しばしば「蔵原惟人と小林秀雄を重ねてアウフヘーベンする」[11]ものとして概括されてきたが、同様の理由から、この見立てもまたここでは採用できない。

このことは、（4）で荒と小田切に対し、異論を提示していることとも関わっているだろう。荒と小田切に対して、あえて「中野重治」を重要視する判断を示すことによって、平野はいわゆる「政治と文学」をめぐる議論に自説を接続し、二人の論理に対し批評的に介入している。平野は「昭和文学」を捉えるにあたって、「中野重治」という固有名詞を特筆した。このような方法によって、プロレタリア文学再検討をめぐる論争的なテクストとして、平野の「文学史」は構築されたのである。

3 中野重治と「民主主義文学」概念——戦後「政治と文学」論争と文学史

前節で述べたように、平野は文学史における「中野重治」の位置を非常に重くみた。このことを考えるうえで重要なのは、平野が「昭和文学のふたつの論争」を発表する前に、中野と論争していたことである。いわゆる戦後「政治と文学」論争としてそれは知られている。日本共産党と『近代文学』同人の齟齬が顕在化したこの論争については、すでに総括的な把握が幾度もなされているが、ここではあえて「文学史」という観点から整理していきたい。いいかえれば、この論争を一種の「文学史」論争として文脈化しておきたいのである。

中野は、「日本文学史の問題」において、今後求められる「日本文学史」についての見解を披瀝した。この論考に対して、平野は「「政治の優位性」とは何か」のなかで反論している。中野と平野の差異を端的に整理すると、次のようになるだろう。中野は「プロレタリア文学運動」から「民主主義的文学運動」へ名称が変更したことについて、「民主主義革命のための活動をその名でよぶことは運動の正規の成功、発展[12]」であると捉えたのに対し、平野はこの中野の主張に反対しつつ、プロレタリア文学は「誤謬の歴史であると同時に、発展の歴史にほかならなかった[13]」とする自説を展開した。本節では、この中野と平野の対立点の所在を掘り下げつつ、平野が「プロレタリア文学」や「民主主義文学」という用語を問題化することで、中野の論理を批判したことを分析していきたい。

中野によれば、「日本の文学者のせねばならぬことの一つは日本文学史の書きかへの仕事である」。この「書きかへ」作業によって、明治以降の「革命的民主主義的な作家、作品、運動の流れ」が明らかにされなければならない。しかし、それは明治文学どころか、「プロレタリヤ文学運動についても、民主主義的文学建設の道をすゝんでゐる現在の文学運動についても同様まだあいまいである」。「その証拠」として、「民主主義的文学運動の出発の時に発せられた」次のような「疑問乃至反対」が挙げられる。すなわち、「なぜプロレタリヤ文学といふ合言葉よりも一歩おくれた民主主義的文学の名をかゝげるのか。それは運動の一歩後退ではないか。それは誤りではないか」という主張である。

そこで中野は、過去に「プロレタリヤ文学運動」という名称が用いられた理由について説明している。中野によれば、「小ブルジヨア・インテリゲンツイアとしての作家の数」の方が「労働者作家の数よりも遥かに大きかつた」にもかかわらず、「プロレタリヤ文学運動」と呼ばれたのは、三つの理由がある。まずひとつ目は、「革命的文学運動」と名乗ると「革命」が伏字になってしまうからである。「名乗ること、自己に名づけることは自己を規定することである。この名乗り、この自己規定を全く伏字にすることは出来ぬ相談である」。
このひとつ目の「原因はいはゞ外からのもの」であるが、ふたつ目の理由は「一層本質的な原因」によっている。それは、「日本におけるブルジョア民主主義確立のための戦ひ、ブルジョア民主主義革命の成功的仕上げの問題が、ブルジョアジーによつて取りあげられずにプロレタリアートによつて取りあげられねばならなかつたといふ歴史的日本的事情に由来する」。「日本には、いはゞブルジョアらしいブルジョア、ブルジョア的なブルジョアが一般にゐなかつたし、今もゐないのである。日本のブルジョアジーは、全体として前資本主義的・封建的であり、地主的であり、全く官僚的である」。プロレタリア文学運動は、「プロレタリヤ的指導によるブルジョア民主主義革命の文学的反映だつた」。したがって、「民主主義革命のための活動をその名でよぶことは運動の正規の成功、発展なのである」。
三つ目は、「日本労働者階級の革命的任務についての戦略的見通しの上での誤り」、すなわち「ブルジョア民主主義革命を経ずにプロレタリヤ革命へ進まうとする類の誤り」であるが、これは「部分的原因」であると説明される。したがって、重要なのはふたつ目、すなわち「ブルジョア民主主義革命の文学的反映」が名称の「本質的な原因」だということになる。[14]
それに対して平野は、「私はこのやうな中野の意見に反対である。その結論そのもの、そこにいたる批判の方法、そのプロレタリア文学史観そのものにすべて反対である」と主張した。平野の「反対」意見は、中野の文章の解釈の多様性を想定した、入り組んだものだが、重要だと思われる点を（a）から（d）に分けて整理してみたい。
（a）中野によれば「日本には、いはゞブルジョアらしいブルジョア、ブルジョア的なブルジョアが一般にゐなかつたし、今もゐない」というが、そうだとすれば「ブルジョア文学らしいブルジョア文学」も存在しないことになる。「ありもしないブルジョア文学に虚妄のたたかひを挑んだプロレタリア文学とはそもそもなにものであらうか」。

（b）「だが、十年前の中野重治はこんなことは言はなかつた」。かつて中村光夫は、「ブルジョア文学の名に値ひする文学など存在しなかつたと」いうようなことを唱えたらしいが、その時中野は、次のように反論していた。「ありもせぬブルジョア文学を一時的にしろうち倒したプロレタリア文学よりも、ありもせぬと自分で証明したプロレタリア文学と熱烈に戦つてゐる中村氏自身の方が一層奇観ではないか？　日本にブルジョア文学もプロレタリア文学もなかつたのなら何文学があつたのであるか？」。しかし、今日の中野は、その中村の立場になっているのではないか。

（c）なぜ中野がこのようなことをいうかといえば、それは、「かつてのプロレタリア文学の当面する主要課題を「ブルジョア民主主義革命」の遂行と規定づけ、そのことによつて今日の民主主義文学運動とつなげたかつたからにほかなるまい。だが、そのやうな言説はプロレタリア文学の歴史を事実上歪曲するものではないか」。

（d）「プロレタリア文学がまづ何よりもプロレタリアートの解放を希求し、プロレタリア独裁を念願したことは炳乎たる事実であ」り、「社会主義革命を窮局の戦略目標として、それへの「強行的転化」をめがけて日本プロレタリアートがたたかつて来たことは動かしがたい事実であらう」。「ここに政治の優位性とプロレタリアートのヘゲモニイといふプロレタリア文学運動の二大原則が泛びあがつて来る。それはプロレタリア文学運動をプロレタリア文学運動として成立せしめる大前提にほかならなかつた。この事実を黙殺して文学運動を単に「プロレタリア的指導によるブルジョア民主主義革命の文学的反映」と規定づけることは運動の歪曲であり、その史的意義を曖昧にする」[15]。

戦後「政治と文学」論争における以上のくだりは、一部の先行論に言及がある。[16] しかし、これが中心化して問われることは少なく、「政治と文学」という問題系のメインテーマだとはみなされてこなかったといえよう。これまで論じられることが多かったのは、民主主義文学運動が批判意識を欠いたままプロレタリア文学運動を継続させたものではないか、という問題であり、「政治の優位性」に対する批判やハウス・キーパー問題などの各種の論点もそこに関わっていた。それに対して、ここで平野が問うているのは、プロレタリア文学運動に関する歴史認識の問題であると考えられる。この違いをまずは明瞭にしておきたい。

たとえば三好行雄は、上記の平野と中野のやりとりにたしかにふれているが、その際、中野および新日本文学会が「戦争体験」の問題を看過しているという問題に結びつけている。[17] 近年でも小熊英二は、『近代文学』同人が「戦争体験を問いなおお」したのに対し、日本共産党は「あたかも戦時期が存在しなかったように、戦前の運動を復活させようとしていた」[18] と概括している。たしかに、名称こそ「民主主義文学運動」に変更したものの、参加者の顔ぶれなど多くの部分が「プロレタリア文学運動」と通じており、「戦争体験」の問題も含めて、反省なしに戦前の運動をそのまま継続しているのではないか、という論点は、今もって重要だといえる。[19]

それに対して、平野がここで問うているのは、中野が歴史認識のうえで作り出すポジティヴな連続性にある。「プロレタリア文学運動をその活字面の上でいかにして今日の民主主義文学にまでつなぎあはせ、それを「運動の正規の成功、発展」として押し出すかに、中野重治の現在の関心はかかつてゐたかにみえる」[20] という文章が、それを端的に示している。つまり、中野が文学史を形成する際の、論理的な手続きそのものに平野は疑義を呈していたのである。

平野からすれば、「民主主義的文学運動」という名称の方が問題である。正確にいえば、「民主主義的文学運動」という名称が用いられる際に、それが中野によって「運動の正規の成功、発展」と結びつけられて用いられている点が問題である。こうした中野のプロレタリア文学史観からは、歴史の非連続性は取り逃されてしまうだろう。

とりわけこの点を問題化しているのは、(c)(d)である。ここで平野は、中野が「文学運動を単に「プロレタリア的指導によるブルジョア民主主義革命の文学的反映」と規定づけることは運動の歪曲であり、その史的意義を曖昧にする」と主張している。「プロレタリア文学」という呼称を、「単に」中野のいうように「プロレタリア的指導によるブルジョア民主主義革命の文学的反映」として「規定づけ」たとき、それは戦前のプロレタリア運動の複雑な論理を実証的に(その正負の両面を含めて)理解していくこととは異なるベクトル、戦後の「民主主義文学運動」を正当化するために過去を説明しようとするベクトルが生じることになるだろう。[21]この、非常に微妙なかたちで起こった遡及的再解釈によって「運動の歪曲」が起こり、「史的意義」もまた「曖昧」となるのではないか。平野の指摘は、こうした点を突いていた。

(a)(b)において平野は、戦前と戦後の中野は、辻褄が合っていないのではないか、という点を問題化している。中野は、日本には「ブルジョアらしいブルジョア」がいなかったという。「だが、十年前の中野重治はこんなことは言はなかつた」と平野は述べ、その論拠として、一九三五年に起こった中野と中村光夫の論争を引証している。[22]

この論争は第9章で論じたが、改めて整理しておこう。中村が主張していたのは、日本にあるのは「封建的な私小説だけ」であって、「ブルヂヨア文学といふもの」は「なかつた」ということ、そうした状況のなかで、「プロレタリア文学は文学のブルヂョア化（近代化）運動の表はれ」として現出したということであった。[23] この中村の主張に対して中野は反論を行なった。[24] 中村の議論は、小林秀雄が「私小説論」で主張した「わが国の自然主義小説はブルジョア文学といふより封建主義的文学」[25] だという主張と似ており、一九三六年に中野は、両者をともに批判した。

中野によれば、小林や中村の主張、すなわち「日本の自然主義文学が封建主義文学だつたとか、日本にはブルジョア文学などいふものはなかつたのだとかいふことは間違ひ」である。では、自然主義文学とはなんだったのかといえば、それは、「この資本主義のもとでのこの資本主義のためのいとなみとしてのブルジョア文学だつた」とされる。この「ブルジョア文学」としての自然主義文学の誕生は、社会状況とも結びつけられて把握されている。すなわち、「日本の自然主義文学は、」「封建主義に対するブルジョアジーの戦ひ、そのある程度までの勝利の反映に外ならなかつた」とされる。[26]

これらの中野の主張は、日本においてすでに「ブルジョア文学」が成立していたことを認めるだけでなく、「ブルジョアジーの戦ひ」の意義を条件つきながらも認めたうえで、「ある程度までの勝利の反映」が「自然主義文学」に見出せるとするものであった。これが、先にみた「日本文学史の問題」の内容と、微妙ながら決定的に異なっていることは明らかだろう。くりかえしになるが、中野はここで、「日本のブルジョアジーは、全体として前資本主義的・封建的であり、地主的であり、全く官僚的である」と述べていたのである。一九三六年の中野は、ブルジョアジーの「資本主義のためのいとなみ」としての側面、その「戦ひ」の「勝利」の側面を強調する語りのなかで、中村や小林の文学史観を批判していた。ところが、「日本文学史の問題」では、ブルジョアジーが「前資本主義的・封建的」であることを強調している。以上の点からみれば、平野が中野に対し、「だが、十年前の中野重治はこんなことは言はなかつた」といったことは、妥当性があると考えられる。

こうした平野の問題提起は、一言でいえば、中野の文学史の論理を逆撫でするような試みであった。中野がこのような歴史観を提出したのは、民主主義文学運動を擁護するためであったが、その背後にはむろん、日本共産党の方針があっただろう。「日本文学史の問題」が収録された『日本文学の諸問題』には、附録として「日本共産党の文化政策」が収められている。文学運動参加者における歴史認識の問題は、党や運動体の正統性に関わっており、中野の「成功、発展」としての語りもまたその磁場のなかでなされた。平野が問うたのは、その際の中野の論理が、辻褄が合わない点があるのではないか、ということであった。ここでは、文学を価値づける用語によって、価値が導き出される際の手続きの問題が問われているのである。

4　曖昧、齟齬、辻褄合わせ――概念論という問題提出

では、平野は「昭和文学のふたつの論争」において、「中野重治」を特筆しながら、どのような文学史を提示したのだろうか。ここで、【本文】にあたる（5）（6）を順番にみていきたい。

平野は（5）で、蔵原と中野の芸術大衆化論争を論じた。文学論争はしばしば不毛の一語をもって形容されるが、平野は論争こそ「昭和文学」において重要な要素だと考えた。では、蔵原と中野の論争が生産的だと平野が主張したのかといえば、そうともいい難い。平野は、この論争が「具体的になにごとも解決し得ず、当事者がともに「理想論」的だつたところ」を肯定的に捉えた。その「「理想論」的情熱にこそ、私ども文学インテリゲンツィアをふるいたたせ、マルクス主義文学運動の周辺に

結集せしめた最大の功績があつた」とする。

もちろん、中野と蔵原に対する評価はそれぞれ異なる。「中野はいわば芸術的に「理想論」的だつたのであり、蔵原は政治的に「理想論」的だつたのではないか」とされる。ただし、この論争においては、「問題はいささかも「解決」され」ないまま、「ただ中野がその立論を急にひつこめてしまつた」。「論争の全過程を通じて、読者にはここのところがさつぱりわからぬ」と、平野は疑問を呈している。

平野は、中野の主張が「芸術至上主義的」でありながら「政治至上主義的」でもあり、その両者の「弁証法的統一」がなされないままに併存しているとみなした。それは「中野重治を終始一貫する性格であ」り、「いわば中野重治の宿命にほかならぬ」。そうであれば、「そのような中野自身の資質を一個の論理的矛盾として」、蔵原に反駁すべきではなかったか、というのが平野の見解である。

以上からわかるように、平野は、芸術大衆化論争のときの中野の立場を評価しつつ、論争で蔵原の見解に屈したことは批判的に捉えていた。芸術大衆化論争にせよ、戦後の民主主義文学運動にせよ、運動の方針に合わせていると感じられた中野のスタンスに対して、平野は敏感に反応している。ただし、蔵原は単純に否定されているわけではなく、「政治的に「理想論」的だつた」その「理想論」は、「私ども文学インテリゲンツィアをふるいたたせ、マルクス主義文学運動の周辺に結集せしめた」という観点から評価されてもいるのである。

平野の芸術大衆化論争についての議論は、「昭和文学のふたつの論争」のなかでは明言されていないが、「民主主義文学」概念を擁護する中野への批判の意味があったと考えられる。『近代文学』に掲載された中野を囲む座談会で、佐々木基一は次のような疑問を中野に提示していた。「綱領の中の

「民主主義文学の確立」といふこと、あれは私にはよく呑み込めないのですが……、つまり民主主義文学といふものが果してあるのか」。「さつき中野さんがおつしやつた、いろ〳〵な人が各々の立場からつきつめたものを書いて行くといふのがいいといふのは、文学の民主主義化とはいへるが、民主主義文学といふものがそこから出て来るといふ風には言へないと思ふ。民主主義文学といふ綱領を出すと、やはり一つの理想型を予定した綱領になるのぢやないか」。この佐々木に対して中野は、「民主主義文学といふのは本来の文学といふのと違はないと思ふ」と応答している。[27]

　佐々木が問題にしているのは、「文学の民主主義化」であればそれは動的な概念であるが、「民主主義文学」を「綱領」とすることは、あらかじめ「理想型」が「予定」された固定的な概念になるのでは、ということである。ここで平野は、次のようにこのテーマに介入している。「さつき佐々木君が言つた民主主義文学の確立と文学の民主主義化といふ問題、あの話をきいてゐるうち、むかし中野さんが蔵原氏と芸術大衆化論争について論戦をなすつた、［…］あのポレミークを思い出したのです」。「あの時、中野さんは芸術的に価値高い文学といふ一本槍で大衆化論の卑俗さを是正されようとした」。「しかし当面する問題の実際的解決としては、蔵原氏の方が正論だつた。つまり、問題は政治的には解決されたかも知らんが、文学上の問題としてはうやむやになつた。現在の民主主義文学の確立と文学の民主主義化の問題でも、又中野さんはあの時と同じ論法で押切らうとしてゐる、そんな疑問が今ちよつと起つたのですが……[28]」。

　平野はこのようにして、「民主主義文学」という概念の問題を、芸術大衆化論争と重ね合わせている。それは、いまだ解決していない課題を、中野が再び「文学上の問題としてはうやむやに」しようとしているのではないか、という危機感の表明であった。

また、平野はほかの場所で、「文学の民主主義化と民主主義文学の確立とは厳密に区別される必要がある」と主張し、「中野氏は民主主義文学とは本来の文学といふのと同じと言ふ。その本来の文学が誰にでも創り出されるやうな生やさしいものでないことを、むかし『いはゆる芸術の大衆化論の誤りについて』といふ美くしい論文を書いた中野氏に改めて言ふ必要があらうか」[29]と述べていた。論争当時における中野の立場を支持しながら、その意義を戦後の中野に訴えている、という屈折した構図がここから見えてくる。

（6）についてもみていこう。[30]平野は、蔵原と中野の論争以後、「マルクス主義文学運動」は蔵原の「理論的軌道」で展開していくことになった、と整理した。そして、「かかるマルクス主義文学運動の理想主義的性格、それにいのちを賭けた作家たちのわが文学史上未聞の思想的流血、そこに生き死にした思想の悲劇を、当時もつとも精確にみぬいた人は、小林秀雄ただひとりだつた」と主張した。

小林を文学史に特筆する平野の行為は、前述した「人民戦線史観」の問題圏域に関わっている。こうした平野の文学史についてはたびたび批判が提出されてきており、問題は非常に込み入っている。平野の複数の論考を比較検討することはもちろん、小林らのテクストの解釈にも繋がる。本章ではひとえに論述上の混乱を避けるため、考察の対象を「昭和文学のふたつの論争」での小林認識に限定したい。

平野の（6）の議論は一頁強の短いものであり、のちの平野の「昭和文学史」の小林評価にみられるような量も厚みもない。ただ、ここで平野が、小林は「『私小説論』において、マルクス主義文学のはたした歴史的功績を正統に称揚し」、フローベールに「成熟した「社会的自我」をよく発見し得た」としていることは重要だろう。この点において、明らかに平野の見解にはバイアスがかかっており、小林による「マルクス主義文学」の総括を「正統」なものとする態度を鮮明にしている。それは実質的には、小林の主張そのものというより、平野の小林解釈を「正統」化するものである。ここに、従来指摘されてきた、日本共産党と『近代文学』同人をめぐる党派的な対立を見て取ることもできるだろう。

思想と実生活論争については、（平野が解釈したところの）小林の態度の延長として捉えられている。すなわち、正宗白鳥がトルストイの家出を「自然主義的人間観」で解釈したのに対し、小林秀雄はそれに反駁し、「成熟した社会的自我の確立を夢み」る「決意を端的に表明した」のだ、ということが簡略に述べられているに留まる。ただし、この論考の最後が次のように締め括られていることは、看過できない。

> しかし、白鳥にあつても小林においても「実生活」という意味を分かりきつたものとして論じあつていただけに、かえつてそれは空漠とした無規定的なものとなつている。今日「実生活」という語を更めて規定ず《ママ》ける必要があろう。（八月二十五日）[31]

この文章は、小林への批判的意味が込められているという点で重要だ。ここでは「実生活」という概念が「無規定的なもの」として捉えられ、それを「規定」することが「今日」なされるべき課題として提起されている。

平野はこの論考で明らかにしていないが、ここで想起しておきたいのは、思想と実生活論争と同時期に起こった中野重治・小林秀雄論争のことである。この論争で中野は、小林や横光利一に対して、

「たまたま非論理に落ち込んだといふのでなく、反論理的なのであり、反論理的であることを仕事の根本として主張してゐる」と激しく攻撃した。「実生活から生まれて育つた思想が「遂に実生活に袂別する」といふのはどういふことか分らないが——そして分らない言ひ回はしでなしには小林は何一ついへない」。「彼らが政治上ファッシズムに立つてゐるとは私は信じない」が、「文学の仕事での彼らの行き方は、彼らの政治的意見がどうであるにしろ」、「まつすぐに反動的である」[32]。つまり、小林による「実生活」概念の「無規定」性は、平野に先だって中野が同時代に指摘していることであった。

これに対して小林は、「君は僕の文学の曖昧さを責め」るが、「無論曖昧さは自分の不才によるところ多い事は自認してゐる」と述べ、次のように続ける。「僕等は、」「批評的言語の混乱に傷ついて来た」。「混乱を製造しよう」としたのではなく、「混乱を強ひられて来たのだ。その点君も同様である。今はこの日本の近代文化の特殊によつて傷いた僕等の傷を反省すべき時だ。負傷者がお互に争ふべき時ではないと思ふ[33]」。ここで小林は、自ら用いている言語が曖昧であり混乱していることを認めた格好になる。たとえそれが自分に限定されない、日本の「批評的言語」が抱え込んだ特質だ、といったとしても。

この中野と小林の論争を置いてみると、平野が小林に対してもまた、概念の問題を突きつけていたことがわかる。小林の批評に対し、「実生活」概念が「規定」されていないと迫ること。それは、すでに中野が指摘していた小林への対決の姿勢と重なって映る。

こうしてみると、ここでの平野にとって「昭和文学」の歴史とは、「小林秀雄」と「中野重治」というふたつの「中心」をめぐる、文学を価値づけることばの歴史であったことがわかる。「芸術大衆化」、「思想と実生活」、そして暗に前提となっている、現在の「民主主義文学」。こうした文学概念そのものの、曖昧、齟齬、辻褄合わせが凝縮する「論争」を、平野は問題化した。「昭和文学のふたつの論争」とは、いわば論争史のかたちをとった論争的テクストであり、それが「文学史」として書かれたこともまた、他者にことばを届けるための論争的な選択だったのだ。

平野の「昭和文学」についての認識は、図式を打ち出している以上図式的にみえるし、それは実際、党派的事情も介在していた。だが、その論理はまた、継承的批判の手つきにおいて複雑さや可変性を有していたともいえるだろう。たとえば、先にふれたように平野は（4）で、戦時中に刊行された中野の『齋藤茂吉ノオト』（筑摩書房、一九四一年）を、「中野の唯一最高の業績にほかならぬ」と称賛している。この点に関してはこれ以上の論証がなされているわけでなく、性急な断言に留まっている。しかし、このようにして中野を高く評価する線を引いておくことは、ここで提示された平野の文学史が完結したものではなく、「小林秀雄」と「中野重治」を「中心」にしつつ、戦時下の評価をめぐって動態的に拡張するものであることを示しているといえよう。

じつのところ、平野の描く「昭和文学」の姿は、その「中心」となる「中野重治」と「小林秀雄」の輪郭ですら定かなものとはいえない。まだそれは、部分的にしか素描されていないアイデアのようなものである。平野は、過去の論争を振り返ることで、現在の論争的な場へと接続を図ろうとしていた。中野らに対する働きかけによって、対話を通じて状況を動かそうとする可能性に賭けていたといってもよい。その際、平野は批評概念に関する自らのセンシティヴな判断をたよりにした。

平野は、過去から現在に至るまで使用された、文学の価値そのものに関わる重要な概念の意義が曖昧である、という点を論じることで、文学史を構想しようとしたのである。いわば、概念論としての文学史こそ、平野が試みたものだった。平野のこの態度は、文学論争の内在的な考察を通して、文学を価値づける概念と論理の脈絡を歴史的に追っていく志向を有している。もし平野の文学史を、揺るがぬ単一の史観をもとに、個別の事象を説明しようとするものとして捉えるならば、この特質がみえなくなってしまうだろう。

現在からみれば、平野謙が書き継いだ昭和文学史は、『昭和文学史』（筑摩書房、一九六三年）その他の、いくつかの代表的著作に結実していく道程として映るかもしれない。だが、この時点ではもちろんそうした未来が確定していたわけではなかった。当時において、この平野の論考は、文学史の主要登場人物である「中野重治」との対話的関係のなかで書かれている。その中野が「日本文学史」の「書きかへ」を喫緊のテーマとして取り上げたことは先にふれたが、平野もまた、「昭和文学史は無論まだ完結されてゐない。それの花咲きはかかつて今後のことに属する」[34]と語っていた。

「昭和文学のふたつの論争」は、この「昭和文学史」という課題のひとつの実践としてあった。平野の問題提出の意義は、以上の論争的な文脈における文学史が孕んだひとつの可能性の模索として捉える必要があるだろう。

第12章　後退戦の軌跡　本多秋五のプロレタリア文学論

1　概念の重大な微調整——術語としての文学史

第9章で検討したように、戦前期から日本資本主義論争、とりわけ「講座派」マルクス主義と文学史に関わる議論は、論争的な問題となっていた。小林秀雄や中村光夫に限らず、当時の文学史には明らかにマルクス主義の影響を被ったものがある。だが、それらが単一の理論体系による画一的な議論を展開した、と整理することは、無理がある。基づいた文献が明示されているとも限らないし、明示されたとしてもその観点から文学史の構造そのものが説明可能であるかどうかも、検討してみなければわからない。ほのめかしや言外にふまえられた参照先、マルクス主義に由来する概念の使用といったことは至るところに見受けられるが、そこから即座に、あるグループないし言説が単一の体系によっていた、と断言することはできないのだ。

これは、文学史に限った話ではなく、そもそも社会科学の領域、すなわち日本資本主義論争の圏域に孕まれていた問題である。「市民社会」論者として知られる内田義彦は、そうした微妙なニュアンスがいかに暗黙の争点を構成してきたのか、「ウェーバー的問題」の勘所をめぐって執拗に論じている[1]。殊に概念の問題は、白か黒かというわかりやすい世界ではない。特定の状況下において、さまざまな概念連関がどのように形成されるか、それ自体が抗争の場となる。シンプルな主張であったとしても、純粋な一貫した論理がどこまでも貫徹するわけでもない。こうした問題に関する主張は、直截的に語られることは少なく、また、曖昧さを孕んでいるが、にもかかわらず、いやそれゆえに決定的に重要な意味をもつ。術語とはそういうものかもしれない。そして、文学史もまたこの意味で術語の運用に関わっているのである。

本章では、戦後約一〇年間にわたる本多秋五のプロレタリア文学論の検討を通して、この問題をみていきたい。本多は『近代文学』同人として戦後に活躍した文芸評論家である。ある意味で、『近代文学』派、ひいては戦後評論を代表する人物とみなされている。事実、その潮流を率先して担ったことは間違いない。だが、ここでは本多の主張の内容をもってそれを『近代文学』同人の共通の思想としたいわけではない。むしろ、注目して分析するのは、本多の個別性にあたる部分である。いつ、なにに言及しながら、どのような作家を取り上げることで、文学史を作ろうとしたのか。それを細かく追っていく。

本多の有名な評論に、創刊時に巻頭エッセイとして寄稿した「芸術 歴史 人間」がある。本多はここで、「過去のプロレタリア文学運動」の理論について、「当時あれ以外にも、あれ以上にも正しい理論はなかつた」と述べている。そのうえで、「ただ今後は、歴史の成熟によつて明瞭になつた不足だけは、是非補はねばならぬと思ふだけである」と判断し、芸術家は「「私」を守り、自我を生かさねばならぬ[2]」と主張した。

こうした本多の批評は、「政治の優位性」の孕む非人間性を批判し、自我の回復を求めたものとして位置づけられてきた。伊藤成彦は、この評論を「戦後評論の傑作と呼ぶにたる」「戦後文学の基本性格を明確に予兆したもの」と称賛し、従来「本多秋五は、なによりも戦前プロレタリア文学の理論的補正者として位置づけられてきた」[3]としている。

プロレタリア文学再検討は、本多にとって「日本文学」に関わる重大なテーマであった。一九五三年に本多は、「プロ文学再検討とか、国民文学論とかいうものは」「現役のぴんぴんしている文学と文学者には無縁の閑文字と思われるかも知れない」が、「巨大な外国支配の磁力に日本列島がワシづかみにされているという気象配置につつまれて、日本文学は、そう思う思わぬは別として結局はこの閑文字の外に逃れられぬのである」[4]と述べている。「日本文学」という大きな括り、そしてその意味づけに関して、本多は「プロ文学再検討」「国民文学論」という「閑文字の外に逃れ」て語ることはできない、としている。ここには、期せずして批評言語に関するある認識が語られている。本書では同様のことを、「宣言一つ」論争で広津和郎に応接にする有島武郎にみた。いくら「閑文字」にみえようと、社会を語る言語と文学を語る言語の交点を問題化することを抜きにしては、文学についての全体的な意味づけを行なうことができなくなる。

だが、この本多は一九五六年になると、「民主主義文学」は「敗戦直後にもつていた前進的姿勢――日本文学全体に対してもつていた前進的姿勢を失つた」[5]と述べるに至る。「日本文学」の核心的な問題をプロレタリア文学論にみた本多は、民主主義文学運動に随伴しつつ、もはやそれが「日本文学全体」をリードするものでなくなったとみたのである。本章では、「前進的姿勢を失つた」という本多の言と、その他の本多の執筆活動の内容を鑑みて、考察の対象範囲を、『近代文学』で活躍した一九四六年から、転向文学論が本格的に展開された一九五四年に限定し、本多のプロレタリア文学論を追っていきたい。

本多は、「日本近代文学研究」における文学史家としても名高い。とりわけ、宮本百合子論、『白樺』派論、転向文学論に関しては、研究の土台を構築した先駆的な仕事だとみなされている。[6] それらは、時局的なエッセイとは異なり、明確な批評的メッセージを読み取りにくいタイプの文章である。また、革命運動や革命理論が主題化されているわけでもない。

では、本多はこうした「研究」的にみえる批評を通して、なにを行なおうとしたのだろうか。本章ではそれを、情勢に応じながら文学史を再構築する実践として捉えたい。戦後に書かれた文学史は、しばしば戦後的理念や近代的自我史観を表明したものとして一括される。その際見落とされるのは、こうした動態的な文学史の組み換えの過程である。文学史は可変的であり、状況に応じて編成される。本多の論考を先行研究として批判するのではなく、研究対象として相対化したとき見えてくるのは、この種の文学史の特質である。なお、以下の考察は、時系列に沿って、百合子論（第2節）、『白樺』派論（第3節）、転向文学論（第4節）の順に行なっていく。

2 「ブルジョア」という登場人物――宮本百合子論と「私小説論」

本多の宮本百合子論の考察に入る前にまず、本多の研究的な方法がどのような文脈からきているのかをみておきたい。本多は戦前にプロレタリア科学研究所に所属し、文芸史研究についての論考を書いていた。[7] したがって、遡ればその「研究」は、戦前のプロレタリア文学運動に内在していた志向であった。だが、敗戦を迎えて本多は、「小林秀雄論」で次のような反省を行なった。「プロレタリア文学は、過去の遺産の継承といふことを事ある毎にくり返してゐたが、実際には殆どいふに足る遺産の継承はおろか、遺産の調査研究すら満足にはしてゐなかった」[8]。このように、戦前においては「調査研究」が不十分であったと認識されたのである。この意味で、本多のプロレタリア文学批判は、「調査研究」という方法的な問題としても捉えられていたといえる。

一九五四年には、本多は次のように述べている。「僕はいままで、どちらかといえば実地踏査をして、その実地踏査にもとづいてレポートをつくる型を学んできました」「僕はここ数年、白樺派のことを調べてきました。ごく最近には、転向文学と転向のことをすこし調べました」[9]。このように、本多は自覚的に「調べて」書くスタイルで言論活動を行なった。本多自身が述べるところによれば、「敗戦後における私のほとんど唯一のテーマ」は宮本百合子論であり、その「進行過程」での「副産物」として『白樺』派論も書かれることになった[10]。百合子の文学的な背景をより理解しようとするところに研究的な関心が生まれ、本多を『白樺』派論へと赴かせたのだといえよう。それらがいわゆる実証的な意識に貫かれていることは、本多の論考が現在も文学研究で参照される一因となっており、本多の文学史を考えるうえで重要な特徴だといえる。ただ、文学史は資料収集のみによっては形成されない。資料をもとに文学を歴史化する過程で、大きくいってふたつの課題が問われることになった。

ひとつは、過去を学ぶ意味の問題であり、もうひとつは、歴史観の問題である。まず、前者は、過去の文学遺産をいかに批判的に摂取し得るか、というテーマに関わる問題である。この問題は、プロレタリア文学運動において、「文学遺産継承」論というかたちで提唱されていた[11]。上記の引用で「過去の遺産の継承」と言われているのがそれを指す。それは戦後において、過去の文学についての認識をいかに現在時の文学運動に接続するか、という問題として、継続して思考されたといえる。

後者は、過去の文学をどのような歴史認識において捉えるか、という問題である。この点について考える際に重要なのは、他の論客から本多が影響を受けたという事実である。たとえば本多は、「小林秀雄論」のなかで、小林の「私小説論」の、「わが国の自然主義小説はブルジョア文学といふより封建主義的文学」[12]だという主張に言及している。これからみていくように、本多は小林秀雄、中村光夫、小田切秀雄らが提示した文学史論を参照することで、自らの文学史観を形成していったと考えられる。

以上をふまえて、本多の宮本百合子論を検討していきたい。本多は一九四七年に「宮本百合子論」[13]という評論を発表した。初期の本多の百合子論を代表する論考であり[14]、以下、このテクストを論じていく。ここで本多は、プロレタリア文学には「どう考へてみても、プロレタリア文学といふ観念に一致しないものが多かつた」と述べている。作家の階級的出自などを考えたとき、「プロレタリア文学」という呼称が相応しいかどうかは重大な問題であろう。本多は「いはゆるプロレタリア文学は、何よりもまづ、マルクス主義が文学の中へ入つてきたことによつて繁栄した文学だつた」と考えた。そこで、「当時のいはゆるプロレタリア文学は、むしろマルクス主義文学と呼ぶ方が適当だらうと思はれる」と概念を規定し、「いはゆるプロレタリア文学」、つまり「マルクス主義文学」を歴史的に位置づけようと試みた。

本多は、「いはゆる「プロレタリア文学の遺産」――即ち、マルクス主義文学の遺産」について考えるにあたり、「遺産といふものを、「歴史的意義」などといふものから区別し、それぞれの作品が、それぞれの時代の刻印をおびつつ、それぞれの時代固有の美をもつて相競ふべき「絶対」の場に引き出し、そこでの値を問ふとしたらどうだらう?」と問うている。文学「遺産」を特定の時代における

「時代固有の美」として掬い上げようというこの提唱は、発展段階の各過程に位置づけられる限りでの「歴史的意義」しか認めないタイプのマルクス主義的な文学史への批判であると考えられる。

とはいえ、これは過去の「遺産」を評価する際の視角の問題であって、本多がなんらかの文学史観を提示していないというわけではない。それをみるためにまず、以下の箇所を確認しておこう。

〔…〕単に学校を出たといふだけの「貧乏人」の息子、――さうしたインテリゲンチャばかり多い日本において、貪婪のあまりプロレタリアートの側に移行したブルジョア・インテリゲンチャといふものの例は、実際まことに珍らしい。気ぜはしい言ひ方がゆるされるなら、ここから僕は、――或は僕もまた、志賀直哉は封建貴族に近い階級から出てブルジョア文学に磨きをかけた。〔…〕それと同様に、宮本百合子は興隆するブルジョア階級から出て、プロレタリア文学を押しすすめたといひたいのだ。

かういふ見方の端緒をあたへたのは、実は小林秀雄である。彼は「私小説論」の中で、半ば逆説的にそれをいひ、今日ではその意見を無断借用してゐる例が二、三見うけられるのであるが、時間の経過するにしたがつて、小林秀雄の見方の正当さは、争ひがたいものになつてきたと思はれる。（傍線引用者）

ここで本多は、小林の「私小説論」に示唆を受けたことを明示している（ただし、傍線部は『転向文学論』（未来社、一九五七年）収録時に削除されている）。小林は「私小説論」において、「わが国の自然主義小説はブルジョア文学というより封建主義的文学」だと述べたほか、志賀直哉ら「白樺派」作家が

「従来の私小説の決定的な否定」を行ない得なかったこと、[15]「マルクス主義文学」こそが「私小説」を「征服」[16]したことを主張していた。この小林の主張と比較すれば、本多が『白樺』派の志賀直哉を「封建主義的文学」ならぬ「ブルジョア文学」としたことは、「私小説論」を参照したうえでの本多による修正的な見解であったことがわかる。

　このような小林と本多の差異は重要だが、ここで本多が小林の「見方の正当さ」を認めていること、小林が「自然主義小説はブルジョア文学といふより封建主義的文学」だとしたことをふまえれば、本多の文学史的な見取図はさしあたり以下のようなものとして理解できるだろう。すなわち、「封建主義的文学」…自然主義小説、「ブルジョア文学」…志賀直哉、「プロレタリア文学」…宮本百合子、というものである。

　しかし、この本多の議論は、さらに複雑な論理を構成している。たとえば、本多は次のように述べている。

> 　ところで、一種の発熱状態としてのマルクス主義文学の盛行は、一方プロレタリア文学を自覚的なものにするとともに、日本における文学の近代化にも貢献した。「プロレタリア文学」は、本来「ブルジョア文学」が果すべかりし役割をも、日本においては果したと考へられるのである。宮本百合子の文学は、矢張り日本におけるプロレタリア文学ではあるだらう。だが、それはいはゆる「きつさき」の出た文学の、その「きつさき」の部分〔…〕についていはれることであつて、彼女の文学の引く裳は、本来「ブルジョア文学」によつて調へられてあるべかりし性質のものだと思ふ。

この本多のプロレタリア文学論は、小林の「私小説論」を連想させるが、用語がより類似しているのは、一九三五年の中村光夫の方である。中村は、「我国のプロレタリア文学は文学のブルヂヨア化（近代化）運動の表はれであつた[17]」と述べていた。

ここで本多が強調しているのは、いわゆる「プロレタリア文学」が実質上の「ブルジョア文学」でもあったということだ。そして、本多はこの「プロレタリア文学」の可能性を、百合子の文学にみた。百合子の文学の「裳」の部分は、「本来「ブルジョア文学」」が行なうべきもの、つまり実質的に「ブルジョア文学」を代行したものだとみなされている。ここまでの議論をふまえれば、先の図式は以下のように再整理した方が適切だろう。すなわち、「封建主義的文学」…自然主義小説、（実質上の）「ブルジョア文学」…志賀直哉／宮本百合子、「プロレタリア文学」…宮本百合子。

では、本多が提出した、このような複雑な見取図は、どのような意味を持つのだろうか。本多の百合子論で重要なのは、三二年テーゼの解釈のされ方そのものを論点にしているところである。本多によれば、党派性や政治の優位性を掲げたプロレタリア文学の指導方針には、「三二年テーゼに対するある種の解釈――特殊な革命前夜感が作用してゐ」たという。この「ある種の解釈」とは次のようなものだ。当時において、三二年テーゼは、「「社会主義革命への強行的な転化の傾向をもつブルジョア民主主義革命」だと明瞭に規定されてゐた」。だが、その文面は、「「強行的な転化」にアクセントを置いて理解され、革命は近きにあり、しかも、それは直ちにプロレタリア革命であつて、ついでにブルジョア民主主義革命をも含めて遂行するものであるかのやうに、実際には感受されてゐたと思ふ」。つまり、本多によれば、当時の三二年テーゼの読まれ方では、「ブルジョア民主主義革命」に「アクセント」が置かれていなかった。

本多は、このように過去のプロレタリア文学理論の問題点を捉えたうえで、「おぼろげながら、平和革命と新民主主義の展望は、制度の革命と精神の変革、革命と文学の関係を理解させつつある」と記した。一九四六年の日本共産党の「平和革命」方針は、「ブルジョア民主主義革命」の完成を当面の目標に設定しており、ここにおいて本多の見解は、戦後の情勢における三二年テーゼ解釈の問題と関連せざるを得ない。だが、この記述からは、本多が「平和革命」をどのように理解し、日本共産党にどのような観点から賛同していたのか、判断しがたい。[18] ここで本多は、なにか旗幟鮮明な政治的意見を表明しているわけではなく、また、「革命」と「文学」がいかなる「関係」にあるのかも、明瞭に述べないままである。こうした現状についての認識は、あくまで「おぼろげながら」本多が「理解」したところのものに留まるのだ。

ただし、以上をふまえれば、本多の方向性はみえてくるだろう。まず、本多は、「革命前夜感」によって情勢認識を誤った戦前のプロレタリア文学理論を反省した。そして、その反省を生かして、今後の「制度の革命と精神の変革、革命と文学」に関して、より着実な前進を目指したと考えられる。こうした認識の下で本多は、百合子の文学を「ブルジョア文学」を代行したものとして評価し、そこから今後の文学に生かすべきものを学び取ろうとしたのだといえよう。

本多が百合子を評価している点について、具体的にみていきたい。まず、本多は、「バルザック論」を、とにもかくにも、当時あれだけに書きこなしえた彼女の素養」や、ジッドの『ソヴィエト紀行』翻訳に際し「いち早くあれだけ持久力ある防波堤」を「きづき上げた彼女の眼識」を評価した。「宮本百合子をして、左翼用語を封じられるや、永遠に絶句してしまふほかない石頭どもと異らしめたものは、たしかにまづ彼女の文学的布陣の広さと深さであつた」、と本多は語っている。また、本多は百合子について、「フランスに生れあはせてゐたら、さしづめマダム・ド・なにがしと呼ばれて一流のサロンを主宰」していただろう、と形容している。以上からわかるように、本多が評価しているのは、百合子の文学的教養の豊かさである。その豊かさこそ、「転向続出時代」に「非転向の高み」に到達し得た百合子と、その他大勢のプロレタリア文学者を分けるものであったとされる。

また、本多は「志賀直哉と宮本百合子」を「案外近いと見る」視点を提示した。本多によれば、志賀と百合子は「好悪がそのまま善悪に通じる」境地において共通しており、それは「この世をば我が世とぞ思つてゐる階級の心理をはなれて」考えられない。本多は、ブルジョア階級という出自に由来する、百合子の力強い自己肯定を評価する。そして、この百合子の「健康な自我」こそがプロレタリアートへの移行を可能にしたという。「彼女が「プロレタリアートの側に移行」したのは、過剰なまでに豊富な彼女の生命力が、一そう「たつぷり」生きることを要求した結果、早くも日本のブルジョア生活に食ひ飽き、その先のいはば栄耀の果ての餌食としてプロレタリアートの理想を掴んだのだ」。

このようにして、文学史に「ブルジョア」出身の「ブルジョア文学」を代行する登場人物を、理想的な主体として描きこむこと。それが本多の狙いであった。批難のための用語として知られる「ブルジョア文学」は、百合子という人物がそれを代行したという回路を通すことで、ここでは肯定的な用語として使用されている。

3　朝鮮戦争と「知識人」――『白樺』派論と「風俗小説論」

本多は一九四七年から四九年の『近代文学』に宮本百合子論を六本発表した。しかし、これらは本多自身によっても「本にする値打のないもの」[19]とみなされ、生前全集にも収録されなかった。[20]中山和子は、本多は百合子論を書くうちに「もはやどうしても前に進めなくなったらしい」ので、「後戻りして「白樺」文学研究に本腰を入れ」[21]たのだと整理している。本多が『「白樺」派の文学』(講談社、一九五四年)にまとめた論考を書いたのは、一九五〇年から五三年にかけてのことである。[22]たしかに、これらの考察は、百合子に至る文学史の系譜を遡って整備するものであっただろう。しかし、なぜこの時期に、『白樺』派論が書かれる必要があったのか。

大津山国夫はそれを、武者小路実篤から学ぶことによる、本多の第二の「転向」であると捉えている。[23]なるほど、この時期の本多は武者小路について注目している。だが、本多の『白樺』派論全体の比重が、武者小路に置かれているとは考えにくい。一般に本多の『白樺』派論は、志賀直哉や有島武郎についての考察で知られている。また、のちに本多自身は、あの有島武郎論は「本多秋五論」だとまで述べた。[24]だとすれば、本多が自己を仮託しているのは有島だということになるが、とはいえ、有島が無批判に全肯定されているともいい難い。以上を勘案してみると、大津山のいうように「転向」とまで述べる認識の転換があったといえる根拠は乏しいのだ。本多は次のように述べていた。

武者小路や志賀は、思想を投げ棄てることによつて自己を生かした。有島は思想を背負つてよろめき、遂に倒れた。僕等は誰に学び、どのやうに生きたらいいのか？　これは僕が自分にさし向けねばならぬ問ひである。このとき、僕の前には宮本百合子が来て坐るのだ。[25]

このように、本多は自らの生き方を、『白樺』派よりも百合子から学ぼうとしている。この点は百合子論の延長にあり、だとすればやはり「転向」ということばは相応しくないだろう。だが、たしかにここにはある種の態度の変更をうかがうことができる。本多は『『白樺』派の文学』の「あとがき」で次のように述べている。

現在の私は、これら諸篇を書いたときよりは後退した立場で仕事をしてゐる。ここに収めた諸篇そのものが、敗戦直後にすこし書きはじめた『宮本百合子論』から一歩後退した地点で書きはじめられたものであつた。〔…〕私は後退につぐに後退をもつてする批評家であらうか、それを私に強ひたものは何であるか、これらを私はいま明らかにいふことが出来ない。[26]

このように、本多は一連の「後退」劇として自分の「立場」を把握した。この「あとがき」の末尾には、一九五四年六月三〇日という日付が記されているが、この時期は本多が転向文学論を展開していた時期にあたる。つまり、百合子論から『白樺』派論へ、『白樺』派論から転向文学論へと「後退」していった、と認識されているのだ。この「後退」の過程で、本多の文学史はいかに変化しただろうか。

先にみたように、一九四七年の本多は、「平和革命」方針が示唆する革命と文学の未来について、小林の「私小説論」をふまえ修正しつつ思考していた。それに対して、『白樺』派論では、一九五〇年代前半の現実に応じるため、中村光夫の「風俗小説論」を評価して修正することで、文学史的な見取図を再考したと考えられる。本多は、以下のように研究史を整理している。

日本におけるリアリズム文学が、藤村の『破戒』を境として日本的な屈折にむかつたといふ史観、すなはち、文学と社会思想との結びつきはその後ふたたぶ《ママ》見失はれたといふ史観は、蔵原惟人の『現代日本文学と無産階級』（昭和二年）によつて礎石を置かれ、その史観の流れのうちに平野謙の『破戒論』が書かれ、それが中村光夫の『風俗文学《ママ》論』に発展させられて今日の定説になつてゐる。しかし、有島の文学とそれの挫折には、『破戒』を峰とするリアリズム文学の挫折と同じものが、もういちど繰り返されてゐると思ふ。[27]

中村は「風俗小説論」で、日本文学の分岐点を、田山花袋『蒲団』と島崎藤村『破戒』に見出し、前者が勝利することで後者のリアリズムは敗北していったと主張した。この中村の文学史的見取図が、花袋『蒲団』のながれのうちに藤村『破戒』を位置づけた[28]小林の「私小説論」と異なることは一読して明らかである。

ここで改めて確認したいのは、本多の主張に、「風俗小説論」における『破戒』評価が付け加えられたことである。上牧瀬香は、志賀直哉から宮本百合子に至る文学史を構想していた本多が、『白樺』派論で「〈有島―宮本の線〉」を「発見」したことの意義を丹念に整理しているが、[29]ここではこの問題が、「風俗小説論」の『破戒』評価の導入と、その見取図の本多流の修正、すなわち、島崎藤村―有島武郎の系譜が見出されたことに関わっていることを強調しておきたい。

こうした本多の変化は、次のようにまとめられるだろう。百合子論の本多は、百合子の文学を実質上「ブルジョア文学」を代行したものとみたうえで、そのルーツを「ブルジョア文学」志賀直哉に遡って求めようとした。それに対し、有島論における本多は、自然主義文学にあったとされる「リアリズム」の可能性が、時代を下って『白樺』派の有島にも反復されたのではないかとみている。

一九三五年の中村は、日本において、「プロレタリア文学」こそが「近代文学」の「礎石」を築いたと主張していた。[30] 他方で、本多が『白樺』派論で参照した「風俗小説論」では、島崎藤村の『破戒』は、「ヨーロッパ近代文学の影響の内面化に重要な一歩を進め、或る意味でその「近代」を自己の所有とする端緒を開いた」[31] 試みであったと捉えられている。

『白樺』派論で本多は、百合子について詳細に語っていない。だが、これまでみてきたことからすれば、百合子に期待されている位置は十分に推し測ることができる。百合子は、旧来の封建的な文学を切断し、文学を刷新した存在というより、藤村や有島がもっていた可能性を、批判的に発展させていくような存在とみなされようとしたのだといえる。

本多が『白樺』派論を展開した一九五〇年から一九五三年は、朝鮮戦争の開始から休戦までの期間にあたっている。民主主義文学運動もまた、米ソ関係の変化に伴う日本共産党の路線転換によって変質した。とりわけ、一九五〇年の「コミンフォルム批判」によって、戦後の日本共産党の方針であった占領下の平和革命方式が根本的に否定されたことが、衝撃を引き起こした。それは文化運動にも波及し、日本共産党の五〇年分裂を背景として、『新日本文学』と『人民文学』が対立することとなる。一九五一年に百合子が死去したあとにも、『人民文学』誌上で激しい批難が行なわれたことはよく知られている。

ここにおいて、「平和革命」の方向で「おぼろげながら」想望された本多の百合子論が、軌道修正を迫られたことは想像に難くない。本多の「後退」の背景には、数年間にわたって模索された、日本共産党の「前進」のプログラムそのものの崩壊があったのである。党が所感派と国際派に、文学運動が『人民文学』と『新日本文学』に分裂していたとき、本多は『白樺』派作家たちの検討を行なっていた。もちろん、百合子を評価する視座は変わっていないが、その問題の端緒を『白樺』派に探ろうとしたのである。そして、百合子評価は、『白樺』派の先に見据えられるべき課題としての位置に移行した。本多は、晩年の有島武郎にふれて、次のように述べている。

有島が自我実現の努力の果てに見出したものは、現在のわれわれにとつて決して昔ばなしではない。いまの知識人は、どれだけそれを意識してゐるかは別問題として、革命待望と革命恐怖との二律背反に悩まされてゐるやうに思へる。〔…〕それが日本では、いつも戦争が〔…〕この深淵のうへに煙幕をはり、〔…〕それとの正面きつた対決をいつも遷延させてきたと思はれる。現在は国際関係が逆にそれを明瞭化してゐるところがある、といふだけの相違ではあるまいか？[32]

このように、本多は戦後「知識人」のあり方を考えるうえで有島を参照している。しかもこの点に関しては、歴史的な過去として相対化するのではなく、現在的な問題として捉えている。

これより先に本多は、伊藤整の文学論に「革命の到来を待ち望みながらまたそれを恐れてゐる」という「性格」を見出し、それは「有島の時代以来すこしも変つてゐないやうな気さへして来た」[33]と述べていた。本多が有島武郎を通して問題化したのは、米ソ対立、朝鮮戦争によって「明瞭化」された、

「知識人」の「革命待望」と「革命恐怖」であった。これは現在も乗り越え困難な課題として認識されながら、将来的に解決されるべきものとして把握されたのである。

『白樺』派の「自己を生かす」ということについて本多は、「彼等の文学がいまの僕等に意味ある唯一の点は、その「自己を生かす」の専一さ、その徹底性にある、とさへ僕は断言したい」[34]と述べている。これが、本多の戦後文芸評論の自我肯定のマニフェストに連なるものであることは見やすい。ただし、この言い方からわかるのは、志賀直哉・有島武郎の文学者としての軌跡は、そのまま模範的な理想たりえないということである。おそらくは、有島の突き当たった問題を抱え込みつつ、有島のように傷つき倒れることない「自己」の肯定が求められていた。本多は、『『白樺』派の文学』に収録された論考を書き終えたあと、「転向文学」問題を軸として、改めてプロレタリア文学を検討することとなる。

4　「統一戦線」と文学史——転向文学論と「頽廃の根源について」

新日本文学会に所属する本多は、『新日本文学』と『人民文学』の対立は「政治の焼きゴテが、政党内の対立抗争といふ焼きゴテが、垂直に文学団体をさし貫いたところに起つた」と考えた。そして、「新日本文学と人民文学の「統一」」の道を探るにあたって、「政治と文学とはスッパリ遮断しなくてはならない」と思案していた。[35]

こうしたなかで、プロレタリア文学の再検討は、一九五〇年代の文化運動と切り離せないかたちで問われた。本多は、当時隆盛していた転向をめぐる議論の対立を整理して、それが「いまの統一戦線の問題から来ている」と述べている。「現在、逆コースになって来ている時代に」「どのようにして統一戦線を形づく」るかという課題が、「過去の経験を現在に生かそうという考え方[36]」を生み、議論を構成しているのだという。

本節ではこの時期の本多が、小田切秀雄の影響下にあったことに注目したい。本多の転向文学論については多くの先行論があるが[37]、それらは小田切との関係について考察していない。だが、本多が小田切の「頽廃の根源について」を、手放しといってよい程の勢いで称賛していたことは、きわめて重要な意味をもつと考えられる。「批評歴十五年ほどの小田切秀雄が書いた最上の文章」「彼の一句はコロンブスの卵であつた」「ぼくにもし多少の誇張癖があれば筆をとつて、「ウマゴヤのなかで人知れず赤ん坊が生れた」、と書くのを辞せないであろう[38]」という褒辞からわかるように、小田切のこの論考は画期的なものとして本多に認識された。

『近代文学』一九五四年二月号では、「座談会　プロレタリア文学運動の再検討」が掲載された。出席者は蔵原惟人・宮本顕治・小田切秀雄・野間宏・本多秋五・荒正人・佐々木基一・平野謙（平野は司会）という錚々たる論客である。この座談会でも本多は、まず「頽廃の根源について」の主張に賛同するところから始めた。この時期、本多は小田切を一貫して評価しているのである。

そこでまず、「頽廃の根源について」の内容を確認しておきたい。小田切は、戦前のプロレタリア文学者は「どうして文学運動をもっぱら共産主義文学運動としてのみ展開したのか？」と批判し、「共産主義者以外の進歩的な作家や文学活動家をも広汎に結集しての革命的ないし人民的な文学運動をどうして展開しなかったのか？[39]」と問いかけている。プロレタリア文学史についてのさまざまな目配りがなされたうえで展開された議論だが、その中心となる主張は、これに尽きている。つまり、この小田切の論考は、文学運動のあり方を考えたとき、「共産主義文学運動としてのみ」だけではなく、「共産主義者以外」も「結集」したものが望ましいのではないかと主張したものだった。これが本多に「コロンブスの卵」といわしめたものである。

ここで注目したいのは、「共産主義者」という用語が、本多のエッセイ「転向文学」[40]において重要なキーワードとなっていることである。この論考は、本多が自らのプロレタリア文学史観を集約的に示したものである。冒頭で本多は、「まず最初に、ことわっておかねばならないのは、この文章を書くわたしの立場である」と述べたうえで、次のように続けている。

わたしは、現在、共産主義者ではない。かつて共産主義者であったこともない。――かつては共産主義の立場にきわめて近い立場に立っていたことがあるが、当時といえども、わたしは本当の意味での共産主義者ではなかった。

本多はここで、「ひとびとは共産主義の信奉者が共産主義から遠ざかる現象をさして一般に「転向」とよびならわすようになった」と述べている。だとすれば、そもそも「共産主義者ではない」本多の「立場」では、一般的な意味での「転向」が起こらなかったことになる。上牧瀬香はこの点について考察し、「転向文学を批評する本多自身の転向に関する自己批評の視点が失われてゆく[41]」と否定的に捉えている。

だが、「共産主義者ではない」ことは、小田切の議論からみれば、単純に否定的なことではない。むしろそうした人々が運動に参画することにこそ運動の核心的な意義が見出されていた。この本多の自己認識もまた、「自己批評の視点が失われてゆく」というより、ある種の「自己批評」を通したプロレタリア文学観の提示であったと考えるべきではないだろうか。では、本多は「共産主義者」をどのような者だと捉え、どのような意義をもつと考えていたのだろうか。本多は「転向文学」で次のように述べている。

　われわれの歴史は、なにも共産主義者とかぎったことではないが、すすんで人柱たることに生き甲斐を感じる人々によって、依然として切り開かれねばならぬであろう。これは歴史の鉄則である。

ここにみられるように、「共産主義者」は実践のために命を投げ出すことのできる者だと考えられており、また、そうした人物は現在においても必要だとされている。また、本多は同論考で、「転向」が起こった「内在原因」について、「稀有の特殊人のみがよく耐えうる高次の要請を、「同盟員五百」と称した文化団体の全員に課そうとしたところにあった、といえると思う」と述べているが、これはそのことと関連して理解されるべきだろう。

　つまり、「共産主義者」とは「すすんで人柱たることに生き甲斐を感じる人々」であり、それは「稀有の特殊人のみがよく耐えうる高次の要請」を実現することができる者だともいえる。だとすれば、本多は、自らがそのような「共産主義者」たり得なかったという痛切な「自己批評」のうえで論を展開しているといえるのではないだろうか。

　本多の「転向文学」のひとつの特徴は、一次資料の調査にもとづいたうえで論が展開されていることにある。本多は、「われわれは現在、転向文学というものを、転向の問題をあつかった文学〔…〕あるいはもう少しひろくいって、転向問題を制作の主要動機とする文学、と漠然と考えている」が、「その当時の文献を読んでみ」ると、「転向文学という言葉が、前述のような意味で決してつかわれていない、といっていいほどの事実」を発見した。そして、当時は「転向作家の文学」が「転向文学」だとみなされていたことなどを本多は指摘し、次のように続ける。

転向文学出現当時における「転向文学」の観念を、ここにわざわざ思いおこしてみることが必要なのは、今日われわれが読んでどこが転向文学なのか解らない作品が、当時はれっきとした転向文学とみとめられた事情を理解するためにであった。ところで、このことはまた、「転向」観念の内容を、当時なにが「転向」とみなされたかを、さかのぼって確かめることにもなるのである。

本多はここで、「転向」とはなにかを理論的に定義しようとするのではなく、「当時なにが「転向」とみなされたか」を歴史的に問題化しようとしている。そのうえで本多は、「作家の「転向」という、その「転」はなにからの「転」であり、なにを基準にしたものであったのであろうか?」と考え、「その基準は小林多喜二の生き方であった」という仮説を提示した。

本多の考えをまとめると、次のようになるだろう。戦前期のプロレタリア文学運動では実質的に、「小林多喜二の線」から「離脱」することが「転向」だとみなされてきた。だが、特異な人格の持ち主しかなり得ない「小林多喜二」的主体に、集団の構成員を純化していくような方針がもともと無理を孕んでいたのであり、共産主義者以外も参加する文学運動を組織することが重要だったのではないか。先の座談会でも本多は、「それには自分の体験として、あれほどにサラブレットな、純血なコミュニズムを求められるのでなければ、もう少し参加の方法もあろうに、という気持ちがあったことがだいいち僕にあるわけです」[42]と発言している。

『転向文学論』の書評で久保田正文は、同書が「窄く倫理的な査問意識とは別のところ」で転向論を進める「方向をさし示している」[43]としたが、この寸評でいうところの「方向」の内実は、以上の論旨から説明することができる。すなわち、「共産主義者」あるいは「小林多喜二の線」に同一化しえない多様な文学者を結集していくことが、運動の核心的な理念として想定されたとき、「転向」をスティグマとし異端審問するかのような権力関係そのものが再考されることになる。

なぜなら、誰もが「共産主義者」になれるわけではないことがこの運動方針の前提にあり、さらにいえば、「共産主義者」ではない者の協働があってこそ、運動は成立するからである。この認識は本多にとって、過去のプロレタリア文学運動の問題点を整理し、今後いかに運動に連なるべきかという課題への回答として、処方箋の役割を果たした。本多はこのようにプロレタリア文学史を捉えることで、自身は非共産主義者として統一戦線を構想するという方向性の模索に移ったといえる。

くりかえせば、本多の「共産主義者」像は命を擲《なげう》つことのできる者として把握されていた。これは革命家主体の問題だが、思想的内実とはいえないだろう。本多が左翼思想や左翼運動の意義をいかに捉えていたかをみるには、「マルクス主義」という用語がどのように用いられているのかをみるのがよい。本多は「転向文学」のなかで、戦前期の「マルクス主義」について、次のように理解していた。

ところで、昭和初年に燎原の火のごとく燃えひろがったマルクス主義は、隣人の理不尽な不幸にたええぬヒューマニズムの精神と、自我主張も服従も、ともに「内なる声」にきくべきものとし、おなじ自我の尊厳を他人にもみとめる個人主義の思想とを、あの時代の日本で代表していたと思う。［…］それはまた、古く良かりし時代のブルジョア民主主義と少しも矛盾するものでなく、むしろブルジョア民主主義そのものにすぎぬではないか、といわれるかも知れない。しかし、わたしはあの当時の運動を、そのような性格を多分にもつものと理解している。

本多はこうして、戦前の「マルクス主義」について、「ブルジョア民主主義」としての「性格」を強調し、プロレタリア革命と切り離そうとした。これは、「三二年テーゼ」に対するある種の解釈――特殊な革命前夜感」を強調した、一九四七年の本多の判断から大きく力点が推移している。しかも、運動に参画する主体が「非転向」たり得る存在なのかは、「共産主義者ではない」本多自身にとっては重要な問題ではなくなっていた。

とはいえ、この議論が小林多喜二、共産主義者、および非転向の意義に疑いを差し挟むものではないことは、明らかである。戦後「政治と文学」論争の平野謙から、吉本隆明の転向論に至るまで、非転向を特権化する思考を批判しようとする動向が、大きなインパクトをもっていたのに対し、この本多の転向論があまり強い印象を残さなかったのも、そのためだろう。本多の主張は、自己の立ち位置にさまざまな屈折を抱え込んだうえでの、共産主義者肯定論なのである。

5　後退戦と政治参加――文学史の再構築

ここまでみてきた本多の「後退」のプロセスは、他者の文学史から学び、それを修正し、拡張していくような動きによって成立している。敗戦から一九五四年にかけての本多のこの「後退」劇は、今日において大きな差異として感知できないばかりか、古色蒼然たる問題意識によるものとみなされるかもしれない。ただ、本多の見解が当たり前のものであったわけではないことはたしかだ。同時代の戦後の批評家の主張と比較してみても、本多の見解は批判の対象になりうる要素を孕んでいる。

同じ『近代文学』同人の平野であっても、前章にみたように、戦後「政治と文学」論争において、過去のプロレタリア文学運動を「プロレタリア独裁」に力点を置いて整理した。この平野と比較すれば、本多の主張が相違することは明らかだ。『白樺』派という対象が、戦後の文学史で争点となっていたことも重要である。[44]国民文学論争で竹内好が「近代主義」として批判した代表的な文学は、『白樺』派の文学とプロレタリア文学であり、この両者の批判的継承を試みようとした本多は、まさに竹内が批判する対象の価値を、高くみていたことになる。[45]もちろん、竹内が希求したのは来るべき「国民文学」である。その概念はいまだ存在しない、これから獲得されるべき内容を指すものであり、これまでの日本文学を根底的に批判するようなものであり、つまりは前向きな理念の提出によって大きな現実変革を展望したものであった。

本多は、雑誌『文学』や『岩波講座　文学』に寄稿しており、国民文学論のながれと極めて近い位置にいた。そのなかで、自覚的な「後退」は成し遂げられたのである。もちろん、自覚さえしていれば「後退」でかまわないというわけではない。ただ、そう自認した本多に先鋭的なヴィジョンを読み取れないのは当然のことでもある。転向文学論の本多は、自分が指導者であること、イニシアティブをとること、前衛的なオルガナイザーであることを諦めた、あるいはそうした資質がないことを悟ったのであり、そうでない位置からの政治参加の方途を模索したのだ。そのうえで、「歴史」というものは、「すすんで人柱たることに生き甲斐を感じる人々によって、依然として切り開かれねばならぬであろう」と述べたのである。

本多が『物語戦後文学史』の連載をはじめるのは、一九五八年、媒体は『週刊読書人』である。連載は一九六三年まで続いた。当時の編集者、栗原幸夫が語るように、「戦後の大きな節目と重なって」書き続けられた。栗原は、本多の逗子の自宅にこの間原稿を取りに通ったが、鎌倉から逗子にかけての「風景の変化」にふれ、「東京オリンピックを前にした大変貌」のなか、「「戦後」を思い出させるものを、目の仇にして一掃しようとするかのような、記憶への掃討作戦の始まりのように思われた」と述べている。「あれほど手ごたえの十分だった「戦後」が、どうしたわけか霞んでよく見えなくなってきたという不思議、驚き、戸惑い——その理由を自分なりに尋ねて見たいという本多さんの日頃の思いに、この企画は運よくぴったりと出会ったと言えるだろう」。そのようにまとめる栗原は、「本多さんがこの連載を始めた動機は、「変化」についての繊細な感覚だった」としている。[46]『白樺』派論に続き、『物語戦後文学史』もまた、本多自身によって「後退」として意味づけられる。[47]

こうして本多が「後退」してゆくなかでも、現実変革のヘゲモニーを握ろうとして先鋭化してゆく運動家や集団が存在した。安保闘争における全学連、共産主義者同盟（ブント）はその典型のひとつとして挙げられるだろう。その行動は、一九六〇年の羽田デモでは逮捕者が出るほどの過激さをみせた。この全学連に対し、当時の言論人たちの救援運動が展開された。絓秀実はこの救援運動に、「知識人界が再編成されていく様子」をみてとり、「今日では想定できない多様な知識人が、ブントの行動によって蠢動・動揺しはじめているのが知られ」るとしているが[48]、この救援運動に加わった一人として、本多秋五の名前も挙げられている[49]。

もちろん、ここにおいて本多が「運動」ではたした意義の大小を問いたいのではない。かといって、「運動」から切り離し、本多をたとえば『白樺』派「研究」の祖として祀り上げたいわけでもない。本多は「運動」と「批評」と「研究」の間に介在し、それらの知を結びつける役割をはたした。それは状況に応じて文学史を再構築することで、運動の論理と歴史認識の論理を繋ぎつつ、文学について語る意義を生み出す行為だった。その実践は「ブルジョア民主主義」の周辺をめぐる、微調整ともいうべき概念連関の組み直しによってなされた。周囲の他者の文学史を修正的に援用しながら。さまざまな意味において微温的ともいえるだろうこの批評活動が機能し得たところに、本多は自らの立場を置いていた。ある意味で批判しようと思えばこのうえなく批判することの容易い立場である。ただそれは、戦後において文学史を作ることが有していた社会的価値のひとつの結集点であったのだ。

終章　革命的知識人の群像

「隠された伝統」としての革命的批評は、理論的考察と歴史的考察と状況論的考察が入り混じった言説である。それは、国家権力の弾圧を掻い潜って、周囲を探索しながら自らの活動領域を作り出す。そして、現状を認識する装置を提示しようとする。

その装置は、あり合わせの道具で作られている。当時流行していた社会科学用語、重要だがあまり知られていない文献から得た情報、日々の暮らしのなかでの実感、運動に参加してうまれた連帯意識と切迫感、論敵に対する反発など、すべて身の回りにあるものだ。

それらの道具を使って、書き手はなんとかして、自分という存在をカテゴライズし、社会を知ろうとした。めざされたのは、一点を基準にして物事を立体的に捉えることだ。たとえば蔵原惟人はその一点を、プロレタリア・レアリズムとして理論化した。

そうして書かれた批評の装置が、うまく遠近法を作り出すことができたかどうかは、テクストによってそれぞれだろう。ときに、人をはっと驚かす世界を映し出すテクストが現れる。小林秀雄「私小説論」のように。自然主義小説はブルジョア文学というより封建主義的文学ではないか、という物の見方は、鮮烈なヴィジョンとして読者を動かした。

他方で、ヴィジョンは大きな反発を受けることもある。うまく理解されないことも。いずれにせよ、そうした営みがなければ、自己と他者、共同体のあり方について、思考することは難しいだろう。この立体的な装置は、今日では「大きな物語」と呼ばれている。

ただし、この「大きな物語」もまた、虫の視点から提示されたものである。ひとりひとりの書き手は、周りにある道具を拾い集めて組み合わせるしかない。立体化させる装置が作動するのは、平面として把握された世界である。そして、それを読み解いていこうとする私たちもまた、虫の視点から見るしかないのである。[1]

＊

以下、本書の内容を整理していきたい。それは、ある意味においては、「大きな物語」の展示会に見えるかもしれない。だが、個別の批評家論を並べることが目的ではない。立体的な装置を組み立てるために必要だった道具としての「概念」の変遷を一気に辿り直すことが、ここでの狙いである。「知識人」関連語群を中心に、批評用語がどのように転用され、組み立てられていったのか、改めてみていこう。

「知識人」関連語群は、自己や他者を階級的存在としてカテゴリー化し、社会のかたちを描き出すのに必要な道具だった。なかでも、一九世紀ロシアの革命運動の敗北を文学史の語りに取り込んだ知識人論は、「左翼のメランコリー」を表出する実践としてあった。昇曙夢らによる知識人論としてのロシア文学史が日本に定着していくことで、「知識人」関連語群は文学の問題として広範に流通していく。そのイメージは明治から大正のはじめにかけてみられ、日本の現実との重なり合いのなかで読まれていくことになる。

大逆事件以後、直接的な政治活動が困難な状況において、大杉栄たちは文芸について語ることで活動しようとした。ただ、そこにおいても言論が自由だったわけではなく、危険とみなされた思想は表明することが困難であった。つまり、二重に「隠された」領域として社会主義「冬の時代」の言説はあった。

このなかで「知識人」関連語群もまた、二重に暗号化していく。「知識階級」について批判的に語ることによって、それを批判する主体が立ち上がり、暗に社会主義的言論のネットワークが保持されることになる。大杉が「智識者」を批判しつつ、『近代思想』を「intellectual masturbation」と自己批判することになったのも、この「隠された」位置に自他を見出したからである。他方で、思想的に穏当な雑誌『太陽』さえ発禁になる状況下で、平出修は「知識階級」を擁護することで言論の場を擁護しようとした。

こうした政治活動／社会主義的言説／文学的言説をめぐる地形の複雑さに「知識人」関連語群は対応していた。このことが、プチ・ブルジョア階級論を典型とする、「中間」の階級についての語りと繋がっていく。

堺利彦は一九一四年に『へちまの花』を創刊、翌年に改題して『月刊新社会』を刊行した。社会主義のリテラシー形成にいち早く対応した同誌でも、文学は批判するに足る問題とみなされていた。誌上では、「流行文芸に心酔する現代青年の心理」が問題化されたが、その際に「知識階級」への批判が見受けられる。

大逆事件以後の大杉や堺による「知識階級」論は、雑誌というメディアによる活動についての自省的な意識に関わっていたといえる。「知識階級」への批判は、それを通して逆に自己のあるべき姿を形づくる機能をはたす。『近代思想』、『月刊新社会』を通してみえてくるのは、社会運動が困難な状況下においてジャーナリズムにフィールドを見出したものが、そのフィールドのあり方とプレイヤーの思考を批判的に検討して更新していこうという営為である。「知識階級」概念はそうした批評的行為と結びついていた。

他方で、平出が擁護しようとした『太陽』は、社会運動系の雑誌とは異なる。この平出の言動を現在、自由主義的でラディカリズムが欠如したものだと批判しても、あまり意味がないだろう。大逆事件以後の検閲によって、特定の主義に限定されずジャーナリズムの生態系そのものが変貌しようとしているとき、思想的連帯とは別のあり方による、個々の現場での闘い方というものが想定される。この時期、「知識階級」は、批判されるにせよ擁護されるにせよ、書き手が提出している論理そのものにかかわる重大な用語として浮上したのである。

社会主義史における次の画期は、一九一九年頃である。以後の「知識階級」論は、それ以前の「知識階級」論とは、流通する環境そのものを異にしていく。一九二一年、大杉栄に反発するアナ系の人々が中心となって、『労働者』が刊行された。同誌では労働運動内における「知識階級」排斥論が展開され、「労働者」の自主的な運動がめざされた。大杉さえ「知識階級」とみなされる言論状況は、「知識階級」とはなにか、という問いを切実に必要としていたといえよう。

『改造』一九二二年新年号に発表された有島武郎の「宣言一つ」をめぐる論争は、「知識階級」の定義自体が問題化されたものとして捉えられる。一九二〇年代前半の諸潮流のなかで、有島はそれを堺利彦や室伏高信との対話のなかで模索していた。

運動史的な状況としては、アナ・ボル提携の動きがあった。「宣言一つ」論争を通して有島は、従来の「指導者」のあり方を批判する立場を堅持しつつも、ありうべき「指導者」の可能性や、労働運動内に出現してしまう「指導者」をいかに利用すべきかという問題について思考していた。それは、吉田一らによるアナ・ボル提携の試みと並行して展開された実践だと考えられる。一九二三年に有島は死去するが、この年にはそれまで存在していた意味でのアナ・ボル提携の可能性が、アナキズム運動の逼塞《ひっそく》により失われていくこととなる。

その後、社会主義史のひとつの軸は、コミンテルン支部としての日本共産党の思想によって代表されることになる。第一次共産党の結成に関わった山川均は一九二二年に「方向転換」論を提出し、『大衆の中へ!』という方針を明確に示した。その後、第一次共産党は解党するが、革命運動の勢いは絶えることなく続いた。一九二六年に再建された日本共産党は、福本和夫を指導理論家とし、「知識階級」による理論の意義を確立した。しかし翌年、日本共産党が二七年テーゼを採用することによって、福本は失脚する。これ以後、日本共産党の思想はソ連によって大きく規定されるものとなった。社会主義的な革命運動が本格化したのは、「党」が圧倒的な影響力を持ったこの時期においてである。

革命運動の目まぐるしい質的転換が起こった一九二六、七年は、ジャーナリズムの変動期でもあった。円本の流行に象徴される文学イメージの普及は、現代作家の社会的認知を新たな段階へと移行させた。ジャーナリズム・文学・革命の関係が画期に際して今一度問われる状況が出来していたのである。

そのなかで、徳永直『太陽のない街』の価値づけをめぐって、「プロレタリア文学」の存在証明がなされていった。それと同時期に、宮本顕治の芥川龍之介論である「「敗北」の文学」は、『改造』懸賞評論というメディアにおいて、知識人論という課題に応接した。宮本は、「小ブルジョア・インテリゲンチヤ」という階級的問題を、ひとつの接続と転換の装置とすることで、左翼陣営の側に「芥川龍之介」という記号を簒奪しようと試みたが、そこには新たなメディア環境のなかにおけるリテラシーの問題が浮上していた。

一九三二年三月、コップ一斉検挙によって、理論的指導者である蔵原惟人らが捕まり、プロレタリア文学陣営は大きく弱体化した。蔵原はプロレタリア科学研究所芸術学研究会でも指導的位置に存在しており、一九三一年の方向転換を背景としたレーニン主義的な文学研究の潮流を牽引していた。残された芸術学研究会のメンバーは、困難な状況のなか活動を継続しようとする。

同じ頃、明治文学研究と左翼の合流地点が模索されつつあった。一九三二年八月、一回目の明治文学懇談会が開かれ、柳田泉による政治小説についての発表が行なわれたとされる。この明治文学懇談会は、九月の第二回において解散を命じられる。その弾圧を掻い潜って結成されたのが明治文学談話会であった。

この明治文学談話会、およびプロレタリア科学研究所芸術学研究会双方に属していたのが、平野謙である。明治文学談話会の機関誌的な雑誌、『クオタリイ日本文学』第一輯（一九三三年一月）に発表した「プティ・ブルヂョア・インテリゲンツィアの道」は、この変化した文脈において「芥川龍之介」を再提起する試みである。この時期、すでに方向転換のながれに追随していた宮本顕治の「文学批評の基準」を冒頭に掲げ、宮本と対決することから平野は始めた。

同誌が発禁になったことからもわかるように、明治文学研究は検閲との闘いの場になっていた。その翌年には、プロレタリア文学の組織的な運動が弱体化していく。「転向」現象のなか、どのようにプロレタリア文学運動の歴史を理解すべきかという問題が生じた。

一九三五年、中村光夫は、永井荷風論で天皇の問題を「封建制度」として射程に収めながら、「封建文学」を批判した「ロマン主義」「近代文学」としてプロレタリア文学を総括しようとした。この中村の試みは、潰え去った運動の意義を即座に「近代文学」として記念したという意味において、未発の「近代文学」という文学史の語りとも、明治文学に「近代文学」の可能性をみる語りとも異なっている。

中村が提示したのは、同時代に翻訳されたルカーチの小説論にみられるような「体系」的文学論である。中村の意見が中野の反論を引き起こしたことは、それがプロレタリア文学の論理と乖離していることのひとつの徴候として捉えることができる。中村の主張は、プロレタリア文学運動の延長で使用される「ブルジョア文学」「プロレタリア文学」ということばと齟齬をきたすような概念連関を構成していた。

「転向」の時代には、国民文学論が大きなテーマとなった。国民文学の不成立を語り、今後にその誕生を期待する類の議論は、用語だけみれば中村とは対蹠的なものに映りもする。これに対し、荒正人は二葉亭四迷『浮雲』を「国民文学」として評価しようとした。中村がプロレタリア文学運動の意義を「ロマン主義」という用語で再規定したことは、運動内在的な用語法の外からプロレタリア文学運動の総括を遂行したことを意味した。他方で荒は、明治の『浮雲』においてすでに「国民文学」の可能性があったにもかかわらず頓挫していった歴史として文学史を描いた。荒は新体制運動をあけすけに擁護しようとする国民文学とは異なる志向を有していたが、明治に遡ろうとするその視座は、プロレタリア文学運動の問題系を直接問うことを困難にしたともいえる。

これは国家権力をいかに問題化し得たかということにも関わっている。中村は天皇の問題を「封建制度」という用語のなかに潜めており、それは一九三六年の改稿版荷風論の『花火』評価においてさらに明確化される。対して、一九四一年の荒の立場は不明瞭であった。荒が「小市民文学」を「国民文学」に転換せよという際には、ことばのうえでは「新体制の敵」を批判しつつも、実質的に旧来の特権的な社会的位置を批判している。この文章は、天皇を暗示したものだと考えてみることも可能ではある。しかしその後、『浮雲』をひとつの達成としたとき、そこで描かれた「国民文学」の姿には、天皇を直截的に問題化する手がかりは見出せない。

この時期の荒のテクストを、単に荒個人の文脈に留めおかず、ひろく戦前から戦後のリテラシーの問題へと接続するためには、ロシア文学という知の問題に注目しなければならないだろう。この問題は、大逆事件前後のクロポトキン『ロシア文学の理想と現実』のチェーホフ論の受容から通底する、日本「インテリゲンチャ」史に関わる問題である。

平出修はチェーホフの描いた「「智識ある者」」に注目して、「日本の「智識ある者」」に対してチェーホフを推薦した。また、クロポトキンのチェーホフ論を翻訳した相馬御風は、ロシア文学の知を援用することで日本文学について考えようとしていた。御風は大杉を『父と子』のバザーロフにたとえており、そこでは社会主義者が文学イメージによって解されている。これと比較して、「「敗北」の文学」の宮本は、芥川の作品をバザーロフとのアナロジーで把握していた。バザーロフという表象は、社会主義と文学の双方に関わるものとして運用された。

また、有島をモデルとした藤森成吉の戯曲「犠牲」の上演を計画した小山内薫は、チェーホフの

『桜の園』の「インテリゲンチヤ」像をその知的背景にもっていた。発表媒体の『改造』は発禁、「犠牲」は上演も禁止されるが、厳しい検閲の状況下において、ロシア文学的な知は文学と思想の結節点を作り出すリテラシーを形成していたのである。

荒、佐々木基一、小田切秀雄の世田谷三人組による戦時期の読書会は、こうしたロシア文学受容のながれのなかで位置づける必要がある。荒は当初、ロシア文学的な「余計者」が日本に不在であることを語っていたが、『浮雲』を「最初の余計者」という枠組から評価したとき、その文学史の結構は落ち着くと同時に、未発の可能性を論理化する志向からは遠ざかってしまったともいえる。ともあれ、世田谷三人組によるロシア文学の知識は、結果として戦後文学および戦後の文学研究・批評の知的資源を整備することとなった。

敗戦後、『近代文学』と『新日本文学』が発刊されてからしばらくして顕在化したのは、戦後「政治と文学」論争によって知られる党派的な対立構図である。従来それは、「政治の優位性」をめぐる思想問題を軸に語られることが多かった。だが、ここにもまた、戦前・戦後の断絶と連続をめぐるプロレタリア文学再検討、すなわち文学史の問題が含まれていたことは見逃せない。

平野謙と中野重治の戦後「政治と文学」論争は、ある意味で文学史論争ともいえる争点が問われていたが、そこから平野は「昭和文学」の歴史を論争の歴史として提示した。芸術大衆化論争と「思想と実生活」論争をめぐって平野が論じたのは、論争的な概念の曖昧、齟齬、辻褄合わせに関わる問題であり、この観点から文学史を再考する可能性を提示していた。それは民主主義文学運動の歴史認識に対するラディカルな問題提起としてあった。

他方で、本多秋五は戦後の約一〇年間を通して、民主主義文学運動への応援を、宮本百合子論、

『白樺』派論、転向文学論のかたちで提示し続けた。プロレタリア文学運動における文学遺産継承の失敗から学ぼうとした本多は、のちに文学研究の礎石を築いたともみなされるテクストを書くことで批評的介入を図った。「後退」の過程として本多自身が位置づけたその実践は、リテラシーという観点から考えたとき、戦後の文学と思想の見取図を作成していく作業であった。

＊

以上の考察の内容から、本書の性格を照らし返すこともできるだろう。たとえば、概念に着目しながら論争を俎上に載せる方法は、平野の問題提起を、今日的に継承しようとしたものである。その平野自身は問題化していないが、「知識階級」の定義は、そもそも「宣言一つ」論争の争点であった。概念に対する関心は、研究対象である作家・批評家が抱いていたものである。外在的な理論によって鳥瞰するのではなく、対象に内在する知見に多くを負いながら、本書の考察は進められた。もちろん、それは対象を相対化しようとしなかったからではない。むしろ、相対化の手続きこそが他方でこうした記述を要請した。知識人論と文学史を検討するなかで浮上した問題系は、大きく分けてふたつあった。ひとつは歴史認識と文学の問題という縦軸の思考であり、もうひとつは文学イメージの形成と関わって、知識階級や小ブルジョア、中間階級などといったことばで表現されてきた文化領域との接触を通じての、文学と革命の関係の再設定という横軸の問題である。統一戦線というテーマとも関わって、両者はいずれも状況的判断と分離できない問題である。

ここで留意したいのは、このふたつの問題を作動させるための条件として、文学に関わる知識が蓄積されていったということだ。文学の知識はもちろん人によってさまざまである。教養体系の同一性に知識人の定義を求めたいわけではない。逆に、しばしば同じ教養体系に属すると考えられた者たちが、なぜかくもすれ違い対立するのか、という点を考えるうえで、リテラシーが重要になってくる。文学の知識は、長年にわたって個人のなかで蓄積され続けると同時に、社会的にも発掘・整備されてゆく。地層が形成されたなかで埋没し不可視化される問題も出てくるだろう。こうした個人的にも社会的にも複雑な知のありようは、テーマ化して見通せるものを超えた情報量のテクストを絶え間なく処理することを必要とする。

知識人論としての文学史は、文学とはなにか、革命とはなにかを問い直すものであったが、そうした実践が成立するためには、蓄積された知識が具体的な状況のなかで再構成される必要がある。本書で行なってきたのは、この知的資源の領域と、個々の作家・批評家の歴史的な思考を結びつけて考えてみることであった。

国家権力との闘いのなかで活動拠点を確保することでかろうじて表象された文学者像を、その状況のなかで捉えてみること。リテラシーの位相を把握しながら、文学と革命をめぐるテクストを読んでみること。それを手がかりにしながら、従来の通説を再考してみること。本書で検討した「隠された伝統」を通してみえてくるのは、ひとりひとりの書き手が概念を組み立てることを通して、ぎりぎりのところで見出した思考の地平なのである。

註

序章

1 有島武郎「雑信一束」『我等』第四巻第三号、一九二二年三月、六一―六二頁。
2 有島武郎「宣言一つ」『改造』一九二二年新年号、五五―六〇頁。
3 絲屋寿雄『日本社会主義運動思想史 1853-1922』(法政大学出版局、一九七九年)参照。同書には、「近代的な社会主義の思想と運動がようやく本格的に登場するようになったのは、戦後の一八九七(明治三〇)年以降のことである」(三頁)とある。浦西和彦『文化運動年表　明治・大正編』(三人社、二〇一五年)も一八九七年から年表を始めている。
4 大田英昭『日本社会民主主義の形成――片山潜とその時代』(日本評論社、二〇一三年)、第四章を参照。
5 蔵原惟人「プロレタリヤ・レアリズムへの道」『戦旗』創刊号、一九二八年五月、二〇頁。
6 「知識」には、「知識」「智識」のふたつの表記がある。本書では、「知識階級」「智識階級」の両者を合わせて示す場合には、「知識階級」と記した。
7 ミシェル・フーコー『言葉と物――人文科学の考古学』渡辺一民・佐々木明訳、新潮社、一九七四年。
8 同右、三三八頁。
9 同右、三六二頁。
10 ブルーノ・ラトゥール『虚構の「近代」――科学人類学は警告する』川村久美子訳、新評論、二〇〇八年。
11 フーコー前掲書、三七七頁。
12 ラトゥール前掲書、一七頁。
13 「なにしろ、ハイブリッド(異種混交、混合物)的な記事は日増しに増えている。毎日のように、科学、政治、経済、法律、宗教、テクノロジー、フィクションから成る複雑なもつれが描き出される。毎日朝刊を読むことが現代風の祈りだとするなら、さまざまな要素が入り組んだ記事を読みつつ祈りを捧げる人類とは、なんと奇妙な存在だろうか。さて今日も、文化のすべて、自然のすべてが新たな形で配合されている」(ラトゥール前掲書、一二頁)。
14 中村雄二郎『臨床の知とは何か』岩波新書、一九九二年。

15 酒井泰斗・浦野茂・前田泰樹・中村和生編『概念分析の社会学――社会的経験と人間の科学』ナカニシヤ出版、二〇〇九年。エスノメソドロジーは、文字通りの日常生活を対象とすることができるが、書かれたものとしての革命的批評を考察するにあたっても、その発想は示唆に富むものだ。本書の概念史は、みようによっては、「階級」というカテゴリーをめぐるエスノメソドロジーに通じる部分があるかもしれない。

16 ジャン゠フランソワ・リオタール『ポスト・モダンの条件――知・社会・言語ゲーム』小林康夫訳、書肆風の薔薇、一九八六年、八―九頁。

17 エンツォ・トラヴェルソ『左翼のメランコリー――隠された伝統の力 一九世紀〜二一世紀』宇京賴三訳、法政大学出版局、二〇一八年、二八頁。「左翼のメランコリー」については、ヴァルター・ベンヤミン「左翼メランコリー」(『ヴァルター・ベンヤミン著作集1 暴力批判論』晶文社、一九六九年。同論考は野村修訳)、「隠された伝統」については、ハンナ・アレント『パーリアとしてのユダヤ人』(寺島俊穂・藤原隆裕宣訳、未來社、一九八九年)第二章を参照。

18 同右、八―九頁。

19 市野川容孝は、「社会学、あるいは広く社会科学が用いていた言語そのものの自省的分析が、まだ十分にはなされていない」理由について、ヘーゲルとハイデガーを引いて説明している。「G・W・F・ヘーゲルが言うように、「およそ見知られたものは、それが見知られているがゆえに、認識されてはいない」(『精神現象学』序文)。あるいは、M・ハイデガーが言うように、私たちは、距離的には最も近くにあるものを、まず見落としたり、聞き落としたりするのが常であり、例えば、道具として使用中の眼鏡は、文字通り、目と鼻の先にあるにもかかわらず、当人にとっては、自分の眺める正面の壁の絵よりも、ずっと遠いものである(『存在と時間』第23節)」(『社会』岩波書店、二〇〇六年、iii―iv頁)。これは今なお実証研究の領域にも通じる問題だろう。たとえば今橋映子は、片山潜らの「「都市社会主義」が「都市」という語を精錬し、普及させていった」ことにふれながら、「気づいてみれば従来日本の〈都市論〉では、こうした用語規定に関わる歴史認識が盲点となっていた」と指摘している(『近代日本の美術思想――美術批評家・岩村透とその時代(上)』白水社、二〇二一年、三四八頁)。

20 丸山真男「近代日本の知識人」『後衛の位置から――『現代政治の思想と行動』追補』未来社、一九八二年、七一―一三三頁。以下、同論考から引用する際には、該当頁数を省略する。なお、丸山の同論考および関連するテクストについては、西村稔「知識人と「教養」(六・完)――丸山眞男の教養思想」(『岡山大学法学会雑誌』第六六巻第二号、二〇一六年一二月）に長大な考察がある。

21 丸山眞男「増補版への追記」『増補版 現代政治の思想と行動』未來社、一九六四年、五八四頁。

22 同右、五八五頁。

23 丸山眞男「超国家主義の論理と心理」『世界』一九四六年五月号、宮澤俊儀「八月革命と国民主権主義」『世界文化』一九四六年五月号。

24 米谷匡史「丸山真男と戦後日本——戦後民主主義の〈始まり〉をめぐって」『情況』一九九七年一・二月合併号、三七—四二頁。

25 丸山前掲「増補版への追記」、五八四頁。

26 佐藤卓己『増補 八月十五日の神話——終戦記念日のメディア学』ちくま学芸文庫、二〇一四年。

27 竹内洋『革新幻想の戦後史』（中央公論新社、二〇一一年）参照。さらに近年では、シモン・ミュラーがデータベース検索にもとづいて用例を検討して、丸山の説を批判している。Simone Müller, "interigencha, chishiki kaikyū und chishikijin - eine Verortung des japanischen Intellektuellenbegriffs", *Zerrissenes Bewusstsein: Der Intellektuellendiskurs im modernen Japan*, Berlin: De Gruyter, 2016. なお、同書では本書のもととなった拙稿のうち、「知識階級と芸術家——有島武郎「宣言一つ」論争」（『有島武郎研究』第一四号、二〇一一年三月）、「〈知識人〉言説の歴史を問い直す——「有島武郎」の概念史的位置をめぐって」（『有島武郎研究』第一六号、二〇一三年六月）、「「インテリゲンツィア」の「文学史」——平野謙「プティ・ブルヂョア・インテリゲンツィアの道」論」（『言語態』第一三号、二〇一四年二月）が参考文献に挙げられている。

28 米川明彦『新語と流行語』南雲堂、一九八九年、一一二頁。

29 松田道雄「『浮雲』について」（『日本知識人の思想』筑摩書房、一九六五年）、奥村剋三「引き裂かれた余計者——二葉亭にみる日本とロシア」（西川長夫・松宮秀治編『幕末・明治期の国民国家形成と文化変容』新曜社、一九九五年）、大田英昭「二葉亭四迷における知識人像の形成と崩壊——『浮雲』の挫折まで」（『思想史研究』第七号、二〇〇七年三月）など。

30 天風居士「露西亜の婦人界」『女学世界』第四巻第三号、一九〇四年三月、九九—一〇〇頁。

31 中野重治「インテリジェントという言葉を最初に使った日本人」『中野重治全集』第二三巻、筑摩書房、一九七八年。Müller前掲書はこの中野の指摘について注でふれている。同論考の初出は、なかの しげはる「忘れぬうちに88——インテリジェントという言葉を最初につかった日本人」『アカハタ』（一九五九年八月二六日号、四面）。ここでは一八七四年の日記とされていたがのちに修正された。

32　南後由和「〈文化人〉の系譜――界とマスメディアの交わり」南後由和・加島卓編『文化人とは何か?』東京書籍、二〇一〇年。

33　竹内前掲書、二六三頁。

34　「刊行にあたって」趙景達・原田敬一・村田雄二郎・安田常雄編『講座東アジアの知識人』第一巻、有志舎、二〇一三年、iii頁。この文章は編集委員一同による。Müller前掲書は、青野季吉「知識人の現実批判」(『読売新聞』一九二二年五月二七、二八、三〇、三一日)を挙げている。この青野の論考は、有島武郎の「宣言一つ」をめぐる論争の関連資料であり、『有島武郎全集』別巻(筑摩書房、一九八八年)に所収されている。

35　坂本多加雄『知識人』読売新聞社、一九九六年、九頁。

36　中村春作『江戸儒教と近代の「知」』ぺりかん社、二〇〇二年、五八頁。根津朝彦『戦後『中央公論』と「風流夢譚」事件――「論壇」・編集者の思想史』日本経済評論社、二〇一三年、一二頁。

37　竹内前掲書、一八五頁。

38　竹内洋『丸山眞男の時代――大学・知識人・ジャーナリズム』中公新書、二〇〇五年、八一頁。新人会の結成は、一九一八年一二月のことである。

39　この点に関連する先行論をいくつか挙げておこう。柴田真希都『明治知識人としての内村鑑三――その批判精神と普遍主義の展開』(みすず書房、二〇一六年)は、「日本語の「知識人」なる語は、intellectualあるいはintelligentsiyaの訳語として明治末頃より使われ、大正以後盛んに用いられた近代語である」(三頁)と述べているが、その証拠については特に示していない。竹内前掲書にも、「「インテリゲンチャ」や「知識階級」という用語が登場した明治時代末」(三五〇頁)と書かれている箇所があるが、先の引用に見たように、竹内は「知識階級」という語が大正半ばに誕生したと主張しており、このくだりでも明治末頃の用例を挙げているわけではない。「明治時代末」は誤記であろうか。武藤秀太郎『大正デモクラットの精神史――東アジアにおける「知識人」の誕生』(慶應義塾大学出版会、二〇二〇年)には、「「知識人」という語は「一九一〇年代後半以降、日本の社会事象を指し示す概念として用いられるようになった」(九頁)とあるほか、それ以前の「知識人」関連語群の用例にも言及しているが、主に概観的なもので、先行論をふまえつつ綿密な追究がなされたものとはいい難い。

40　一九一九年の知識階級論については、奥田修三「大正期「知識階級」論」(『立命館大学人文科学研究所紀要』第一五号、一九六五年三月)、森山重雄「有島武郎における生の二律性認識――付、知識階級の位相」

『実行と芸術』（塙書房、一九六九年）などを参照。広義の知識人研究は数多いが、通史的に知識人論に力点を置いたものとしては、濱口晴彦『日本の知識人と社会運動』（時潮社、一九七七年）、第一、三、四、五章を参照。ほかに、文学者に重点を置きつつ知識人論を考察したものとして、渡邊一民『近代日本の知識人』（筑摩書房、一九七六年）、向坂逸郎と戸坂潤の論争を論じたものとして、関幸夫『知識人論ノート』（新日本出版社、一九八四年）。同書には丸山の「近代日本の知識人」の日本共産党およびマルクス主義認識を批判した論考も収められている。そのほか、「知識階級」と大きく関連する「無産階級」概念については、林宥一『「無産階級」の時代』（青木書店、二〇〇〇年）がある。

41　奥田前掲論考は、麻生久「青年智識階級の一使命」（『デモクラシイ』第一巻第一号、一九一九年三月）などの論考を挙げている。濱口前掲書は、同年刊行の米田庄太郎『現代智識階級と成金とデモクラシー』（弘文堂書房、一九一九年）について論じている。竹内『丸山眞男の時代』『革新幻想の戦後史』は、内田魯庵の「知識階級の立場」（『太陽』一九一九年一〇月号）を用例として挙げている。ただし、近年ではMüller前掲書が一九一九年以前の用例を提示している。

42　竹内前掲『革新幻想の戦後史』、一八六頁。

43　クリストフ・シャルル『「知識人」の誕生 1880-1900』白鳥義彦訳、藤原書店、二〇〇六年。A・ボスケッティ『知識人の覇権――20世紀フランス文化界とサルトル』石崎晴己訳、新評論、一九八七年。

44　歴史学では、町田祐一が明治末期から昭和初期にかけての「高等遊民」を実証的に問題化している。町田祐一『近代日本と「高等遊民」――社会問題化する知識青年層』吉川弘文館、二〇一〇年。

45　山泉進編『社会主義事始――「明治」における直訳と自生』社会評論社、一九九〇年。

46　梅田俊英『社会運動と出版文化――近代日本における知的共同体の形成』御茶の水書房、一九九八年、一四頁。

47　濱口前掲書は、諸団体や雑誌メディアの文脈に比重を置いており、その点に関していえば竹内『丸山眞男の時代』よりも本書に近い部分がある。もちろん、竹内書もジャーナリズムを視野に入れており、このような濱口との差異は論述の具体的な内容によって生じている。

48　管見の範囲の先行論では、福見尚賢・小栗栖香平纂訳『挿入図書独皦字典大全』（一八八四年）のドイツ語Intelligenzの訳語「聡明なる（もの）、霊智ある（もの）、才気ある（もの）」が、最も早い辞書での用例として指摘されている。吉沢典男・石綿敏雄『外来語の起源』角川書店、一九七九年、六六頁。

49　下里俊行『論戦するロシア知識人――一八六〇年代の論壇状況とトカチョーフの思想形成』博士論文（一橋大学）、二〇〇五年。用例は一八六〇年代以前に遡り、「すでに一八三〇年代において特定の社会層という意味で「インテリゲンツィア」という語が使われていたことも指摘されている」が、「この語が、高度な教育を受け、知的労働に従事する社会集団という明確な意味を持つと同時に、その社会的使命や道徳的規範、あるいは思想的アイデンティティに関わる諸問題と密接に結びついて広範に議論されるようになるのは、やはり一八六〇年代以降のことである」（七頁）。下里俊介「インテリゲンツィア」（沼野充義・望月哲男・池田嘉郎編『ロシア文化事典』丸善出版、二〇一九年）も参照。

50　楳垣実『日本外来語の研究』研究社出版、一九六三年、九頁。矢崎源九郎『日本の外来語』岩波新書、一九六四年、一二〇頁。

51　横張誠『芸術と策謀のパリ――ナポレオン三世時代の怪しい男たち』講談社、一九九九年、八―九頁。ヴァルター・ベンヤミン「ボードレールにおける第二帝政期のパリ」（『ボードレール　他五篇』野村修訳、岩波文庫、一九九四年）も参照。なお、日本におけるボヘミアン文学を比較文学的観点から考察したものとして、今橋映子『異都憧憬――日本人のパリ』（柏書房、一九九三年）。

52　社会科学用語としての問題に関しては、「ボエーム」と「ルンペン・プロレタリアート」概念の連関が重要となる。カール・マルクス『マルクス・コレクションⅢ』（筑摩書房、二〇〇五年）の横張誠「解説」にある以下の記述も参照。「マルクスがルンペン・プロレタリアートを、このようにあらゆる階級に出現しうる分子と見なしているのは、これら二つの著作〔「ルイ・ボナパルトのブリュメール一八日」と「フランスにおける階級闘争」〕だけである。階級闘争が、マルクスから見て不可解な展開をした時期にちょうど、用語法の不思議な逸脱が重なっているのだ」（三七〇頁）。

第Ⅰ部への序

1　北輝次郎『国体論及び純正社会主義』北輝次郎、一九〇六年。「大学の講壇に拠り智識階級に勢力を有すと云ふこと」（一四頁）、「資本家階級が事実に於て智識階級を使役する」（七九頁）といった用例がある。後者の用例を含む北の文章について考察したものとして、松本健一『評伝北一輝Ⅱ　明治国体論に抗して』（岩波書店、二〇〇四年）、三〇頁、嘉戸一将『北一輝――国家と進化』（講談社、二〇〇九年）、四〇―四一頁を参照。

2　山川均「論評　社会党大会の成績」『平民新聞』第二九号、一九〇七年二月二〇日、一面。

第1章

1　昇曙夢「近代文学に現れたる露国のインテリゲント」『新潮』一九一〇年一二月号、一〇二頁。曙夢の書誌として、長谷部宗吉編「昇曙夢　著作年譜（稿）［I］〜［IV］」『札幌大学女子短期大学部紀要』第五一号（二〇〇八年三月）、第五二・五三号（二〇〇九年三月）、第五四・五五号（二〇一〇年三月）、第五六・五七号（二〇一一年三月）を参照した。

2　同右、一〇四―一〇五頁。

3　昇曙夢「チエーホフ論」『無名通信』一九〇九年一〇月一日号、一一〇―一一一頁。

4　同右、一一二―一一三頁。

5　昇曙夢「チェーホフの芸術を論ず」『帝国文学』第二〇八号、一九一二年三月、一一頁。なお、チェーホフ受容の書誌として、中島通昌編『日本におけるチェーホフ書誌――翻訳・研究・エッセイ（1902-2004）』（丸善名古屋出版サービスセンター、二〇〇四年）を参照した。ただし、本書では同書で挙げられていない資料も引用している。

6　同右、一一―一二頁。

7　昇曙夢「オストローフスキイ論」『露西亜文学研究』隆文館、一九〇七年、二一二頁。

8　昇曙夢「露西亜劇団の明星――オストロヴスキー論」『時代思潮』第六号、一九〇四年七月、四八頁。

9　柳富子「チェーホフ――明治・大正の紹介・翻訳を中心に」福田光治・剣持武彦・小玉晃一編『欧米作家と日本近代文学』第三巻、ロシア・北欧・南欧篇、一九七六年、一〇二頁。また、以下の柳の論考も参照。同「チェーホフと日本文学」チェーホフ没後百年記念祭実行委員会編『現代に生きるチェーホフ』東洋書店、二〇〇四年。同「チェーホフに魅せられた日本」井桁貞義・井上健編『チェーホフの短篇小説はいかに読まれてきたか』世界思想社、二〇一三年。

10　李碩「一九二〇年代のチェーホフ受容と芥川龍之介『玄鶴山房』」井桁貞義・井上健編『チェーホフの短篇小説はいかに読まれてきたか』世界思想社、二〇一三年。

11　『文章世界』第三巻第六号、一九〇八年五月、一五九頁。

12　島崎藤村『新片町より』左久良書房、一九〇九年、一五四―一五五頁。

13　昭和女子大学近代文学研究所研究室編『近代文学研究叢書』第六八巻（昭和女子大学近代文学研究所、一九九四年）参照。

14　「チエホフ論（クロポトキン）（四）」相馬御風訳、

『東京二六新聞』一九〇九年九月二八日、四面。

15　P-Kropotkin, *Ideals and realities in Russian literature*, New York: Knopf, 1905, p. 313.

16　Ibid., p. 309.

17　「チエホフ論（クロポトキン）（一）」（相馬御風訳）『東京二六新聞』一九〇九年九月二三日、四面。

18　このことについて、蓜島亘『ロシア文学翻訳者列伝』（東洋書店、二〇一二年）が論じている。「受売」を批判したのは、松永信「『露国現代の思潮及文学』の受売問題」『仮面』一九一五年四月号。蓜島が挙げている、長岡義夫による「治外法権」（『露西亜文学』一九一九年一月号）も参照。

19　松永前掲論考には、以下のような記述がある。「チエホフと其時代の章で四十一頁から次頁にかけてはクロポトキンの『露西亜文学に於ける理想と現実』のチエホフを論じた章の三百十四頁第三十行から三百十四頁第十九行迄、『イワーノフ』の梗概（四十三頁）は同書三百十五頁第六行から第十八行迄、五十一頁から五十二頁にかけては同書三百十六頁三十三行から三百十七頁第十九行までを参照して頂きたい」（一二四頁）。なお、曙夢の『露国及露国民』（銀座書房、一九一五年）の内容がルロア＝ボリュー、モーリス・ベアリング、ブランデスの著作に多くを負っていることをめぐって、外川継男「昇曙夢とロシアをめぐって（一）（二）」（『えうゐ』第一四号、一九八五年一二月、第一五号、一九八六年一二月）が考察している。モーリス・ベアリングの著書は、MAURISE BARING『露国民　全』（衛藤利夫訳、大日本文明協会、一九一三年）として翻訳されているが、「第二十四章—革命運動其消極的結果」「第二十五章—革命運動其積極的結果」では「インテリゼンジア」について記述されている（「知識階級」という語もみられる）。外川前掲「昇曙夢とロシアをめぐって（二）」は、「インテリゲンツィアを「インテリゼンジア」と表記するのは時代を物語るものであろう」（八三頁）と指摘している。また、同論考は、この翻訳書では第二四章にあったチェーホフの引用がカットされていることについても論じている。

20　昇曙夢「序」『露国近代文芸思想史』大倉書店、一九一八年、一頁。

21　同右、二—三頁。

22　曙夢のロシア文学・思想関係の書物は数多い。「知識階級」というテーマでは、『ロシヤ知識階級論——その運動と役割』（社会書房、一九四七年）というタイトルの本まで書かれている。

23　たとえば、中山昭彦「死の歴史《イストワール》＝物語——明治後期の〝文学者〟の死の報道」（『文学』一九九四年七月号）は、作家の死の報道に「文学史的な見取り図」

（二五頁）が織り込まれていることを論じている。木村洋「政治の失墜、文学の隆盛――一九〇八年前後」（『文学熱の時代――慷慨から煩悶へ』名古屋大学出版会、二〇一五年）は、文学者の顕彰・偉人化のなかで、「明治文学史が回顧たるに足る質と量を持ちえたという文学関係者たちの自負の念」（二五六頁）を読み取る。「文学史」を標題に含む書籍について論じたものとして、平岡敏夫『「明治文学史」研究　明治篇』（おうふう、二〇一五年）も参照。

24 大東和重「文学のための物語――文学概念・文学史」『文学の誕生――藤村から漱石へ』講談社、二〇〇六年、一九九―二〇七頁。

25 相馬御風「最近文壇十年史」（『新潮』一九一一年一月号）では、自然主義に至る日本文学史が叙述される。前年には、「ツルゲーニエフ評伝（猟人日記以前）」（『早稲田文学』一九一〇年八月号）以降三回にわたるツルゲーネフ伝を『早稲田文学』に発表していた。そこには、ゲルツェン、ベリンスキー、ブランデスの引用がみられる。同「近代露文学の歩んだ道」（『文章世界』一九一二年一月号）では、Maurice Baring のロシア文学史の紹介がなされたうえで、「かう云ふ他国の有様を知つて、更にわが国の近代文学の歩んで来た道を振り返つて見ると、私達にはさま〴〵の事が考へられるではないか。わが明治文学の歴史は果してどれ程の関係を、国そのもの、国民生活そのものゝ歴史と、相保つて発展してきたゞらうか」（七一頁）と述べられている。この時期の御風には、日本文学史とロシア文学史を対照しようとする志向がうかがえる。

26 田山花袋「蒲団」『新小説』一九〇七年九月号、一六頁。

27 同右、九頁。

28 島崎藤村「仏蘭西だより　音楽会の夜、其他（三）」『読売新聞』一九一四年四月三〇日、朝刊六面。

29 島崎藤村「中澤臨川氏訳の『露西亜印象記』」『文章世界』一九一二年五月号、四一頁。

30 （雨雀）「六四　チエーホフの短篇小説『黒衣の僧』と『六号病室』」早稲田文学社編『文芸百科全書』隆文館、一九〇九年、一四九頁。

31 （昇曙夢）「ロシア文学」早稲田文学社編『文芸百科全書』隆文館、一九〇九年、六三八頁。

32 近年、このテーマに関連して、柳田国男がクロポトキンを受容していたことを考察したものとして、絓秀実・木藤亮太『アナキスト民俗学――尊皇の官僚・柳田国男』（筑摩書房、二〇一七年）を参照。

33 秋山清「明治末の青春像　山本飼山」（『Ｂｏｏｋｓ』第一四〇号、一九六一年一二月）、鈴木秀治「大正知識人の命運――大杉栄の場合」（『比較文学研究』第二八号、一九七五年一一月）、荻野富士夫『初期社

会主義思想論』(不二出版、一九九三年)などが、「知識人」関連概念を使用した『近代思想』の文章を引用している。なお、そのうち鈴木論考は、『近代思想』を「小市民的な知識人運動」だと規定している(三六頁)。このように、「知識人」関連語群が用いられたテクストそのものは知られてきた。だが、「知識人」関連語群を本書のような概念史的観点から問題化して考察した初期社会主義研究は、管見の限りない。

34 山本飼山「新しい戯作者」『近代思想』一九一二年一〇月号、一〇―一一頁。

35 大杉栄「九月の評論」『近代思想』一九一二年一〇月号。

36 荒畑寒村「卑怯者の文学」『近代思想』一九一三年四月号。

37 荒畑寒村「ドリイマアよ」『近代思想』一九一三年三月号、一七頁。

38 荒畑寒村「夢の娘――エンマ・ゴールドマン」『近代思想』一九一三年八月号。

39 荒畑寒村「読んだだけ」『近代思想』一九一三年七月号、三六頁。

40 荒畑寒村「八月の雑誌」『近代思想』一九一三年九月号、三七頁。

41 大杉栄「座談」『近代思想』一九一二年一二月号。

42 大杉栄「新刊紹介」『近代思想』一九一二年一二月号、同「近代仏文学一面観」『近代思想』一九一三年一月号、同「征服の事実」『近代思想』一九一三年六月号など。村田裕和は、「征服の事実」で大杉が唱えた「組織的暴力と瞞着」と「智識者」の問題が、「民衆芸術論」と関連することを指摘している(「大杉栄の批評の実践性について」『近代思想社と大正期ナショナリズムの時代』双文社出版、二〇一一年)。

43 大杉栄「主観的歴史論――ピヨトル・ラフロフ」『近代思想』一九一四年四月号、六頁。

44 田中ひかる「解題」『大杉栄全集』第二巻、ぱる出版、二〇一四年、四六七頁。

45 Ch. Rappoport, *La philosophie sociale de Pierre Lavroff*, Paris: Ch. Rappoport, [s.d.], p. 16.

46 大杉栄「籐椅子の上にて」『生活と芸術』第一巻第九号、一九一四年五月、四四頁。

47 大杉栄「銅貨や銀貨で」『近代思想』一九一四年七月号、一五頁。

48 大杉前掲「籐椅子の上にて」、四六頁。

49 G生「注目すべき準備」『早稲田文学』一九一四年六月号、六七頁。この御風の論考を含む大杉・御風のやりとりについては、小松隆二『新潟が生んだ七人の思想家たち』(論創社、二〇一六年)が考察している。

50 無記名「労働者の自覚」月刊『平民新聞』第一号、一九一四年一〇月、一面。

51　松沢弘陽が「明治社会主義」の特質を示す際に用いたことばである（『日本社会主義の思想』筑摩書房、一九七三年、五頁）。

52　昇曙夢「近代露文学の特質（露西亜文学の倫理的要素）」『露西亜文学』第一年第一号、一九一〇年一〇月、四八―五〇頁。

53　昇曙夢「露文学の倫理的要素（上）」『東京二六新聞』一九〇八年五月三日、一面。

54　岩城之徳「平出修の小説・その文学史的意義」（『国語と国文学』一九五四年七月号）、古川清彦「平出修と与謝野寛」（『立教大学日本文学』第七号、一九六一年一一月）を参照。

55　田村欽一「『七死刑囚物語』をめぐって」（『日本文学』一九八〇年一〇月号）、藤井省三『ロシアの影――夏目漱石と魯迅』（平凡社、一九八五年）を参照。藤井は寒村のアンドレーエフ評についても論じている。

56　平出修「事務局より」『スバル』第五年第二号、一九一三年二月、二〇九頁。

57　平出彬『平出修伝』春秋社、一九八八年、四五七頁。

58　平出前掲「事務局より」、二〇九―二一〇頁。

59　「図書目録」『定本　平出修集〈続〉』春秋社、一九六九年、五八八頁。ただし『チエエホフ集』は「チエホフ集」と表記されている。

60　表紙には、「短篇十種チエエホフ集」とあるが、奥付は「チエエホフ集」。初版には「大正元年十二月二十五日印刷　大正元年十二月二十八日発行」とある。ただし、私が所蔵する再版では、「大正元年一月二十一日印刷　大正元年一月二十四日発行　大正二年四月二十五日再版発行」となっている（七月に改元したため、「大正元年」印刷・発行は誤記で「大正二年」であろう）。また、国会図書館デジタルコレクションで閲覧できる初版には印刷・発行年月日に書き込みがあり、二重線を引いたうえで、印刷は「大正二年一月二十一日」、発行は「大正二年一月二十四日」に訂正されている。

61　前掲『チエエホフ集』、一頁。ロングの英訳および前田の翻訳の詳細については、柳前掲「チェーホフ――明治・大正の紹介・翻訳を中心に」参照。

62　蒯島前掲書、一五五頁。

63　芦谷信和『独歩文学の基調』（桜楓社、一九八九年）、市川浩昭「田山花袋「ネギ一束」とチェーホフ「ねむい」――花袋のチェーホフ受容の一側面」（『田山花袋記念館研究紀要』第一八号、二〇〇四年三月）、小堀洋平『田山花袋　――作品の形成』（翰林書房、二〇一八年）。市川の論考は「花袋とその周囲がチェーホフに関わっていた」（一八頁）ことを考証しているが、その際、花袋が編集した「近代三十六文豪」にも言及している。

64 前田晁「チエエホフの小伝」前掲『チエエホフ集』、七頁。
65 同右、一七―一九頁。
66 前掲「チエホフ論（クロポトキン）（四）」（相馬御風訳）『東京二六新聞』一九〇九年九月二八日、四面。
67 前田前掲「チエエホフの小伝」、一九頁。
68 前田の「チエエホフの小伝」の内容はクロポトキンのチェーホフ論のものであること、それは『文章世界』第三巻第六号「世界三十六文豪」のチェーホフの箇所の内容を膨らませたものであること、このチェーホフの箇所の執筆者は名前が書かれていないがおそらくは前田晁によるものだということが、柳前掲「チェーホフ――明治・大正の紹介・翻訳を中心に」によってつとに指摘されていた。柳は前田が「知識人の敗北を問題にし」（一二五頁）たことに言及している。また、近年の日本のチェーホフ受容史研究の成果として、蓜島亙「『露西亜評論』の時代（36）――一九一七年革命前後のロシヤ観」（『日本古書通信』二〇二〇年七月号）で「チエエホフの小伝」「世界三十六文豪」について同様の記述がなされている。
69 土岐哀果「彼は殺された」『生活と芸術』第一巻第二号、一九一三年一〇月、三頁。小田切秀雄は、「『生活と芸術』――その歴史的意義」（複製版『生活と芸術』明治文献資料刊行会、一九六五―一九六七年付属「『生活と芸術』解説・事項索引」）で、この「インテリゲンチャ」という表記に注目している（ただし、「インテリジェンチャ」と記している）。
70 平出修「発売禁止に就て」『太陽』一九一三年一〇月号、八三―八七頁。以下、同論考からの引用はこの初出に拠り、該当箇所頁数は略す。
71 大和田茂「編輯主幹・浮田和民の位置」『雑誌『太陽』と国民文化の形成』思文閣出版、二〇〇一年、二〇三頁。
72 このメーテルリンクの援用は、上田敏の「新道徳説」に拠ったものであることが明示されている。上田はこのメーテルリンクの内部生命論を理論的支柱とした新道徳説について、「近代思想の縮図とも」「又卓抜な一の独創の見と為る事も出来る」と述べている（上田敏「新道徳説」『思想問題』近代文芸社、一九一三年、三九三頁）。
73 これは、岡喜七郎へのインタヴュー「警保局長の見た現代の日本文学（上）（下）」（『時事新報』一九一三年七月一九日、五面、二〇日、六面）を指していると考えられる。
74 この点に注目したものとして、近藤典彦「修と啄木――大逆事件以後（承前）」（『平出修研究』第三八集、二〇〇六年六月）がある。

第2章

1　荒畑寒村「逃避者」『生活と芸術』第一巻第一号、一九一三年九月、一五―二四頁。この作品の当該箇所を引いて要約したものとして、ジェイ・ルービン『風俗壊乱――明治国家と文芸の検閲』（今井泰子・大木俊夫・木股知史・河野賢司・鈴木美津子訳、世織書房、二〇一一年）を参照。

2　森山重雄『大逆事件＝文学作家論』三一書房、一九八〇年、二〇六―二〇七頁。

3　梅田俊英は『社会運動と出版文化――近代日本における知的共同体の形成』（御茶の水書房、一九九八年）において、狭義の「左翼出版」のみならず社会運動関係の出版を指すために、「社会運動出版」ということばを用いている。本書ではこれにならった。同書における梅田の考察は、東大新人会の出版物の検討から始めるため、「一九一八年後の米騒動後」（三一頁）がひとつの画期として設定される。ただし、「補章　戦前社会運動機関紙誌と覆刻の現状」において、『新社会』が挙げられている（三二三頁）。

4　堺は第二巻第一号（一九一五年九月）の巻頭に「小き旗上」という文章を載せ、「遠近の同族」と「呼応」し「励まし慰さめ」、「おもむろに時機を待つの決心」について語った（三頁）。堺の言論活動を軸に『月刊新社会』の画期的な意義を整理したものとして、林尚男『評伝《堺利彦》――その人と思想』（オリジン出版センター、一九八七年）、川口武彦『堺利彦の生涯』下巻（社会主義協会出版局、一九九三年）、黒岩比佐子『パンとペン――社会主義者・堺利彦と「売文社」の闘い』（講談社、二〇一〇年）等がある。また、初期社会主義史におけるその思想的意義についてまとめたものとしては、荻野富士夫『初期社会主義思想論』（不二出版、一九九三年）を参照。玉城素は雑誌の時系列による展開を第一期から第三期に分けているが（「新社会」『日本近代文学大事典』第五巻、講談社、一九七七年）、この区分に従えば、本章で主な考察の対象となるのは、第一期（第二巻第一号、一九一五年九月～第三巻第一一号、一九一七年七月）である。なお、本章では『月刊新社会』からの引用の場合、雑誌名は省略した。

5　堺生「林氏の『新社会』」第二巻第二号、一九一五年一〇月、二二頁。

6　無記名「編集だより」『新社会』第一巻第二号、一九一五年一〇月、一一八頁。小野修三「林毅陸の政治的思考」（『近代日本研究』第七巻、一九九一年三月）に、注5の堺の文章と併せて引用されている。

7　無記名「発行者より」第三巻第六号、一九一七年二月、表紙裏。

8　（M生君より）とある。同趣旨の質問が（T生君より）としても紹介されている（第三巻第二号、一九一六年一〇月、四六頁）。

9　（高畠生）「編集当番より」第四巻第六号、一九一八年三月、表紙裏。「（高畠生）」は高畠素之。

10　堺利彦「サアチライト（時評）」第二巻第一三号、一九一六年八月、二八頁。

11　堺利彦「紅葉黄葉（時評）」第二巻第四号、一九一五年一二月、一〇頁。大隈重信「勢力中心の移動」（『新日本』第五巻第一〇号、一九一五年一〇月［談話筆記］）に対する論評である。

12　堺が訳したHermann Gorter「唯物史観解説」（第二巻第三号、一九一五年一一月）には、昔の「中等階級」と現在の「中等階級」が「財産関係」のうえで異なるという説が展開されている（二三頁）。

13　堺利彦「大雪小雪（時評）」第二巻第七号、一九一六年三月、二四頁。

14　堺利彦「蕾と芽（時事短評）」第二巻第八号、一九一六年四月、一九頁。

15　同右、同頁。

16　堺利彦「思想の差異年齢の差異階級の差異」第三巻第一号、一九一六年九月、一頁。

17　無記名「新刊提灯行列」『へちまの花』第一二号、一九一五年一月、四頁。紅野敏郎「堺利彦――「へちまの花」とその周辺」（『文学史の園――１９１０年代』青英舎、一九八〇年）で引用されている。

18　無記名「提灯行列」『へちまの花』第一六号、一九一五年五月、一頁。

19　堺前掲「紅葉黄葉（時評）」、一一頁。

20　「特別要視察人状勢一斑　第六」『続・現代史資料１』みすず書房、一九八四年、四四八頁。林前掲書で引用されている。なお、この内務省警保局作成資料について、二点付記しておきたい。まず、『月刊新社会』については、「同四年九月一日発行ノ分ヨリ之〔『へちまの花』〕ヲ有保証雑誌ニ改メ同時ニ題号ヲ「月刊新社会」ト改題セリ」（四五二頁）とあるように、雑誌名は「月刊新社会」と記されている。これは「特別要視察人状勢一斑　第九」まで共通している。もう一点として、林も前掲書で要約しているが、「第一　一般ノ状況」に以下の記述がみえる。「自然主義文学、頽廃的《デカダニック》文学、世界主義的文学及社会的傾向ノ文学思想輸入ノ影響ニ依リ因習破壊、旧道徳打破、秩序無視ノ思想並非国家的、世界主義《コスモポリタニック》思想ノ学生其ノ他多少智識アル青年ノ間ニ瀰漫セントシツヽアルヲ以テ社会主義者無政府主義者等ハ自家ノ思想ニ感化シ得ヘキ人士ノ漸ク増加シ来レリト為シ之ニ乗シテ伝道的活動ヲ為スノ有効ナルヘキヲ予期セルコト」（四四八頁）。ここでは、文学的知識を通路とした「智識アル青年」の左翼化の問題が警戒されているといえる。なお、町田祐一は、「明治末期、資力のない「高等遊民」が生活難となり、社会主義などの「危険思想」を抱くことが懸念された」ことについて論じている（『近代日本と「高等遊民」――社会問題化する知識青年層』吉川弘文館、二〇一〇年、五七頁）。

21 堺前掲「蕾と芽（時事短評）」、一八頁。

22 題目への関心や受け取り方は個々の論者によって異なる。たとえば荒畑寒村は、「どうしたつて構やしませんやネ、ウッチヤッてお置なさいナ」「こんな問題を擔ぎ出すなんて、売文社のヒマさ加減、思ひやられますね」（荒畑寒村「売文社のヒマさ加減」第三巻第一号、一九一六年九月、四五―四六頁）と、文学青年を問題化することそのものへの無関心を表明している。また、大杉栄の原稿は、「編集者」によれば「締切迄に到着しなかつた」（二四頁）。

23 安成貞雄「現実を回避せんとするにあり」第三巻第一号、一九一六年九月、二五頁。

24 山川均「秋晴（時評）」第三巻第二号、一九一六年一〇月、二二頁。

25 山川均「日向ぼっこ（時評）」第三巻第三号、一九一六年一一月、二二―二四頁。

26 堺利彦「社会主義者の杜翁観」（『トルストイ研究』一九一七年新年号）が論旨をまとめている。

27 堺利彦「小説『復活』を評す」第三巻第四号、一九一六年一二月、四頁。

28 白柳秀湖「科学の大泥棒」第三巻第四号、一九一六年一二月、一五頁。

29 堺利彦「雪もよひ（時評）」第三巻第五号、一九一七年一月、二一頁。

30 相馬御風『還元録』春陽堂、一九一六年、四五頁。

31 同右、四頁。

32 同右、一六―一七頁。

33 同右、一三九頁。

34 青山菊栄「『俺が』『俺は』『俺の』『俺に』」第三巻第一号、一九一六年九月、三二頁。

35 宮嶋資夫「一種の手淫に過ぎない」第三巻第一号、一九一六年九月、四七頁。

36 御風前掲書、一一一―一一九頁。もっとも、かかる論理展開は文壇的な教養を密輸入するアポリアを孕んでいる。この「知識階級」という語が用いられた第七章を引用して、金子善八郎『相馬御風ノート――『還元録』の位相』（第二版、金子善八郎、一九七八年）が概要をまとめており、柳富子「御風のなかのトルストイ――『還元録』をめぐる一考察」（『比較文学年誌』第二六号、一九九〇年三月）が御風の「民衆信仰」について比較文学的観点から論じている。

37 『還元録』は早稲田派の内部批判としても読みうる。背景に島村抱月の恋愛事件と芸術座の存在があったことを論じたものとして、松本克平「『還元録』と相馬御風——大正新劇史の思想的側面」『俳句』一九六四年四月号。

38 安成貞雄「君は貴族か平民か　本間久雄君に問ふ」『読売新聞』一九一六年八月一八日、朝刊七面。

39 無記名「▲民衆芸術論　ロメン・ロオラン著　大杉栄訳」第三巻第一一号、一九一七年七月、三一頁。

40 堺利彦「平民的短詩の意義」第四巻第二号、一九一七年一〇月、頁数表記なし。むろん、「平民」と「民衆」の差異には留意する必要がある。

41 堺利彦「カライドスコープ（百色眼鏡）」第四巻第一一号、一九一八年八月、一六頁。

42 西村陽吉「貴族芸術か、平民芸術か」『民衆の芸術』第一巻第一号、一九一八年七月、一七頁。

43 堺利彦「四種の半無意識活動」第二巻第六号、一九一六年二月、一〇—一一頁。

44 『月刊新社会』誌上では荒川義英が、近代思想社の大杉栄、荒畑寒村と知り合ったときのことを回顧しながら、当時の自分を「オブロモフイスト」と意味づけている（荒川義英「堺先生に呈して近情を報ず」第二巻第八号、一九一六年四月、二八頁）。また、『月刊新社会』第三巻第四号（一九一六年一二月）の「本と雑誌」欄で紹介されている、教育学術研究会編『露国研究』（同人館雑誌部、一九一六年）には、八杉貞利「露国の智識階級」ほかロシア文化に関する情報が収められている。

45 堺利彦「雪もよひ（時評）」（前掲）、二〇—二一頁。

46 松尾尊兊「一九一五年の文学界のある風景と最晩年の漱石」（『文学』一九六八年一〇月号）によれば、一九一五年三月の馬場孤蝶の衆議院議員選挙立候補において、「文壇の、いわば自由主義者と社会主義者との共同戦線」が組まれ、夏目漱石はそこで自身を「大看板の位置」に据えた（六四頁）。松尾が同論考で掲げている『孤蝶馬場勝弥氏立候補後援現代文集』（実業之世界社、一九一五年）の目次には、昇曙夢による「露西亜の知識階級」のタイトルが挙がっている。この論考は、同年刊行の昇曙夢『露国及露国民』（銀座書房、一九一五年）にも所収された（前者の発行月は三月、後者は六月）。前章で引いた、「近代文学に現れたる露国のインテリゲント」（『新潮』一九一〇年一二月号）と対照されたい。同様の記述がみられるほか、訳語の変化などもうかがえる。ちなみに孤蝶と曙夢は、雑誌『趣味』（第三巻第四号、一九〇八年四月）に「露国文学と本邦現代文学との交渉（一）」を揃って寄稿していた。なお、大正デモクラシーの潮流に関連していえば、吉野作造「憲政の本義を説いて其有終の美の済すの途を論ず」（『中央公論』一九一六年新年号）には次のような文章がある。「此点に於て予は、社会の上流に居る少数の賢明なる識者階級に向つて、彼等自身の立憲思想の真の理解と又民衆に対する指導の職分の自覚とを希望せざるを得ない」(四七頁)。吉野にとって「識者階級」は、「民衆に対する指導」を「職分」とする、「社会の上流に居る少数の賢明なる」存在である。『月刊新社会』誌上の「知識階級」批判は、こうした吉野の主張と同時代に行なわれていたことを付記しておきたい。

第Ⅱ部への序

1　山本芳明『文学者はつくられる』(ひつじ書房、二〇〇〇年)、第一〇章を参照。

第3章

1　秋田雨雀「有島氏の財産抛棄　私有財産の否定　組織崩壊の先駆者と私は観る〔下〕」『読売新聞』一九二二年三月一九日、朝刊七面。

2　平野謙「「政治の優位性」とは何か」『近代文学』一九四六年一〇月号、三頁。

3　たとえば、安川定男によれば、「宣言一つ」の重要性は「当時においてはほとんど正当に理解されなかった」(『有島武郎論』明治書院、一九六七年、三八四頁)。鎌田哲哉は「有島の論争全てのあり方」として、「相手の側では有島の主張をうわべでしかとらえられない」(「有島武郎のグリンプスC——論争の問題、自殺の問題」『重力』02、二〇〇三年、四六四頁)ことを指摘している。

4　安野茂について、山田昭夫『有島武郎』明治書院、一九六六年。河上肇について、満田郁夫「有島武郎と河上肇——「宣言一つ」論」『黄塵』第三号、一九六七年六月。

5　渡辺凱一『晩年の有島武郎』渡辺出版、一九七八年、二八一頁。

6　「インテリゲンツィア」の「敗北」という解釈の枠組みは、「宣言一つ」論の定番である。臼井吉見「『宣言一つ』論争」『近代文学論争』上巻(筑摩書房、一九五六年)、長谷川泉「「宣言一つ」の意義」(『近代日本文学——鑑賞から研究へ』明治書院、一九五八年)を参照。

7　有島武郎「雑信一束」『我等』第四巻第三号、一九二二年三月、五六頁。

8　大久保健治「有島武郎の後期評論——「絶望」を宣告されるということ」(『国文学　解釈と鑑賞』二〇〇七年六月号)は、論争の〈場〉を作った評論として「宣言一つ」を捉える。ここではこの重要な論考をふまえたうえで、論争内部の批評についても考察を進めたい。ただし、大久保もまた「宣言一つ」の内容を、「知識人が労働者問題を語ることを認めない」

（一〇〇頁）と記述していることは、指摘しておかなければならない。

9　当時の「知識階級」論と有島の生の哲学および芸術論との関係を、広い範囲にわたって考察したものとして、森山重雄「有島武郎における生の二律性認識――付、知識階級の位相」（『実行と芸術』塙書房、一九六九年）を参照。ただし、この長大な論考においても、一九二二年における概念の推移に関しては詳細に検討されておらず、また、論争についても「有島の真意はそれぞれの反論者に分極されることによって、見失われていったという印象は蔽いがたい」（二〇八頁）とまとめられている。

10　広津和郎「ブルジョア文学論――有嶋武郎氏の窮屈な考へ方（三）」『時事新報』一九二二年一月三日、朝刊五面。

11　中村星湖「一月の文壇評　生麦より〔一〕」『読売新聞』一九二二年一月三日、朝刊七面。

12　これに先んじて有島は「知識階級」という語を使用しており、ことばそのものを知らなかったわけではない。たとえば、一九一九年七月五日付原久米太郎宛書簡、一九二一年七月二七日付原久米太郎宛書簡を参照（それぞれ『有島武郎全集』第一四巻、筑摩書房、一九八五年、八二頁、三七一頁）。

13　有島武郎「広津氏に答ふ」『東京朝日新聞』一九二二年一月一八―二一日、朝刊六面。

14　片上伸「階級芸術の問題」『新潮』一九二二年二月号、九頁。

15　平林初之輔「新年号の評論から」『新潮』一九二二年二月号、八八―八九頁。堺利彦「有島武郎氏の絶望の宣言」『前衛』一九二二年二月号、六四―七一頁。

16　有島前掲「雑信一束」、五七―五八頁。

17　初出では「五」となっているが、明らかな間違い。

18　有島前掲「雑信一束」、五八頁。なお、「宣言一つ」を「資本／制度としての〈知識〉」という観点から考察した研究として、小森陽一「〈知識人〉の論理と倫理」（『講座昭和文学史』第一巻、有精堂出版、一九八八年）。ピエール・ブルデューの知見を援用したものとして、宗像和重「「階級」と「ハビトゥス」――「宣言一つ」をめぐって」（有島武郎研究会編『有島武郎と社会』右文書院、一九九五年）。

19　有島前掲「雑信一束」、五八頁。

20　田中純「苦笑生活の文学（『雑感』その五）」『時事新報』一九二二年二月一八日、夕刊一三面。

21　平林初之輔「支配階級の分裂と知識階級（四）」『東京朝日新聞』一九二二年三月七日、朝刊六面。

22　加藤一夫「文壇のプロレタリア論（三）」『東京朝日新聞』一九二二年三月一〇日、朝刊六面。

23　「十年間の心の戦に凱歌を挙げ　有島武郎氏が全財

産を放棄」『読売新聞』一九二二年三月二日、朝刊五面。

24　室伏高信「階級闘争に於ける知識階級、文化、及び芸術の問題」『批評』一九二二年四月号、二五―四八頁。関連する論文として、拙稿「一九一九年、ヴ・ナロードをめぐる概念連関――雑誌『デモクラシイ』と知識階級論」(『湘南文学』第五六号、二〇二一年三月)を参照。

25　山田昭夫「有島武郎の「宣言一つ」前後」『有島武郎研究会会報』第九号、一九九一年一〇月。

26　『有島武郎全集』第一四巻、筑摩書房、一九八五年、四八四頁。

27　同右、同頁の以下の記述を参照。「ホヰットマンが詩作をするに至つた経路を語つて、自分はヱマソンを読んで示唆を受けた。然しヱマソンによつて詩人になつたのではない。私は衷にsimmerするものがあつたが、それがヱマソンによつてhail overしただけだといつたのは知識的プロレタリアートと体力的プロレタリアートとかなり似寄つた筋のものではないでせうか。体力的プロレタリアートが知識的プロレタリアートから或るものを得たといふのはまだ聞へるとしても、知識的プロレタリアートが他に何物を与へ得ると自任するのは、私には変に思はれるのです」。

28　有島武郎「宣言一つ」『改造』一九二二年新年号、五九頁。

29　有島武郎「想片」『新潮』一九二二年五月号。「ホヰットマンは単に自分の内部にある詩人の本能に従つてたまく〵ヱマソンを自分の都合の為めに使用したに過ぎないのだ。ホヰットマンは或はヱマソンに感謝すべき何者をか持つことができるかも知れない。然しながらヱマソンがホヰットマンに感謝を要求すべき何物かゞあらうとは私には考へられない」(六頁)。

30　同右、五頁。

31　同右、五―六頁。

32　片上伸「有島武郎氏の態度」『我等』一九二二年四月号、六六頁。

33　室伏高信「有島武郎氏の想片」『批評』一九二二年六月号、一頁。

34　同右、六頁。

35　有島前掲「宣言一つ」、六〇頁。

36　同右、同頁。

37　有島前掲「広津氏に答ふ〔四〕」『東京朝日新聞』一九二二年一月二一日、朝刊六面。

38　同右。

第4章

1　森山重雄「有島武郎における生の二律性認識――付、知識階級の位相」(『実行と芸術』塙書房、一九六九年）、川上美那子「共通項としての大杉栄」（『有島武郎と同時代文学』審美社、一九九三年）など。
2　栗田廣美「「宣言一つ」の可能性——考える「場」についての、序章」（『愛と革命・有島武郎の可能性——〈叛逆者〉とヒューマニズム』右文書院、二〇一一年）など。
3　山内昭人『初期コミンテルンと在外日本人社会主義者——越境するネットワーク』ミネルヴァ書房、二〇〇九年、一頁。
4　松尾尊兊「高尾平兵衛」『大正時代の先行者たち』岩波書店、一九九三年、二〇三頁。
5　吉田一については、萩原晋太郎「鍛冶屋・主義者・豆腐屋——吉田一のガムシャラ人生」（『萩原晋太郎短篇集』リベルテール舎、二〇〇六年）がある。
6　『鑑賞日本現代文学10　有島武郎』（角川書店、一九八三年）の「宣言一つ」の【鑑賞】。これは山田昭夫による執筆である。
7　高山亮二『有島武郎の思想と文学——クロポトキンを中心に』明治書院、一九九三年、第一二章。
8　佐々木靖章「有島武郎とアナーキストの仲間達」有島武郎研究会編『有島武郎と作家たち』右文書院、一九九六年。
9　松尾前掲論考、二〇八頁。
10　『日本アナキズム運動人名事典』（ぱる出版、二〇〇四年）の「吉田一」の項（六九五頁）。執筆者は奥沢邦成。
11　加藤哲郎「第一次日本共産党のモスクワ報告書（上）」『大原社会問題研究所雑誌』第四八九号、一九九九年八月、三八—三九頁。現在では、和田春樹・G・M・アジベーコフ監修『資料集 コミンテルンと日本共産党』（岩波書店、二〇一四年）に収められている。
12　黒川前掲書、一七〇頁。なお、日本共産党がいつ結成されたかについては従来から議論がある。一九二二年七月一五日説をとるものとして、犬丸義一『第一次共産党史の研究——増補日本共産党の創立』（青木書店、一九九三年）。黒川前掲書は一九二二年四月、松尾前掲論考は一九二二年四月頃としている。
13　黒川前掲書、一七一頁。なお、黒川の引用した文章とほぼ同じ内容が、前掲『資料集 コミンテルンと日本共産党』収録の「資料10八木一郎〔徳田球一〕・久米金次郎〔高瀬清〕の片山〔潜〕あて報告書」のうち、一九二二年六月五日の文書にも日本語で記されている。
14　『有島武郎全集』第一二巻、筑摩書房、一九八二年、三一三頁。
15　同右、三一四—三一五頁。
16　佐々木前掲論考は、「政治思想上では、吉田一と高尾平兵衛のアナからボルへの転向、そしてボルからの離脱の問題など点検すべきことはあるが、本書ではふれる余裕がなかった」（二二六頁）としている。このように、佐々木は吉田や高尾の「ボルへの転向」を問題化しておらず、したがって、かれらを基本的にはアナキストとして論じている。たとえば、高尾の「ぐうたら振り」の箇所についても、「武郎一流の、一見だらしない生活ぶりのアナーキスト達にたいする親しみ」（二二四頁）を読み取っている。

17　有島武郎「独り行く者（下）（ローファーと主義者との争闘）」『小樽新聞』一九二二年七月二二日、二面。以下、同紙面より引用。

18　有島武郎「宣言一つ」『改造』一九二二年新年号、五五頁。

19　松尾前掲論考のほか、小松隆二『アナキズム運動史』（青木書店、一九七二年）、萩原晋太郎『墓標なき革命家――大正の叛逆児高尾平兵衛』（新泉社、一九七四年）、後藤彰信『石川三四郎と日本アナーキズム』（同成社、二〇一六年）など。

20　吉田一「労働運動の分派」『労働者』第一号、一九二一年四月一五日、三頁。

21　同右、同頁。

22　第一号には、「各方面から雑誌の発刊に対して多大の期待を以て迎へられて居り」、「我々もその期待に背かない様にと思つて腕に撚りをかけてこしらへた積り」（八頁）だとある。第二号、第三号も参照。なお、和田久太郎は第一号を、「同人の気焔の、しかも楽屋落なんかが多」いと評したが（久太「『労働者』生る」『労働運動』第一一号、一九二一年五月一五日、六面）、こうした対読者意識はたしかに「楽屋落」にも映るものだったろう。

23　吉田一「『労働者』生まる」『労働者』第一号、一九二一年四月一五日、五頁。

24　高尾平兵衛「労働者一家言」『労働者』第一号、一九二一年四月一五日、七頁。

25　有島前掲「宣言一つ」、五八―五九頁。

26　堺利彦「有島武郎氏の絶望の宣言」『前衛』一九二二年二月、六八頁。

27　有島武郎「雑信一束」『我等』第四巻第三号、一九二二年三月、五七頁。

28　有島武郎「想片」『新潮』一九二二年五月号、七頁。

29　黒岩比佐子『パンとペン――社会主義者・堺利彦と「売文社」の闘い』（講談社、二〇一〇年）、四〇一―四〇四頁を参照。

30　堺前掲「有島武郎氏の絶望の宣言」、七〇頁。

31　有島前掲「宣言一つ」、五九頁。

32　有島前掲「雑信一束」、五七頁。

33　伊豆利彦は、「有島の考え方が歴史的になり、実際的になっている」（「知識人の問題――「宣言一つ」前後」『日本文学』一九七九年一月号、一一頁）と述べている。また、山田前掲論考は、ロシアの労働者反対派について室伏高信が書いた論考を有島が評価していることにふれつつ、有島のこの書簡に「少数労働貴族の権力の集中化を極力排除して行かねばならぬという鋭い洞察」（二四一頁）を読み取っており重要だが、「宣言一つ」での有島の主張と対照すれば、ここでは一時的であれ権力の集中を認めた格好になるだろう。佐々木前掲論考は、「この立場は、明らかにアナルコ・サンディカリズムの思想である。ボルシェビィキの堺利彦達とは相いれず、純労働者出身の労働社の吉田一や高尾平兵衛の生き方が模範となる」（二二四—二二五頁）と主張するが、先にふれたように佐々木はこの時期の吉田の「ボルへの転向」を問題化しておらず、その点がどうなるかについての説明がない。

34　前掲「資料10八木一郎〔徳田球一〕・久米金次郎〔高瀬清〕の片山〔潜〕あて報告書」『資料集 コミンテルンと日本共産党』、六八—六九頁。

35　アナ・ボル論争における大杉の問題意識もここに存した。大杉栄「生死生に答へる」「トロツキイの協同戦線論」（『労働運動』第七号、一九二二年九月）、同「組合帝国主義 —— 総連合問題批判」（『改造』一九二二年一一月号）などを参照。

36　『有島武郎全集』第一四巻、筑摩書房、一九八五年、五七三頁。

37　有島武郎「革命心理の前に横はる二岐路——私は何れを選ぶか」『読売新聞』一九二三年二月一九日、朝刊七面。この談話筆記によれば、有島は自分の立場について、現在のロシアにおける「ボルシエヴイズムの如き独裁を絶対に避けるもの」だが、「アナーキストの群によつて絶対独裁のない理想国が建設されようとは信じられない者」であると述べている。

38　有島武郎「「静思」を読んで倉田氏に——同時に自分の立場を明らかにするために」『泉』第一巻第二号、一九二二年一一月、三三—三五頁。

39　有島武郎「「静思」を読んで倉田氏に（前号より続く）——同時に自分の立場を明らかにするために」『泉』第一巻第三号、一九二二年一二月、一三頁。

40　同右、一五頁。

第5章

1　島中雄三「中間階級の社会運動」『解放』一九二一年三月号、八六—八七頁。

2　黒川伊織『帝国に抗する社会運動——第一次共産党の思想と運動』有志舎、二〇一四年、四七頁。

3　高山亮二『有島武郎の思想と文学——クロポトキンを中心に』（明治書院、一九九三年）、四八四—五〇二頁を参照。

4　山川均「日本組合運動史の一頁――友愛会東京連合大会所見」『改造』一九二一年八月号、六七―七二頁。
5　山川均「川崎造船所の「工場占領」」『改造』一九二一年八月号、一六七―一七〇頁。
6　山川均「知識階級の無識」『改造』一九二二年一一月号、五三―六六頁。
7　山川均「労働階級に対する智識階級の地位」『解放』一九二〇年八月号、二九頁。
8　山川前掲「川崎造船所の「工場占領」」、一六九―一七〇頁。
9　一九二一年七月二七日付原久米太郎宛書簡（『有島武郎全集』第一四巻、筑摩書房、一九八五年、三七一頁）。
10　有島武郎「宣言一つ」『改造』一九二二年新年号、五五頁。
11　近年出た山川の評伝として、米原謙『山川均――マルキシズム臭くないマルキストに』（ミネルヴァ書房、二〇一九年）がある。米原は、山川の「方向転換」論は「コミンテルンの方針転換から示唆を受けたもの」であり、「関係者に共産党の方針として示す意図」があったのだろうとしている（一八四―一八五頁）。
12　山川均「無産階級運動の方向転換」『前衛』一九二二年七・八月合併号、一六―二五頁。
13　小森陽一「〈知識人〉の論理と倫理」『講座昭和文学史』第一巻、有精堂出版、一九八八年。
14　北條一雄「我々は今や理論的闘争に政治的曝露を重ねなければならぬ」『理論闘争』白揚社、一九二六年、一八六頁。初出の、北條一雄「当面の任務」（『マルクス主義』第二七号、一九二六年七月、一八―三五頁）とは、引用箇所の記述が異なる。
15　北條一雄「欧州に於ける無産者階級政党組織問題の歴史的発展――其の方法論的考察」『無産階級の方向転換』希望閣、一九二六年、二五頁。初出は『マルクス主義』（第二巻第四号、一九二五年四月）に発表された。なお、同論考の引用は、初刊を底本として校訂された『福本和夫著作集』第一巻（こぶし書房、二〇一〇年）所収のテクストに拠った。ただし、頁数は希望閣版の該当箇所を示している。
16　同右、八―九頁。
17　同右、一〇頁。この記述は初出にはない。
18　小森前掲論考、二五―二六頁。
19　牧山正彦（草間平作）と有島については、近年、内田真木「日本社会主義同盟創設前後の叢文閣主足助素一と有島武郎について」（『有島武郎研究』第二四号、二〇二一年五月）が論じている。
20　『有島武郎全集』第一〇巻、叢文閣、一九二四年、一三九四頁。
21　水品春樹『新劇去来』（ダヴィッド社、一九七二年）、紅野謙介『検閲と文学――1920年代の攻防』（河出書房新社、二〇〇九年）参照。有島と藤森の関連については、近年になって中田幸子『叛逆する精神――評伝藤森成吉』（国書刊行会、二〇二一年）が刊行された。

22　藤森は、小山内と土方与志から上演の話を受けたことについて、「正直に夢のやうな気さへした」、「僕は、この上演に全く処女のやうに胸を躍らせた。変な事を云ふやうだが、女房達は、又長いあひだの不遇が酬はれたと云つて、泣いてよろこんでくれてゐた――」（藤森成吉「自分の戯曲（下）」『読売新聞』一九二六年七月一日、朝刊四面）と語っている。

23　小山内薫「六月芸術界の種々相　『光秀と紹巴』と『犠牲』と――六月号の戯曲から」『読売新聞』一九二六年六月七日、朝刊四面。

24　小山内薫「インテリゲンチヤの悲哀」『都新聞』一九二五年二月一八―二一日、朝刊五面。この論考は『小山内薫演劇論全集』第二巻（未來社、一九六五年）では原始社より一九二八年に刊行された『演出者の手記』所収とされているが、今回、一九二五年に発表されたものを確認できた。なお、山川もまた、「智識階級」は最善においても労働階級の「友人」に留まると主張していた。山川前掲「労働階級に対する智識階級の地位」、三六頁。

25　李碩「一九二〇年代のチェーホフ受容と芥川龍之介『玄鶴山房』」井桁貞義・井上健編『チェーホフの短篇小説はいかに読まれてきたか』世界思想社、二〇一三年。

26　藤森成吉「犠牲」『改造』一九二六年七月号、六五頁。

27　同右、六六頁。

28　藤森成吉「自序」『磔茂左衛門』新潮社、一九二六年、二頁。

29　なお、「時代の犠牲」ということばは、小山内薫が訳したチエエホフ『決闘』（梁江堂書房、一九一〇年）のなかにもみられるが、それは「時代の犠牲」だとされる人物を罵倒するなかで用いられており、ここでも屈折した意味が付与されている。

30　麻生久「社会運動と智識階級」『改造』一九二五年九月号、一八八―一九〇頁。なお、この論考について福本和夫は、「経験的現実主義の正体と其の行方」『理論闘争』（白揚社、一九二六年）のなかで批判している。

31　藤森成吉「犠牲」『改造』一九二六年六月号、三三頁。

32　同右、三一頁。

第Ⅲ部への序

1　立本紘之『転形期芸術運動の道標――戦後日本共産党の源流としての戦前期プロレタリア文化運動』晃洋書房、二〇二〇年、八頁。

2　同右、一一四頁。

第6章

1　関井光男「日本近代文学研究の起源――明治文化研究会と円本」『日本文学』一九九四年三月号。

2　青山毅「プロレタリア文学研究のなかで」(『総てが蒐書に始まる』青英舎、一九八五年)、浦西和彦「徳永直著『太陽のない街』のこと」(『浪速書林古書目録』第三九号、二〇〇五年五月)を参照。

3　「定本」が叢書名に付くかどうかは揺れがある。叢書のなかには、扉に「定本」を付けて記したものもみられる。

4　『戦旗』第二巻第九号、一九二九年九月、頁数なし。文末に記された日付は「一九二九年八月一日」。なお、これと若干の相違を除きほぼ同様の文章が、「日本プロレタリア作家叢書」のいくつかの後ろの頁に収められているが、日付は「一九二九年九月一日」となっている。

5　同企画については、『平凡社六十年史』(平凡社、一九七四年)、九九―一〇六頁に記述がある。

6　『戦旗』第二巻第一一号、一九二九年一一月、裏表紙。

7　猪野省三「紹介批評「太陽のない街」」『戦旗』第三巻第一号、一九三〇年一月、四五頁。

8　山田清三郎『日本プロレタリア文芸運動史』叢文閣、一九三〇年、三〇四―三〇五頁。

9　蔵原惟人「作品と批評【二】」『東京朝日新聞』一九二九年六月一八日、朝刊五面。

10　蔵原惟人「注目される四作品――文芸的感想【四】」『東京朝日新聞』一九二九年一二月一四日、朝刊五面。

11　楠本寛「文芸時評(5)『太陽のない街』」『萬朝報』一九二九年七月一〇日、五面。『文芸時評大系　昭和篇1』第3巻(ゆまに書房、二〇〇七年)に収録されている。

12　上野進「文芸時評　四、プロレタリア文学の現状」『信濃毎日新聞』一九三〇年二月二八日、朝刊四面。『文芸時評大系　昭和篇1』第4巻(ゆまに書房、二〇〇七年)に収録されている。

13　大和田茂「円本文学全集と自筆「小伝」――経歴を語り出した作家たち」『日本古書通信』二〇一八年一二月号、二―四頁。

14　『日本資本主義発達史講座　第三回配本』(岩波書店、一九三二年八月)の「文化運動史」。以下、同書より引用し、該当頁数は省略する。

15　蔵原惟人「プロレタリヤ・レアリズムへの道」『戦旗』創刊号、一九二八年五月、一五頁。
16　中村光夫「その文学史的意義――プロレタリア文学運動」『行動』一九三五年四月号、二七八頁。
17　小林秀雄「続私小説論」『経済往来』一九三五年六月号、三二五頁。
18　「維新革命」の「政治変革」としての「不徹底さ矛盾性」についての指摘はある。

第7章

1　宮本顕治「「敗北」の文学――芥川龍之介氏の文学について」『改造』一九二九年八月号、一〇一―一一七頁。以下、引用は初出から行なう。副題と頁数表記は略した。
2　瀬沼茂樹『本の百年史――ベスト・セラーの今昔』（出版ニュース社、一九六五年）参照。
3　日本近代文学研究の成立に関するものとして、小森陽一「「歴史社会学派」に関する、歴史社会学的覚え書」（『社会文学』第七号、一九九三年七月）、同「起源の言説――「日本近代文学研究」という装置」（『内破する知――身体・言語・権力を編みなおす』東京大学出版会、二〇〇〇年）、同『日本語の近代』（岩波書店、二〇〇〇年）、関井光男「日本近代文学研究の起源――明治文化研究会と円本」（『日本文学』一九九四年三月号）などを参照。
4　中野重治「解説」『現代文学論大系』第四巻、河出書房、一九五四年、三九四頁。
5　小田切秀雄「解説――近代の文芸評論」『現代日本文学全集』94、筑摩書房、一九五八年、四〇三頁。
6　蔵原惟人「解説」『日本プロレタリア文学大系』第四巻、三一書房、一九五四年、三六三頁。
7　戦前期の蔵原の文学遺産継承論を概観したものとして、島田昭男「プロレタリア文学と古典――文学遺産継承論について」『芸術至上主義文芸』第一七号、一九九一年一一月。
8　志田昇「『「敗北」の文学』の誕生――宮本顕治とトロツキー」『葦牙』第一三号、一九九〇年八月。
9　同右。ほか、志田昇「トロツキーの文学論――芸術の特殊性とマルクス主義の文芸政策」（『葦牙』第九号、一九八八年四月）、同「一九二〇年代ソ連の文芸論争と日本文学」（『思想』一九九六年四月号）など。
10　中野重治は「「敗北」の文学」について、「それは戦後の、プロレタリア文学運動をはるかに遡ってしらべようとする動きにも発展した方向のもの」だと主張している（中野前掲論考、三九四頁）。また、三浦雅士は「戦後の文壇を先導した『近代文学』の人々が引き継いだのは、宮本顕治自身の思想ではないにしても、『敗北』の文学」に象徴される方法であった」と記している（三浦雅士「歴史と歴史の彼岸――宮本顕治『「敗北」の文学』」『新潮』一九八八年一二月号、一六八頁）。ただし、「「敗北」の文学」と戦後の文学研究・批評を単線的な系列のもとに捉えるべきではないだろう。

11 無記名「懸賞募集」『改造』一九二九年四月号。

12 蔵原惟人「プロレタリヤ芸術の内容と形式」『戦旗』一九二九年二月号、九五―九六頁。

13 引用文中、「書棚」とあるところは、初出では「書柵」と判読できる。ここでは宮本顕治『レーニン主義文学闘争への道』（木星社書院、一九三三年）に収められたテクストにしたがって「書棚」と訂正した。

14 蔵原惟人「無産階級芸術運動の新段階――芸術の大衆化と全左翼芸術家の統一線戦《ママ》へ」『前衛』創刊号、一九二八年一月、二三頁。この箇所について、竹内栄美子「プロレタリア文学運動とソヴェットロシア文学理論――中野重治・蔵原惟人・岡沢秀虎にみる一断面」（『文学』二〇〇三年三月号）は、『露国共産党の文芸政策』（外村史郎・蔵原惟人訳、南宋書院、一九二七年）にあるルナチャルスキーの議論を踏襲したものだとしている。

15 同右、二一頁。この箇所について志田前掲「『「敗北」の文学』の誕生」は宮本の引用元だと主張している。

16 同右、同頁。

17 栗原幸夫は、芥川の死に対する中野重治、宮本顕治、蔵原惟人の「三者三様の違い」と「共通」点について指摘している（栗原幸夫『増補新版　プロレタリア文学とその時代』インパクト出版会、二〇〇四年、一八頁）。

18 ウェ・フリーチエ「文芸批評家としてのウォローフスキイ」ウオロフスキイ『マルクス主義的作家論』能勢登羅訳、南宋書院、一九二七年、九九頁。

19 ウオロフスキイ「バザロフとサーニン――二つのニヒリズムに就いて」『マルクス主義的作家論』能勢登羅訳、南宋書院、一九二七年、三七頁。

20 同右、二三―二四頁。

21 フリーチエ前掲論考、九二頁。フリーチェの芸術社会学はその後、プロレタリア科学研究所芸術学研究会において批判的に検討される。

22 宮本顕治『敗北の文学』（岩崎書店、一九四六年）が戦後に刊行された際、次のような評言がなされている。「民主主義革命の過渡期にゐるわれわれの心裡にもまだ芥川の亡霊は住む。われわれもまた「芥川の文学を批判しきる野蛮な情熱」を持つことが必要だらう」（水野雅史「新著評論　亡霊批判の情熱」『文学時標』第一二号、一九四六年一〇月、三頁）。

23 多数あるが、とりわけ以下を参照。関口安義「芥川龍之介研究史Ⅰ」(『芥川龍之介研究資料集成』別巻1、日本図書センター、一九九三年)、同『芥川龍之介とその時代』(筑摩書房、一九九九年)、第一四章。資料集成として、関口安義編『芥川龍之介研究資料集成』全一〇巻(日本図書センター、一九九三年)。

24 大宅壮一「文学史的空白時代」『新潮』一九二八年一月号、二頁。

25 大宅壮一「文壇的遺産の再批判 その一 有島武郎論」『新潮』一九二九年三月号、二三―二四頁。

26 蔵原惟人「現代日本文学と無産階級」『文芸戦線』一九二七年二月号、一三頁。

27 同右、二六頁。なお、この大宅の論考は、林一郎「ブルジョア文学の再検討――有島武郎について」(『文芸戦線』一九二八年一二月号〜一九二九年一月号)をふまえて書かれている。

28 神崎清「芥川先生葬儀の記」『辻馬車』一九二七年九月号、七一頁。

29 小野勇「芥川龍之介氏に就いて」『辻馬車』一九二七年九月号、八〇頁。これは神崎清の言だとされている。

30 大山郁夫「実践的自己破壊の芸術」『中央公論』一九二七年九月号、九二―九五頁。

31 神崎清「芥川氏に関して大朝紙の社説に答ふ」『辻馬車』一九二七年九月号、六一頁。

32 雅川滉「選ばれたる人々の選ばれたる意見」『新思潮』一九二七年九月号、八六頁。雅川滉は成瀬正勝の筆名。

33 唐木順三「芥川龍之介の思想史上に於ける位置――「芥川龍之介に於ける人間の研究」の一節」『思想』一九二九年九月号、九一頁。

34 のちの回想によれば、宮本は「芥川全集」を『白堊紀』同人の小桜秀謙に借りて「「敗北」の文学」を執筆したという(宮本顕治「私の五十年史――覚え書き」『前衛』一九七五年三月号、一二頁。この論考は、『週刊新潮』一九七五年一月二日号に発表された「私自身の「昭和史」」を改題のうえ転載したもの)。新日本出版社編集部編『宮本顕治の半世紀譜』増補版(新日本出版社、一九八八年)、一二頁も参照。

35 この箇所について志田前掲「『「敗北」の文学』の誕生」は、プレハーノフの引用は、『芸術と社会生活』(蔵原惟人訳、同人社書店、一九二七年)からだと指摘している。

36 蔵原惟人「作品と批評【二】」『東京朝日新聞』一九二九年六月一八日、朝刊五面。

37 のちに宮本は「「敗北」の文学」について、「当時の私の決意表明でもあった」(前掲「私の五十年史――覚え書き」、一三頁)と述べている。ただし、この「決意表明」は宮本の個人史的な文脈に限定して考察されるべきではない。ここでは「「敗北」の文学」を、文学史叙述を通した態度決定として捉えたい。

第8章

1　荒木信五「プティ・ブルヂョア・インテリゲンツィアの道――唐木順三氏の『現代日本文学序説』を読むで」『クオタリイ日本文学』第一輯、一九三三年一月、二一四―二二七頁。引用は同文献に拠り、副題と頁数は略した。

2　『日本近代文学大事典』第三巻（講談社、一九七七年）「平野謙」の項（一三一頁）。執筆者は亀井秀雄。

3　池田純人「平野謙　転向の意味――「思想と実生活論争」を中心にして」（『兵庫教育大学近代文学雑志』第一号、一九九〇年一月）を参照。

4　亀井秀雄「平野謙論」『中野重治論』三一書房、一九七〇年、一五六頁。

5　中山和子「平野謙――昭和十年前後」『平野謙と「戦後」批評』翰林書房、二〇〇五年、一九頁。

6　同右、一八頁。「唐木順三的文学史と、篠田太郎的文学史とを「アウフヘーベン」する道はないものかというのが、当時の平野謙のひそかな文学史構想であったらしい。しかし、この論文の真の特色は、そうした客観的展開の側面にあるのではなかった」。

7　大原祐治「文学的記憶の紡ぎ方――「昭和文学史」への切断線」『文学的記憶・一九四〇年前後――昭和期文学と戦争の記憶』翰林書房、二〇〇六年、三二六頁。

8　小笠原克「ある〝文学史論〟の検討――中野重治から平野謙へ」『昭和文学史論』八木書店、一九七〇年、四七頁。

9　同右、五一頁。

10　同右、五二頁。

11　同右、同頁。

12　『日本近代文学大事典』第五巻（講談社、一九七七年）「クオタリイ日本文学」の項（七八頁）。執筆者は山田晃。ただし、「明治文学談話会」の「機関誌」であると雑誌誌面で明示されているわけではない。

13　発禁の理由についてのちに平野は、「本多秋五の歴史文学論がわざわいした」ためだと述べている（平野謙「明治文学の研究文献」『平野謙全集』第一三巻、新潮社、一九七五年、一八五頁）。

14　本多秋五「二つの季刊誌――「マルクス・レーニン主義芸術学研究」とクォタリイ「日本文学」」（『本多秋五全集』第一〇巻、菁柿堂、一九九六年）がこれらの雑誌に関して詳述している。平野謙によるこの時期の回想としては、「文学運動の流れのなかから」（『平野謙全集』第五巻、新潮社、一九七五年）。集団や組織についての回想類は、一般に不正確な情報が入り込みやすく、内容を検証しながら用いる必要がある。本章ではできる限り当時の資料にもとづいて論を進めた。

15 梅田俊英『社会運動と出版文化――近代日本における知的共同体の形成』御茶の水書房、一九九八年、二〇〇頁。

16 以下の文献を参照。小川信一「プロレタリア科学研究所第三回大会記」『プロレタリア科学』一九三一年七月号、一二四―一二五頁。「芸術研究会報告」『プロレタリア科学研究』第一輯、一九三一年五月、二二八頁(「芸術研究会」による報告)。なお、「研究会」は「部」の、「班」は「研究会」の下位集団である。

17 「プロレタリア科学研究所芸術(言語)部新方針のために」『マルクス・レーニン主義芸術学研究』第一輯、一九三二年八月、二〇三―二二一頁。

18 「日本プロレタリア科学同盟活動方針大綱草案」『プロレタリア科学』一九三三年一月号、一六頁。この草案は中央常任委員会による。

19 無記名「編輯後記」『マルクス・レーニン主義芸術学研究』第一輯、一九三二年八月、二二二―二二三頁。なお、改題第三輯で理論を継承する役割を担ったのは、高瀬太郎こと本多秋五であった。高瀬太郎「文学作品の価値に関する一連の諸問題覚え書――同志川口の理論の批判をふくめて」『芸術学研究』第三輯、一九三三年七月、二六―三八頁。

21 無記名「編輯後記」『クオタリイ日本文学』第一輯、一九三三年一月、二七四頁。

22 木村毅「明治文学研究の勃興」『報知新聞』一九三二年一一月一三―一六日、朝刊三面。この木村の論考に言及している、鷹野一「木村毅氏、柳田泉氏の「唯物史観」――最近に於ける日本文学史研究についての一断章」(『芸術学研究』第三輯、一九三三年七月)には、次のようにある。「「唯物史観による」を標榜して林房雄、篠田太郎、神崎清らが発企し、木村毅、柳田泉、二氏を顧問とした「懇談会」の消滅はかへすぐも惜しまれるが、その後に生れた柳田、木村、宮島新三郎氏らの「談話会」が「懇談会」の意図の一部を継承し少くとも自由主義的開放的である点、はるかに「進歩的」として期待することが出来よう」(二三二頁)。ただし同論考は、柳田と木村の研究が「唯物史観」を標榜しつつ唯物史観たりえないと指弾するものであり、党派性が色濃い記述となっている。

23 無記名「展望台 明治文学懇談会解消」『読売新聞』一九三二年九月一五日、朝刊四面。同記事によれば、「責任者篠田太郎は神田某署で二日間の拘留」を受けたという。

24 尾崎宏次編『秋田雨雀日記』第二巻、未來社、一九六五年、三一〇頁。一九三二年九月一一日の日記。

25 『明治文学研究』創刊号によれば、創立日は一九三二年一〇月一六日とされるが、これは第一回例会の開催された日である（無記名「明治文学談話会々報」『明治文学研究』創刊号、一九三四年一月、一一四頁）。なお、『岩波講座日本文学』の月報『文学』第一八号（一九三二年一一月）も、明治文学談話会の第一回例会が「十月十六日」に開催されたと報じている（三昧堂「古い話」『日本古書通信』二〇一八年一二月号、五頁）。

26 同上、同頁。

27 第一輯に掲載された論考の内容を受けて、第二輯（一九三三年七月）では塩田良平と神崎清の論争が行なわれた。同誌はこうした研究・思想をめぐる論議の場としてもあった。なお、明治文学談話会を「談話」の観点から再評価する試みとして、中山弘明「「明治文学談話会」と文学史――学問史／〈談話〉の力」（『日本近代文学』第九八集、二〇一八年五月）。

28 『明治文学研究』創刊号には、注25でも参照した会報欄に、「明治文学・柳田泉談話会の略史」が載せられている。「昭和七年十月十六日、わが明治文学談話会が創立されてから」、「十二の例会を開」いたことなどを記したものであり、「例会及び研究会の概略」なども載せられている。しかし、この「専門的な学術団体」の旺盛な活動履歴に、「明治文学懇談会」や『クオタリイ日本文学』に関する記述は見当たらない（前掲「明治文学談話会々報」、一一四頁）。同誌は「編輯後記」において「明治文学談話会」の「機関誌」だと明示しているが、この時点では、一九三二、三年に「明治文学談話会」がもっていた政治性が表面上みえにくいものとなったといえよう。

29 蔵原惟人「プロレタリヤ・レアリズムへの道」『戦旗』創刊号、一九二八年五月、一六―一七頁。

30 蔵原惟人「無産階級芸術運動の新段階――芸術の大衆化と全左翼芸術家の統一線戦《ママ》へ」『前衛』創刊号、一九二八年一月、二三頁。ここで蔵原が、「我々は死んだ芥川龍之介の如き典型的小ブルジョア作家の作品をも、時には利用することを知らなければならない」（同頁）と述べていることは注目に値しよう。

31 古川荘一郎「芸術運動の組織問題再論」（『ナップ』一九三一年八月号）における以下の論述を参照されたい。「前の論文に於いて私は専ら工場農村を基礎としてナップの再組織について語つた。だがそのことは決して小ブルジョア間における、また学生インテリゲンチヤの間に於ける我々の活動を放擲することを意味するものではない」。「但しこの場合忘れてならないことは、芸術運動全体として見る時には、その基礎はあくまで労働者および貧農に置かれてゐなければならないといふことである。我々は一般方針に於けると同様、組織方針に於いても亦、小ブルジョア的偏向とはあくまでも闘争しなければならない。また各種芸術サークルを作る場合にも、工場内に於けるそれは、ブルジヨア的或ひは反動的でさへある芸術の愛好家をも含めて組織されるが小ブルジヨアおよび学生の間に於けるそれは、原則として、進歩的（プロレタリア的および同伴者的）傾向の芸術の支持者のみによつて作られる。これはプロレタリアートと小ブルジヨアジーとに対する我々の基本的立場の相違から必然に生じて来る組織上の区別である」（五二頁）。

32　ただし、「小ブルジョア」を自称として用いるか他者に対して用いるかという問題はまた別である。なお、亀井秀雄は前掲論文で、「もっとも昭和七年当時、「マルクス主義の立場にたとうと努め」ていた青年が、「プティ・ブルジョア・インテリゲンツィアの道」は如何にと問うとしたら、問いそのものがすでに答えを含んでいたと言わなければならない」（一五七頁）と述べている。

33　宮本顕治「文学批評の基準」『東京朝日新聞』一九三二年二月七日〜九日、朝刊五面。

34　「そうした動向の中で、私の批評活動も当然、これらの「新転換」に沿う努力の方向でなされることになった。［…］そして、一九三一年秋以降の私の批評の中には、「唯物弁証法的創作方法」という言葉や概念が登場している。この「唯物弁証法的創作方法」論による批評は、作家と作品に認識の社会科学的、哲学的完全性を機械的に求める傾向を生んだ。中間的な作家への批評にリゴリズム（厳格主義）を生むように作用した」（宮本顕治「あとがき」『宮本顕治文芸評論選集』第一巻、新日本出版社、一九八〇年、五七四頁）。

35　「＊」は注記の記号である。注には、『現代日本文学序説』に再録されてある『芥川龍之介論』には、上掲引用の部分が全部削られてある」ことが書き添えられている。

36　宮本顕治「「敗北」の文学——芥川龍之介氏の文学について」『改造』一九二九年八月号、一一〇—一一七頁。

37　平野謙はのちの回想で、自分が『改造』の定期読者であったこと、「宮本顕治の『敗北の文学』と小林秀雄の『様々なる意匠』とが、それぞれ一席、二席として同誌に発表されたとき、地方の高等学校生徒だった私は熱心に読んだ」ことを述べている（「小林秀雄」『平野謙全集』第八巻、新潮社、一九七五年、一六七頁）。

38　荒木信五「中野重治に関する感想——高瀬太郎にあてた手紙」『麺麭』第三巻第一一号、一九三四年一一月、一三五頁。

39　中野重治『芸術に関する走り書的覚え書』（改造社、一九二九年）に所収。なお、初出は「啄木に関する一

断片」『驢馬』一九二六年一一月号、四二—五二頁。

40 エス・ゴニークマン「階級理論と資本主義社会における階級闘争」『マルクス主義の旗の下に』(2)、一九三〇年一二月。訳者名は書かれていないが、表紙には「プロレタリア科学研究所ソヴエート科学研究会訳編」とある。この論考は、次の文献の翻訳だと考えられる。С. Гоникман. Теория классов и классовая борьба в капиталистическом обществе. // Под Знаменем Марксизма. 1930. № 2-3. С. 21-58. 翻訳された同誌の目次の執筆者名では「エヌ・ゴニークマン」と記されており、平野もそう書いているが、原典から判断して「エヌ」ではなく「エス」が正しい。

41 同右、六八—七〇頁。

42 同右、七七頁。

43 同右、同頁。

44 中野重治「「セメント」についての断片」『思想』一九二九年六月号、一三五頁。この論考はのちに『夜明け前のさよなら』(改造社、一九三〇年)に収録された。

45 同右、一三六頁。

46 同右、一三四—一三五頁。

第9章

1 以下の中村の批評の論旨をまとめた。「転向作家論——文芸時評」(『文学界』一九三五年二月号)、「中野重治氏に——文芸時評」(『文学界』一九三五年四月号)、「その文学史的意義——プロレタリア文学運動」(『行動』一九三五年四月号)、「純粋小説論について——文芸時評」(『文学界』一九三五年五月号)、「生活と制作と——文芸時評」(『文学界』一九三五年六月号)、「私小説について——文芸時評」(『文学界』一九三五年九月号)、「文芸時評——レアリズムについて」(『文学界』一九三五年一一月号)。

2 本多秋五「解説」『中村光夫全集』第七巻、筑摩書房、一九七二年、六二六—六二七頁。

3 河底尚吾『中村光夫論』武蔵野書房、一九九八年、二六六—二九七頁。中山和子「中村光夫とプロレタリア文学」(論究の会編『中村光夫研究』七月堂、一九九五年)も参照。

4 平野謙「作家同盟の解散——文学・昭和十年前後(二)」『文学界』一九六〇年五月号、一四八頁。

5 小林秀雄「続私小説論」『経済往来』一九三五年六月号、三二四—三二五頁。

6 本多前掲論考のほか、亀井秀雄『小林秀雄論』(塙書房、一九七二年)、寺出道雄『知の前衛たち——近代日本におけるマルクス主義の衝撃』(ミネルヴァ書房、二〇〇八年)。

7 吉田凞生「「私小説論」前後」(三好行雄編『講座日

本文学の争点6 現代編』明治書院、一九六九年)、関谷一郎「作品別小林秀雄研究史――「私小説論」前後」(『別冊国文学』第一八号、一九八三年二月)など。

8 「講座派」の人物としては、岩波書店『日本資本主義発達史講座』に関係した野呂栄太郎、山田盛太郎、平野義太郎、服部之総、羽仁五郎などがよく知られている。それに対して「労農派」には、雑誌『労農』に集まった山川均、猪俣津南雄、向坂逸郎らの論客がいる。

9 たとえば、小林に関しては佐々木基一「「文芸復興」期批評の問題」(『文学』一九五三年六月号)、中村に関しては和田利夫「中村光夫のプロレタリア文学史観――その私小説論とのつながり(一)」(『けいろく通信』第一三号、一九七八年一〇月)を参照。

10 寺出前掲書。

11 山本芳明「〈私小説〉言説に関する覚書――〈文学史〉・マルクス主義・小林秀雄」『研究年報』第五七輯、二〇一一年三月、九九頁。

12 野村幸一郎『小林秀雄――美的モデルネの行方』和泉書店、二〇〇六年、七〇頁。

13 絓秀実『天皇制の隠語』航思社、二〇一四年、三九―一三一頁。

14 中村光夫「ギイ・ド・モウパッサン(序論的なスケッチ)」『文学界』一九三三年一二月号、一七六頁。

15 中村前掲「純粋小説論について――文芸時評」、三四頁。

16 小山弘健編『日本資本主義論争史(上)』(青木文庫、一九五三年)、小島恒久『日本資本主義論争史』(ありえす書房、一九八〇年)などを参照。

17 向坂逸郎『日本資本主義の諸問題――資本主義と農村の社会的分化』育生社、一九三七年、三〇―三一頁。小島前掲書は、この点を「労農派」の立場から整理している。

18 中村光夫「永井荷風論――文芸時評」『文学界』一九三四年三月号、一〇二頁。

19 同右、一〇〇頁。

20 中村光夫「永井荷風論」『中村光夫評論集』芝書店、一九三六年、二四頁。傍線部は加筆された箇所にあたる。

21 中村前掲「永井荷風論――文芸時評」、一〇一頁。

22 同右、一〇二―一〇九頁。

23 ペーター・ソンディ「ジャンル詩学と歴史哲学――シラー、シュレーゲル、ヘルダーリンについての補説を付す」『ヘルダーリン研究――文献学的認識についての論考を付す』ヘルダーリン研究会訳、法政大学出版局、二〇〇九年、一二三頁。

24 中村前掲「転向作家論――文芸時評」、八四頁。

25 たとえば、河底前掲書や平野謙『昭和文学の可能性』(岩波新書、一九七二年)は、中村の論旨を辿る際に「古典派」にふれているが、この概念の意義に注目して分析がなされているわけではない。

26 中村前掲「転向作家論——文芸時評」、八六—八八頁。

27 中村前掲「その文学史的意義——プロレタリア文学運動」、二八〇頁。

28 中村前掲「転向作家論——文芸時評」、七五頁。原文では記号表記に乱れがあり、訂正した。

29 中村前掲「純粋小説論について——文芸時評」、三四—三五頁。

30 中村前掲「中野重治氏に——文芸時評」、六〇頁。

31 中村前掲「その文学史的意義——プロレタリア文学運動」、二七八—二八〇頁。

32 同右、二八〇頁。

33 同右、二七九頁。

34 ソンディ前掲「ジャンル詩学と歴史哲学——シラー、シュレーゲル、ヘルダーリンについての補説を付す」、一四三—一四四頁。

35 深江浩「日本の文学批評にとってのルカーチ——昭和一〇年代を中心に」『季報唯物論研究』第六〇号、一九九七年四月。

36 ゲオルク・ルカッチ「ヘルデルリーンのヒュペリオーン」(臼井竹次郎による抄訳)『カスタニエン』第一四冊、一九三五年一二月)、熊澤復六「小説《ロマン》の理論の問題(一)——コム・アカデミー哲学研究所文学部に於ける報告・討論」(『世界文化』一九三五年八月号)のうち、G・ルカッチ「討論のための報告」。

37 ルカッチ前掲「討論のための報告」、三三—三五頁。

38 中村前掲「その文学史的意義——プロレタリア文学運動」、二七八頁。

39 同右、同頁。

40 寺出前掲書、二二五—二二六頁。

41 中村前掲「転向作家論——文芸時評」、八一頁。原文では記号表記に乱れがあり、訂正した。

42 中野重治「中村光夫氏の「転向作家論」に答ふ」『文芸通信』一九三五年三月号、二二頁。

43 中村前掲「中野重治氏に——文芸時評」、六〇頁。

44 同右、同頁。

45 同右、同頁。

46 前章で引いた鷹野一「木村毅氏、柳田泉氏の「唯物史観」——最近に於ける日本文学史研究についての一断章」(『芸術学研究』第三輯、一九三三年七月)には以下のようにある。「我々の文学史研究は、[…]この国の封建文学——ブルジョア文学——プロレアリア《ママ》文学の過程中におけるそのブルジョア文学のそれの「特殊性」の解明におかれなければならぬことは自明である(所謂「明治文学」が我々の関心を呼ぶものも他ならぬこの点による)。かくしてのみ我々の当面の政治的課題のより正しき設定、それの建設への助力が問題とされうるし、それの止揚者克服者としてのプロレタリア文学の優位性必然性をあますなく認識し、前者のよき部分の後者による所謂批判的摂取の問題にも答へうるのであるから」(二三四頁)。

47 中野重治「二つの文学の新しい関係」『教育・国語教育』一九三六年四月号、一四六頁。

48 同右、一四六―一四七頁。

49 平野謙『昭和文学私論』毎日新聞社、一九七七年、一九四頁。平野は、中村のプロレタリア文学論を「三二年テーゼと一脈相通ずるところがある」(四四七頁)とみなした。

50 寺出前掲書、二二六頁。

51 古川荘一郎「芸術理論に於けるレーニン主義のための闘争――忽卒な覚え書」『ナップ』一九三一年一一月号、一三頁。

第Ⅳ部への序

1 荒正人「民衆とはたれか」『近代文学』第一巻第三号、一九四六年四月、一八頁。

2 平野謙「インテリはインテリゲンツィアに非ず」『戦後文芸評論』真善美社、一九四八年、二〇五―二〇六頁。初出は「一つの答案=インテリはインテリゲンツィアに非ず　インテリ抹殺論」(『読売新聞』一九四六年一一月二五日、朝刊二面)だが、引用箇所はみあたらない。

3 本多秋五「芸術　歴史　人間」『近代文学』第一巻第一号、一九四六年一月、七頁。

4 本多秋五「反語的な意図」『日本読書新聞』一九五五年一月一〇日、四面。

第10章

1 荒正人「文学読書会」『農村文化』一九四七年一・二月号、二四頁。

2 この文章が発表された当時、荒は満三四歳であった。荒このみ・植松みどり「年譜・執筆、著作目録」(『荒正人著作集　第五巻』三一書房、一九八四年)を参照。なお、この著作目録は網羅的なものではない。したがって、本章でも著作目録に挙げられていない荒の論考について、引用・言及している。

3 荒前掲「文学読書会」、二四頁。

4 この論考で荒は、「わたくし自身の都会での体験を主にして、要領をかいてみることにし」たと述べている(二三頁)。

5 『第二の青春』(八雲書店、一九四七年)所収論考の多くにそうした特質がみられる。なかでも「ペチョーリン」『世リン」(初出は「現代の英雄」のペチョーリン」『世界文学』一九四七年四月号）は、ロシア文学を直接対象としている。また、同時期に荒は、ロシア・インテリゲンチャを参照しつつ、日本のインテリゲンチャを「否定的型《タイプ》と肯定的型《タイプ》の二筋」に整理している（「知識人の二つの型」『歴史評論』創刊号、一九四六年一〇月、四六頁）。

6　戦後に書かれた知識人論は、実際に「論争」になったかどうかはともかく、「知識人論争」と通称されることがある。長谷川泉編『近代文学論争事典』（至文堂、一九六二年）の「知識人論争」の項（小松伸六の執筆）には、三六人の論客の名前が列挙されている。荒は、この「知識人」という流行のテーマに対応できる評論家であった。一四人の知識人論を集めた論集、『知識人の探求』（河出書房、一九四九年）には、荒の「主体的知識人」（『近代文学』一九四八年九月号）が収められ、奥付には「著者代表」として荒の名前が挙げられている。また、ほぼ同時期に荒は、『文芸年鑑』の「文学界の回顧」も担当した。この事実は、荒が戦後のジャーナリズムにおいて重要な位置を占めていたことを意味するだろう。そこで荒は、「戦後文学はインテリゲンチャ文学の別称である」と主張している（「2文学界の回顧」『「文芸年鑑」昭和二十四年度版』新潮社、一九四九年、五頁）。荒の戦後文学論は、知識人論、インテリゲンチャ論と不可分であった。

7　ここでいう「戦時期」とは、日中・太平洋戦争期を指している。米谷匡史「戦時期日本の社会思想——現代化と戦時変革」（『思想』一九九七年一二月号）参照。

8　荒正人「回想・昭和文学四十年」（『荒正人著作集　第二巻』三一書房、一九八四年）、佐々木基一『昭和文学交友記』（新潮社、一九八三年）、同「暗い谷間の中で」『荒正人著作集　第二巻』（三一書房、一九八四年）、同「G・ルカーチとの因縁」（『群像』一九八一年四月号）、小田切秀雄『私の見た昭和の思想と文学の五十年（上）』（集英社、一九八八年）など。

9　回想によって、会が開始された年や、当初メンバーだった久保田正文の離脱、小田切の入会の時期などの推定が異なる。佐々木は、研究会を開いた「正確な期日は荒正人も久保田正文も憶えていないということだ」と記している（佐々木前掲『昭和文学交友記』、五〇頁）。

10　荒前掲「回想・昭和文学四十年」、七二頁。

11　佐々木前掲『昭和文学交友記』、六六頁。

12　小田切前掲『私の見た昭和の思想と文学の五十年（上）』、一七七—一七八頁。

13　佐々木前掲『昭和文学交友記』、八二頁。

14　荒前掲「回想・昭和文学四十年」、七四—七五頁。

15　『現代日本文学大系』79（筑摩書房、一九七二年）の小田切進編の「荒正人年譜」には、一九三九年に、

「またこの頃、岡沢秀虎について週一回ロシア語の個人教授を受ける」とある（四四〇頁）。
16　佐々木前掲『昭和文学交友記』、八二頁。
17　荒正人「処女評論集のころ、その他」『岩上順一追想集』三一書房、一九五九年、二二頁。
18　佐々木前掲『昭和文学交友記』では一九四二年頃、岩上順一『変革期の文学』（三一書房、一九五九年）の「岩上順一年譜」では一九四一年。
19　小田切前掲『私の見た昭和の思想と文学の五十年（上）』、一七八頁。
20　同右、一八一頁。
21　荒前掲「回想・昭和文学四十年」、一〇〇頁。
22　これらの雑誌について紅野敏郎は、「「近代文学」前史の検討」の観点から重要視している（『昭和文学の水脈』講談社、一九八三年、一一頁）。
23　深江浩「日本の文学批評にとってのルカーチ――昭和一〇年代を中心に」『季報唯物論研究』第六〇号、一九九七年四月。
24　赤木俊「森山啓著「文学評論」」『文芸学資料月報』一九三九年一〇月号、一二―三頁。
25　赤木俊「書評　二つのシエイクスピア論――コールリッヂとブラッドレー」『文芸学資料月報』一九三九年一一月号、一三頁。
26　赤木俊「「シェイクスピアの悲劇」」『芸術評論』一九三九年一一月号、二七頁。
27　赤木俊「片岡良一著「近代日本の作家と作品」」『現代文学』一九四〇年四月号、五〇頁。
28　篠塚正「トルストイの美学」『文芸学資料月報』一九三九年一二月号、一一頁。ここでルカーチの論考は、「芸術の民衆性、国民性とリアリズムに対する新しい示唆がある」（一一頁）と評価されている。なお、この論考は現在、『佐々木基一全集Ⅰ』（河出書房新社、二〇〇三年）に収録されている。
29　ゲオルグ・ルカッチ「トルストイ美学に於ける平民的ヒューマニズム」『現代文学』一九四〇年二月号、花本好児訳。これは現在、『本多秋五全集』別巻二（菁柿堂、二〇〇四年）に収録されている。
30　赤木俊「「批評と鑑賞」について」『現代文学』一九四〇年九月号。
31　赤木俊「書評　壷井栄「暦」」『現代文学』一九四〇年六月号、四一頁。
32　赤木俊「岡本かの子「生々流転」」『現代文学』一九四〇年五月号、五三頁。
33　赤木俊「書評　武田麟太郎「大凶の籤」」『現代文学』一九三九年一二月号、三四頁。
34　赤木前掲「岡本かの子「生々流転」」、五三頁。
35　前掲「岩上順一年譜」、二七五―二七六頁。
36　赤木俊「岩上順一著『文学の饗宴』」『文学者』

一九四一年三月号、一四七頁。ここで荒が取り上げている岩上の論考は、「描かれたる現実　文芸時評」『中央公論』一九三九年一〇月号、「ロシヤ文学の現代的意味」『知性』一九四〇年六月号。前者では、ロシア文学の「余計者」のような「国民的な性格のタイプ」は日本に不在であると主張されている（四三六頁）。

37　荒このみ・植松みどり前掲「年譜・執筆、著作目録」、六五七頁。なお、現物のタイトルには括弧が付されている。

38　復刻版『太鼓・詩原』（久山社、一九八八年）。別冊に掲載されている、西杉夫『詩原』解説——太平洋戦争前後の詩的共同戦線」も参照。

39　赤木俊「「幸福なる町人」」『詩原』第一巻第七号、一九四〇年九月、二〇頁。

40　除村吉太郎「ロシヤ文学の十九世紀と廿世紀（ソ連）」『知性』一九三九年九月号、八〇—八七頁。作家名の片仮名表記は原文のままである。この論考は、「廿世紀の現実」という特集に寄せられたもので、目次には「ロシヤ文学の二世紀（ソ連）」とある。荒はこちらのタイトルを記したのだろう。

41　除村前掲「ロシヤ文学の十九世紀と廿世紀（ソ連）」、八三頁。なお、戦後に刊行されたポミャロフスキー『小市民の幸福』（宮原克己訳、弘文堂書房、一九四八年）の訳者「解説」には、「上梓の機会を与えられた除村吉太郎先生」への「感謝」が述べられている（一八五頁）。

42　赤木前掲「「幸福なる町人」」、二二頁。なお、戦後に入っても荒は、「幸福なる町人」や「余計者」という概念を使用した。

43　内藤由直『国民文学のストラテジー——プロレタリア文学運動批判の理路と隘路』（双文社出版、二〇一四年）、三〇—三三頁。

44　内藤は、「国民文学論文献目録」に、以下の三点の「赤木俊」の論考を挙げている（内藤前掲書、一九一—一九二頁）。「「国民文学」と読者」『構想』一九四〇年一一月号、「「国民文学論」に触れて」『現代文学』一九四〇年一一月号、「国民文学の課題」『日本学芸新聞』一九四一年一月一〇日。ただし、戦時期の荒はこれに限らず「国民文学」に関連するものを書いているため、それらも含めて荒の国民文学論として検討した。

45　篠塚正「近代文芸と読者」『学芸』一九三八年五月号、八四頁。

46　同右、八三—八四頁。なお、赤木俊「自己革新の意義——国民文学の出発点として」（『現代文学』一九四一年一月号）にも、清水幾太郎『社会と個人——社会学成立史』上巻（刀江書院、一九三五年）が参照されている。

47　同右、八一頁。

48　赤木前掲「国民文学」と読者」、八三―八四頁。
49　赤木前掲「国民文学の課題」、二面。
50　赤木前掲「自己革新の意義――国民文学の出発点として」、七九頁。
51　赤木前掲「「国民文学論」に触れて」、四一―四九頁。
52　赤木前掲「自己革新の意義――国民文学の出発点として」、八二頁。
53　同右、八一―八二頁。
54　後年に小田切は、赤木俊「最初の余計者――「浮雲」の文三について」（『現代文学』一四一年九月号）について、「天皇制の重圧のもとで発展した日本近代文学にロシア文学と通じる点を見出したものだと述べている（「解説」『荒正人著作集』第三巻、三一書房、一九八四年、三七三頁）。また、「一九世紀ロシア文学にわたしたちが熱中したのは、敗戦までの日本の天皇制と通じ合うところをもったツァーの専制支配のもとでの、重い抑圧に抗し」た文学だった点に「特別な親近感をもったということもあろう」とも述べている（前掲『私の見た昭和の思想と文学の五十年（上）』、一八一頁）。
55　赤木俊「忘れられた余計者」『詩原』一九四一年六月号、四〇―四一頁。
56　赤木前掲「最初の余計者――「浮雲」の文三について」、七二―七六頁。
57　同右、七六頁。
58　同右、七七頁。前掲荒「回想・昭和文学四十年」には、「「余計者」は、貴族階級だけについていうのであって、雑階級についてはいわない」（九九頁）と除村から教わったと書かれている。「あるひと」は除村だと推定できよう。
59　同右、七八頁。
60　同右、六七―六八頁。
61　同右、六八頁。

第11章

1　大原祐治「文学的記憶の紡ぎ方――「昭和文学史」への切断線」『文学的記憶・一九四〇年前後――昭和期文学と戦争の記憶』翰林書房、二〇〇六年、三二八頁。
2　絓秀実『吉本隆明の時代』作品社、二〇〇八年。
3　平浩一『「文芸復興」の系譜学――志賀直哉から太宰治へ』笠間書院、二〇一五年。
4　平野謙「昭和文学のふたつの論争」『人間』一九四七年一〇月号、五五―六四頁。杉森久英編『近代作家』（進路社、一九四八年）に「ふたつの論争――昭和文学の概観にかへて」、『戦後文芸評論』（真善美社、一九四八年）に「ふたつの論争」と改題して収録。以降、『現代日本文学入門』（要書房、一九五三年）などの平野の文学史論に組み込まれる。引用は初出から行ない、頁数は略した。

5　谷沢永一「現代文学史論の誕生」『平野謙全集』第三巻「付録」新潮社、一九七五年、四頁。

6　同上、四―五頁。

7　絓前掲書、一六頁。

8　平野はこの論考で、自身の用語法としては「マルクス主義文学」という語と「プロレタリア文学」という語を分けて用いているが、このふたつは一般的に「プロレタリア文学」と呼ばれるもののふたつの傾向を指している。該当箇所を引用しておきたい。「ここでひとつの独断を提出するなら、私はプロレタリア文学とマルクス主義文学とを一応区別したいと考えるものである。私のひとり考えによれば、プロレタリア文学の正統は、よりおほく『文芸戦線』によつて受けつがれ、マルクス主義文学は『プロレタリア芸術』にはじまつて、『戦旗』『ナップ』と加速度的に発展していつたのである。前者には人民の文学の色彩がつよく、後者はインテリゲンツィア文学の匂いをおおい得ない」。

9　「かくて目的意識論の確立は意識過程の変革を重要課題とする福本イズムの導入をまねき、運動の主導権ははや「齢不惑に近い」青野季吉の手から「マルクス主義芸術研究会」に拠る若き学生インテリゲンツィアに移行せ《ママ》さるを得なかつた。［…］小ブルヂョア・インテリゲンツィアによるプロレタリア文学の樹立！ここに日本プロレタリア文学運動の運命はさだまつたのである」。平野謙「「政治の優位性」とは何か」『近代文学』一九四六年一〇月号、四頁。

10　谷沢は前掲論考で、「ほかの機会」とは「政治と文学――文芸時評」（『新生活』一九四六年七月号）だと指摘している（四―五頁）。

11　「現在の読者には、よく呑み込めぬことかも知れないが、出発当初の『近代文学』同人は、誰かのことばをかりていえば「蔵原惟人と小林秀雄を重ねてアウフヘーベンする」方向を望んでいた」（本多秋五『物語戦後文学史』新潮社、一九六〇年、四六頁）。

12　中野重治「日本文学史の問題」『日本文学の諸問題』新生社、一九四六年、三二頁。

13　平野謙「「政治の優位性」とは何か」『近代文学』一九四六年一〇月号、九頁。

14　中野前掲「日本文学史の問題」、二三―三三頁。

15　平野前掲「「政治の優位性」とは何か」、五―七頁。

16　この点について論及したものとして、長谷川泉「「政治と文学」をめぐる論争」（『国文学　解釈と鑑賞』一九四七年七月号）、臼井吉見「「政治と文学」論争（二）――近代文学論争（三十）」（『文学界』一九五六年一一月号）、三好行雄「「戦後文学」の輪郭――戦後派ノオト　ⅠからⅤまで」（『戦後作家論』誠信書房、一九五八年）、和田利夫「プロレタリア文学と民主主義文学――評価の基軸をめぐって」（『けいろく通信』第一二号、一九七八年七月）を参照。とりわけ、和田の論考は、平野の民主主義文学運動観に踏込んで考察している。また、谷沢永一は「政治と文学論争の根源」（『読書人の園遊』桜楓社、一九七八年）において、和田の論考を評価したうえで、日本共産党の方針についても考慮すべきだと述べている。

17　三好前掲論考、一三頁。

18　小熊英二『〈民主〉と〈愛国〉――戦後日本のナショナリズムと公共性』新曜社、二〇〇二年、二三〇頁。

19　竹内栄美子は、戦前のプロレタリア文学の「狭さ」を中野が認識していながらも、「残念なことに中野にはこのようなマイナス点を反省する観点が深化されることはなく、戦後の出発期における運動は戦前の運動方針を吟味しないまま継承したことによる限界があった」と述べている（「プロレタリア文学から戦後文化運動へ――中野重治・本多秋五・花田清輝」『昭和文学研究』第七四集、二〇一七年三月、九一頁）。

20　平野前掲「「政治の優位性」とは何か」、八頁。

21　たとえば、ブルジョア民主主義革命からプロレタリア革命へ、という二段階革命論は、三二年テーゼによって知られているが、当然のことながら三二年テーゼの発表以前からプロレタリア文学運動は展開されていた。『近代文学』一九五四年二月号に掲載された、「座談会　プロレタリア文学運動の再検討」では、三一年政治テーゼ草案の問題も含めて俎上に載せられている（出席者は、蔵原惟人・宮本顕治・小田切秀雄・野間宏・本多秋五・荒正人・佐々木基一・平野謙（司会））。運動史の多角的検討という観点からみるならば、「政治の優位性」概念に力点をおいてプロレタリア文学運動史を整理する、戦後「政治と文学」論争の頃の平野の見方にバイアスがかかっていることは明らかである。本章は、平野のプロレタリア文学史観の正しさを主張するものではない。平野の問題提起が含む意味を、当時の論争的文脈における対話可能性のなかで読み直すことに重点を置いている。

22　この点にふれたものとして、笠森勇「平野謙と中野重治（承前）――文学的宿命と革命のはざま」（『学葉』第四二集、二〇〇〇年一一月）があるが、詳細な検討はなされていない。

23　中村光夫「その文学史的意義――プロレタリア文学運動」『行動』一九三五年四月号、二七八頁。

24　中野重治「中村光夫氏の「転向作家論」に答ふ」『文芸通信』一九三五年三月号。平野が引用したのはこの論考である。

25　小林秀雄「続私小説論」『経済往来』一九三五年六月号、三二五頁。

26 中野重治「二つの文学の新しい関係」『教育・国語教育』一九三六年四月号、一四六頁。
27 荒正人・小田切秀雄・佐々木基一・埴谷雄高・平野謙・本多秋五「民主主義文学の問題――中野重治を囲んで」『近代文学』第一巻第三号、一九四六年四月、三七頁。
28 前掲「民主主義文学の問題――中野重治を囲んで」、三九―四〇頁。
29 平野謙「民衆の敵」『日本読書新聞』一九四六年四月一一日、一面。
30 (5)と(6)は論として繋がっていて境目が曖昧だが、ここでは便宜上(6)の始まりを六三頁下段五行目としておく。
31 『現代日本文学入門』に収録された際、この末尾の一文には、以下の文章が追記された。「それは近代日本文学史上、「芸術と実行」あるいは「芸術と実生活」という特定の問題提起にからまって、はじめて登場してきた用語だから」(一六九頁)。
32 中野重治「閏二月二十九日」『新潮』一九三六年四月号、三九―四二頁。
33 小林秀雄「中野重治君へ(二)」『東京日日新聞』一九三六年四月三日、朝刊一一面。
34 平野前掲「政治と文学――文芸時評」、五六頁。

第12章

1 内田義彦「日本思想史におけるウェーバー的問題」『日本資本主義の思想像』岩波書店、一九六七年。
2 本多秋五「芸術　歴史　人間」『近代文学』第一巻第一号、一九四六年一月、三―九頁。
3 伊藤成彦「必然と自由の相克――本多秋五論」『近代文学』派論』八木書店、一九七二年、九一頁。
4 本多秋五「「志賀論」最終の目的　プロ文学再検討の機運動く――下」『東京新聞』一九五三年一一月二日、夕刊八面。この論考は、『本多秋五全集』第四巻(菁柿堂、一九九五年)では一二月二日の『東京新聞』発表とされているが、誤記であろう。
5 本多秋五「文芸時評　左翼文学は不毛か?」『群像』一九五六年一一月号、一九四頁。
6 佐藤義雄「本多秋五『転向文学論』ノート」(『本多秋五の文芸批評』菁柿堂、二〇〇四年)、上牧瀬香「本多秋五の有島武郎研究――〈批評する主体〉の問題をめぐって」(『戦中戦後文学研究史の鼓動――その一側面』叢刊《文学史》研究、二〇〇八年)などを参照。
7 この頃の回想として、本多秋五「二つの季刊誌――「マルクス・レーニン主義芸術学研究」とクォタリイ「日本文学」」(『本多秋五全集』第一〇巻、菁柿堂、一九九六年)を参照。
8 本多秋五「小林秀雄論」『近代文学』第一巻第三号、

一九四六年四月、五九頁。

9　本多秋五「亀井勝一郎遠望」『文学界』一九五四年四月号、一〇三―一〇四頁。

10　本多秋五「あとがき」『『白樺』派の文学』講談社、一九五四年、頁数表記なし。同書の発行月は七月。

11　島田昭男「プロレタリア文学と古典――文学遺産継承論について」（『芸術至上主義文芸』第一七号、一九九一年一一月）を参照。

12　小林秀雄「続私小説論」『経済往来』一九三五年六月号、三二五頁。なお、本多はのちに、「小林秀雄が『私小説論』のなかで、日本の自然主義小説はブルジョア文学というよりは封建主義文学であったと書いたのは、当時われわれにとって青天の霹靂のように思えた。日本の近代文学史を根本的に書き変える意味をもつ発言であったからである」と述べている（「解説」『中村光夫全集』第七巻、筑摩書房、一九七二年、六二〇頁）。

13　本多秋五「宮本百合子論」『現代日本文学論――展望と建設』真光社、一九四七年、一七三―二〇二頁。発行月は九月。以下、同論考からの引用はこれに拠り、頁数は略した。改題し、「『冬を越す蕾』の時代」（『宮本百合子研究』津人書房、一九四八年）、「宮本百合子論」（『小林秀雄論』近代文学社、一九四九年）、「宮本百合子論の一齣――『冬を越す蕾』の時代」（『転向文学論』未来社、一九五七年）と単行本にくりかえし収められる。異同があるため参照の際は注意されたい。なお、『本多秋五全集』第一巻（菁柿堂、一九九四年）の同論考の「解題」は不正確な情報を含む。

14　元橋正宜『本多秋五論』（武蔵野書房、一九九七年）、中山和子「本多秋五の宮本百合子論」（『本多秋五の文芸批評』菁柿堂、二〇〇四年）などの先行論がある。

15　小林前掲「続私小説論」、三二一頁。

16　小林秀雄「私小説論（結論）」『経済往来』一九三五年八月号、三六九頁。

17　中村光夫「その文学史的意義――プロレタリア文学運動」『行動』一九三五年四月号、二七八頁。

18　本多は、『近代文学』一九四七年四月号に掲載された座談会「平和革命とインテリゲンチャ」に参加したが、「私はこの座談会に出て、はじめから仕舞いまで、徹頭徹尾、語られていることの内容が理解できなくて、一語も発することができず、速記を発表するときに名前を削ってもらった」と回想している（『続物語戦後文学史』新潮社、一九六二年、一五頁）。

19　本多「あとがき」『転向文学論』未来社、一九五七年、二七六頁。

20　本多の没後刊行された、『本多秋五全集』別巻二（菁柿堂、二〇〇四年）に収められる。

21　中山前掲論考、一四五頁。

22　発表時の文脈を重視するため、引用は単行本収録のものではなく初出から行なった。
23　大津山国夫「本多秋五私論——転向、百合子、武者小路」『本多秋五の文芸批評』菁柿堂、二〇〇四年、八〇頁。
24　柳田泉、勝本清一郎、猪野謙二編『座談会大正文学史』（岩波書店、一九六五年）での発言（一三〇頁）。
25　本多秋五「日本リアリズム最後の作家——有島武郎の文学」『文学』一九五三年二月号、一一九頁。
26　本多前掲「あとがき」『『白樺』派の文学』、頁数表記なし。
27　本多前掲「日本リアリズム最後の作家——有島武郎の文学」、一一四—一一五頁。
28　小林秀雄「私小説論」『経済往来』一九三五年五月号、三五五頁。
29　上牧瀬前掲論考、一六五頁。
30　中村前掲「その文学史的意義——プロレタリア文学運動」、二七八—二七九頁。
31　中村光夫「風俗小説論（上）——近代リアリズムの発生」『改造』一九五〇年二月号、九六頁。
32　本多前掲「日本リアリズム最後の作家——有島武郎の文学」、一一六頁。
33　本多秋五「同人雑記」『近代文学』一九五二年六月号、三五頁。同論考は『『白樺』派の文学』に収録されていないが、関連する問題について論じているため引用した。
34　本多秋五「『白樺』派の文学」『群像』一九五一年二月号、六二頁。
35　本多秋五「ある会合のかへり道」『近代文学』一九五二年三月号、三九頁。
36　本多秋五「昭和文学史（2）」『現代文学（1）文学の理論と歴史』新評論社、一九五四年、二一二—二一三頁。
37　伊藤前掲書、元橋前掲書、大津山前掲論考、佐藤前掲論考、上牧瀬前掲論考など。
38　本多前掲「「志賀論」最終の目的　プロ文学再検討の機運動く——下」、夕刊八面。
39　小田切秀雄「頽廃の根源について——日本近代文学の場合」『思想』一九五三年九月号、三八頁。
40　本多秋五「転向文学」『岩波講座 文学』第五巻、岩波書店、一九五四年、二三九—二七七頁。発行月は二月。以下、同論考からの引用はこれに拠り、頁数は略した。のちに、「転向文学論」と改題して『転向文学論』（未來社、一九五七年）に収録された。
41　上牧瀬前掲論考、一七二頁。
42　「座談会　プロレタリア文学運動の再検討」『近代文学』一九五四年二月号、一八頁。
43　久保田正文「新コースへの豊かな示唆」『日本読書

新聞』一九五七年八月二六日、三面。『本多秋五全集』別巻一（菁柿堂、一九九九年）に収録されている。

44　山口直孝「〈白樺派〉という安全装置――民主主義文学者たちが否認したもの」『有島武郎研究』第二〇号、二〇一七年五月。

45　佐藤泉「主体のかたち――『近代文学』派の再記憶化」『文学』二〇〇一年三月号。

46　栗原幸夫「戦後五十年と『物語戦後文学史』」『本多秋五全集』月報5、菁柿堂、一九九五年、三―四頁。

47　本多は、『戦時戦後の先行者たち』（晶文社、一九六三年）の「あとがき」で次のように述べている。「私は一九五〇年に「白樺」派文学の研究にむかったとき、戦後の批評家として一歩後退した。その後、一九五八年に『物語戦後文学史』を書きはじめ、それを書いている間にさらに隠遁的傾向を深めた。後退につぐに後退である。私にもし前進というものがあるとしたら、それは眼を後方に向けたままの、うしろ向きの前進であるらしい」（三一五頁）。

48　絓秀実『吉本隆明の時代』作品社、二〇〇八年、一三二頁。

49　参照されているのは、松田政男「六月行動委員会の頃――吉本隆明さんのこと（2）」（『農業論　吉本隆明全講演ライブ集第五巻』（吉本隆明全講演CD化計画、二〇〇二年付属テキスト）。また、絓が言及している共産主義者同盟機関紙『戦旗』の第八号（一九六〇年三月一一日）の記事「インテリの再結集進む　羽田擁護が契機」（一面）にも本多の名前が確認できる。

終章

1　以上の整理は、ブリュノ・ラトゥール『社会的なものを組み直す――アクターネットワーク論入門』（伊藤嘉高訳、法政大学出版局、二〇一九年）に大きな示唆を得ている。

あとがき

ここまで革命的知識人たちの足跡を追ってきた。なぜこのようなことを始めたのか、今となっては説明しがたいところもある。自分が抱えていた問いも、テクストとの出会いによってそのつど変貌していった。ただ、研究を続けていくなかで一貫したものがなにもなかったとは思わない。

本書は知識人や文学の意味や価値をめぐる言説についての考察であり、私の知識人観や文学観について正面から語ったものではない。とはいえ、そうした私自身もまた、研究対象や先行研究を意味づけたり価値づけたりしていることもたしかだ。最後にそのことについて少し自由に書いてみたい。

人文知の意義とはなにか。これまで、人文社会科学に関心を持つ多くの人が、この問いの前に躓いてきただろう。例によって、私もその一人であった。そこで私は、知識人や文学史がどういう意義をもつとみなされてきたのか、徹底的に考えてみようとした。結果として、本書の内容はいくつかの関連分野の価値に収斂するものというより、人文書の存在根拠をめぐる大きな問いに連なっているのではないかと思う。そこで出会ったのが、本書に登場する革命的知識人たちであった。

私の専門は日本近代文学研究だが、この研究領域は遡っていくと、どこかの段階で『近代文学』派と呼ばれる人々の成果に突き当たる。ただ、私の乏しい経験では、『近代文学』派は素晴らしい、と諸手を挙げて賞賛する方にはお会いしたことがない。これまで批評家や研究者は、折に触れて『近代文学』派の仕事を批判してきた。あたかもそれが自らの批評・研究の意義を保証する行為ででもあるかのように。

私は、『近代文学』派はすでに終わったものである、という見方には懐疑的である。『近代文学』派や戦後の日本近代文学研究の知は、いまだ乗り越え困難なものとして存在しているのではないだろうか。文学研究の意味が反省的に問われ価値づけられる際の複雑さを見ると、その磁場から自らの研究が脱却していると考えることは、あまりに楽天的なのではないかと思う。

ただ現在は、文学や思想をめぐる前提が大きく変化している。したがって、『近代文学』派の乗り越えは試みられなければならないとも信じている。では、その先にはなにがあるのだろうか。それをいま具体的に示すことは難しいが、おそらくは今後、近代社会における現実と虚構の分割のありようが焦点化されていくのではないかと思う。

現実と虚構の分割については、久保明教さんが『機械カニバリズム』（講談社、二〇一八年）のなかで考察している。同書の議論に影響を受けつつ私なりに考えたことだが、たとえば、現在における現実は、ある特定の時間と空間において特定の人物とその行為が同定できる、という現実観によって支えられているのではないだろうか。この世界では、社会とは人間関係によって成り立っているかのように思いなされ、虚構とは、虚偽や誤謬、侵害とみなされるリスクのある物語を無害化せんとする方法でもある。

作家や批評家は現実と虚構の分割が漸次遂行される近代社会のなかに生まれながら、ときに現実とも虚構ともつかない存在を認めさせてきたり、またそれに失敗してきたりしたと思われるが、このような存在の動態が分析される必要がある。もちろん、文学以外の多くのものも含めて考察していかなければならないだろう。

本書のもととなったのは、二〇一九年に東京大学大学院総合文化研究科に提出した博士論文「戦前・戦後日本における知識人論と文学史についての研究――社会運動と文学運動との関連を中心に」である。その後、一冊の書物としてまとめるにあたって、増補および大幅な加筆・修正を施した。博士論文審査の主査の小森陽一先生、副査のエリス俊子先生、品田悦一先生、田尻芳樹先生、山口直孝先生には、博論完成まで長い期間にわたって懇切丁寧にご指導いただいた。感謝申し上げたい。

本書を書くことができたのは、周囲の研究者のご厚意があったからである。青山学院大学の学部生時代の指導教員である佐藤泉先生には、現在に至るまで本当に多くのことを教わってきた。大学院生時代の指導教員が小森陽一先生であったことは、私にとってかけがえのない経験であった。小森先生のゼミでは、村上克尚さん、堀井一摩さん、村上陽子さん、金ヨンロンさん、北山敏秀さん、矢口貢大さん、峰尾俊彦さんからたくさんのことを学んだ。六年間運営委員を務めた日本社会文学会では、亀田博さん、篠崎美生子さん、深津謙一郎さんに返しきれないほどのご恩を受けた。社会主義と文学というテーマに関しては、大和田茂さん、竹内栄美子さん、島村輝さん、村田裕和さん、和田崇さん、鴨川都美さん、神村和美さん、橋本あゆみさんたち専門家の方々にご教示いただいた。将棋と文学研究会の小谷瑛輔さんにはなにかとお手数をおかけしている。そのほか、共同研究でご助言をくださった方々、有島武郎研究会運営委員、『初期社会主義研究』編集委員、日本近代文学会運営委員でご一緒した方々に御礼申し上げる。私の謝辞によってなにか累が及ぶことがないことを祈りたい。

本書は「東京大学学術成果刊行助成制度」の補助を受けて刊行した。併せて、光栄にも第2回東京大学而立賞を受賞した。また、本書はＪＳＰＳ科研費JP20H01233、JP21K12922の助成を受けたものである。本書に収めた論考の初出には、日本学術振興会科学研究費補助金（特別研究員奨励費）による研究成果が多く含まれている。なお、二〇二〇年八月から二〇二一年三月にかけて、東海大学総合研究機構「研究スタートアップ支援」の援助を受けた。

基本的に自堕落で怠惰な私は、一人で勝手に遊びはじめてしまう一方で、それゆえ不安に苛まれ心休まることが少ない。そうした性格もあって、父と母にはひたすら迷惑をかけた。理系一家ともいえる家に育ったが、その環境なくして私の研究は成立しなかった。最後に、編集者の加藤峻さんに幾度もコメントをいただいたことを記して感謝に代えたい。

木村政樹

二〇二一年一二月

初出一覧

・各章の中心となった論考の初出を示した。ただし、原形を留めていないほどの大幅な改稿がなされている箇所がある。
・ひとつの論文の内容を、複数の章に分けて組み込んだ箇所がある。
・「知識人」関連語群についての考察は、一連の拙稿で指摘してきたことを本書でまとめ直しているため、複数の論文に記した情報が、序章と第I部の序、第1章を中心に、全体として再構成されている。それぞれの情報の初出を示すと煩瑣になるため、その旨については記していない。
・本書は二〇一九年に東京大学大学院総合文化研究科に提出した博士論文「戦前・戦後日本における知識人論と文学史についての研究――社会運動と文学運動との関連を中心に」をもとにしている。したがって、個別の学術論文→博士論文→本書、といった過程を辿ることができる。これについて詳述すると煩瑣になるため、必要だと判断した情報に限って説明した。

序章　博士論文「序章　問題設定」
第1章「平出修における「知識階級」としての読者――ロシア文学と大逆事件」『初期社会主義研究』第二七号、二〇一七年一二月
第2章「雑誌『(月刊)新社会』と階級論――中等階級・知識階級・流行文芸」『堺利彦――初期社会主義の

思想圏』論創社、二〇一六年
第3章 「知識階級と芸術家――有島武郎「宣言一つ」論争」『有島武郎研究』第一四号、二〇一一年六月
第4章 「有島武郎の後期評論に関する一考察――アナ・ボル提携という状況」『有島武郎研究』第二二号、二〇一九年五月
第5章 「〈知識人〉言説の歴史を再考する――「有島武郎」の概念史的位置をめぐって」『有島武郎研究』第一六号、二〇一三年六月
第6章 「一九二九年前後の〈文学史〉と徳永直『太陽のない街』」『社会文学』第五一号、二〇二〇年三月。同論文は、博士論文に収録されていない。
第7章 「宮本顕治の〈文学史〉――「「敗北」の文学」論」『社会文学』第四二号、二〇一五年八月
第8章 「「インテリゲンツィア」の「文学史」――平野謙「プティ・ブルヂョア・インテリゲンツィアの道」論」『言語態』第一三号、二〇一四年二月
第9章 「一九三五年における中村光夫の文学史観――社会認識と文学論をめぐって」『昭和文学研究』第七六集、二〇一八年三月
第10章 「荒正人におけるロシア文学――戦時期を中心に」『東北文学の世界』第二六号、二〇一八年三月
第11章 博士論文「第一〇章 概念論としての文学史――平野謙「昭和文学のふたつの論争」」
第12章 「「後退」する文学史――本多秋五のプロレタリア文学史観」『言語情報科学』第一六号、二〇一八年三月
終章 博士論文「終章 知識人論と文学史」

索引

＊本文（「註」「あとがき」を除く）に記されている人名のうち主要なものに限った。

さ行

た行

な行

は行

ま行

や行

ら行

わ行

［著者］木村政樹（きむら・まさき）

1986年生まれ。東京大学大学院総合文化研究科言語情報科学専攻博士課程修了。博士（学術）。現在、東海大学文学部日本文学科講師。専門は日本近代文学。著作に、「一九一九年、ヴ・ナロードをめぐる概念連関――雑誌『デモクラシイ』と知識階級論」（『湘南文学』第56号、2021年3月）、「「知識人」と「知の巨人」――二〇二一年、立花隆から考える」（『ユリイカ』第53巻第10号、2021年9月）などがある。

革命的知識人の群像
近代日本の文芸批評と社会主義

2022年1月20日　第1刷印刷
2022年2月10日　第1刷発行

著者――木村政樹

発行者――清水一人
発行所――青土社

〒101-0051　東京都千代田区神田神保町1-29　市瀬ビル
［電話］03-3291-9831（編集）03-3294-7829（営業）
［振替］00190-7-192955

組版――フレックスアート
印刷・製本――双文社印刷

装幀――水戸部 功

ISBN978-4-7917-7445-6　C0021